AF351744

بطن البقرة

أعمال خيري شلبي
الصادرة عن دار الكرمة

الشطار (رواية)

العراوي (رواية)

نعناع الجناين (رواية)

بطن البقرة (جغرواية)

موال البيات والنوم (رواية)

منامات عم أحمد السماك (رواية)

رحلات الطرشجي الحلوجي (رواية)

خيري شلبي

بطن البقرة

جغرواية

alkarmabooks.com

facebook.com/alkarmabooks

twitter.com/alkarmabooks

instagram.com/alkarmabooks

شلبي، خيري.

بطن البقرة: رواية / خيري شلبي ـ القاهرة: الكرمة للنشر، ٢٠٢٢.

٢٦٤ ص؛ ٢٠ سم.

تدمك: 9789776743731

١ ـ القصص العربية.

أ ـ العنوان.

رقم الإيداع بدار الكتب المصرية: ٢٣١٥٦ / ٢٠٢١

٢٤٦٨١٠٩٧٥٣١

تصميم الغلاف: أحمد عاطف مجاهد

عناصر التصميم من رسوم الوشم المصرية الشعبية

«أنا ابن الخيَال الشعبي والسِّير والملاحم والفلكلور، مولَعٌ بالتفاصيل الدقيقة، وأحشدها في أبنية ذات شُعب موصولة بالمسكوت عنه من الواقع الإنساني المؤلم والساحر في آنٍ، فأنا ابن الفلكلور المصري الذي رسَّخ في وعي طفولتي المبكرة أن لي أختًا تحت الأرض يجب أن أحنو عليها، وأن أترك لها لقمة تقع من يدي. إن كل ما كتبته من قصص وروايات أنا في الواقع أغوص فيها على صعيد الوقائع الحياتية، فأكاد أزعم بالفعل أن كل ما كتبته من رواية أو حتى أقصوصة من نصف صفحة كان تجربة فنية نابعة من تجربة حياتية».

خيري شلبي

إهداء

إلى ابن عمي المرحوم الشيخ علي محمد عكاشة.
قلَّبت في مكتبته وأنا طفل في سنوات الدراسة الأولى، فوقع في يدي المجلد الأول من خطط المقريزي، ففتنت به، كان بلا غلاف، وبلا عنوان، فأعطيته عنوانًا من عندي استقيته من موضوعه: «تاريخ البيوت والشوارع»، وأظن أن تلقائية الشعور في ذلك العنوان لا تزال تحكم نظرتي إلى هذا العلم الفريد: علم الخطط، أي تاريخ المكان.

خيري شلبي

المحتويات

فذلكة ١١

الحي الأول

بوابة الموت والحياة ١٧

القرافة الكبرى ٢٠

بستان العلماء ٢٩

المنوفي: الوسيلة والمدد ٣٦

السلطان ٤٦

البول فوق رأس الإمام ٥٦

فايزة أحمد ٦٤

انتقال قصر العيني باشا ٧٢

الزُّعر يأكلون الجبرتي ٧٨

برقوق والبرقوقية ٨٤

الحي الثاني

سبعة مداخل إلى الباطلية ٩٣

المدخل الهديم ٩٧

المدخل القديم ١٠٦

المدخل العميم ١١٦

المدخل الحكيم ١٢٥

المدخل الحليم ١٣٩

المدخل الغشيم ١٤٦

المدخل الحميم ١٥٩

المخرج الذميم ١٦٨

الحي الثالث

سيرة الأزبكية ١٧٥

عطفة زمنية ١٨٢

من أم دنين إلى المقس ١٨٣

بِركة بطن البقرة ١٨٧

جامع أولاد عنان ١٩٧

من مؤسس الأزبكية إلى مظاهرة البغايا ٢٠٢

المجد للمجاذيب وأهل الهوى ٢١٥

من قصر العتبة الخضراء إلى البقر السارح ٢٢٤

الألفي بِك وساري عسكر والقصر المنحوس ٢٣٣

الجنرال يعقوب ٢٥٢

زواج إسماعيل باشا وردم بِركة الأزبكية ٢٥٧

فذلكة

ظلت مصر طوال تاريخها هي البقرة الحلوب، ليس فحسب بالنسبة للدول التي احتلتها، بل وبالنسبة للحكام الذين فرضوا سلطانهم عليها، وكلهم من سلالات أجنبية مستوطنة، من هكسوس وفرس ورومان ويونان وأتراك وعرب ومماليك وإنجليز وفرنسيين، قبل أن تقوم ثورة يوليو بتمصير الحكم في مصر، وبيت المتنبي الشهير: «نامت نواطير مصر عن ثعالبها.. فقد بشمن وما تفنى العناقيد» لا يزال يحتفظ بدلالته الواقعية الصرفة.

ومنطقة وسط القاهرة، التي عُرفت في العصور الحديثة باسم «الأزبكية»، كانت مستنقعًا يسمى «بِركة بطن البقرة»، ربما لأن شكلها كان قريب الشبه ببطن البقرة، وذلك قبل أن يأتي الأمير أزبك الخازندار فيحولها إلى بِركة مبنية بنظام هندسي تحمل اسمه: «الأزبكية»، وتصبح مزارًا سياحيًّا بديعًا، تحوطها القصور والأرصفة والكرانيش والحدائق الغنَّاء.

وقد فُتِن كاتب هذه السطور بمدينة القاهرة، مثلما وقع في غرامها من عاشرها واستوطنها سواء كان أجنبيًّا أو مصريًّا.

وغرامي بمدينة القاهرة فرض عليَّ الإبحار في تاريخها وفي جغرافيتها معًا، منذ أقدم العصور حتى اليوم، وقد تمخضت هذه الرحلات العاشقة عن برنامج إذاعي كبير قدَّمته في إذاعة «صوت العرب» من إخراج وتمثيل الإذاعي الكبير محمد مرعي، بعنوان: «سندباد وتابعه مايك». ومن هذا البرنامج، الذي استمر أكثر من دورة إذاعية على امتداد ساعة كاملة كل أسبوع، نسيح خلالها في أرض مصر المحروسة، نستطلع التاريخ من خلال الجغرافيا، والجغرافيا من خلال التاريخ، نشأت فكرة روايتي التاريخية الشهيرة: «رحلات الطرشجي الحلوجي»، التي لقيت نجاحًا لم يكن يخطر لي على بال، وأثبتت أن القارئ المصري واسع الأفق يستوعب كافة الأشكال الفنية المستحدثة مهما كانت معقدة أو مركبة. فالجدير بالذِّكر أن هذه الرواية كانت رحلة في الزمكان، أو بمعنى أدق رحلة في أزمنة متعددة داخل المكان الواحد، وقد أدى ذلك إلى تداخل الأزمنة، وتعاشق الزمن الفني، فكان من الصعب أحيانًا إدراك الفرق بين الزمنين الماضي والحاضر، سيما وأن التاريخ المصري مغرم بتكرار نفسه في كثير من المواقف والمواقع والأزمنة.

على أن رواية «رحلات الطرشجي الحلوجي» ـ وقد غلب عليها الفن الروائي الصرف ـ وإن استطاعت أن تبرز جماليات المكان وانعكاساته، على السكان والزائرين، وأهميته وخطورته بالنسبة للدول المجاورة، لم تتمكن من إبراز حقائقه المعلوماتية المجردة.

إن عبقرية المكان في مصر تفرض على الكاتب أن يكون محددًا تحديدًا قاطعًا في ذكر المعلومات والحقائق الجغرافية

والتاريخية والاجتماعية، ولكن جماليات هذا المكان ـ الوجه الآخر لعبقريته ـ وحيويته الدافقة، وأسطورية تاريخه الحافل المتخم بجلل الأحداث ـ قديمة ومعاصرة ـ كل ذلك يفرض على الكاتب أن يكون روائيًا بالضرورة، لما في هذا التاريخ وهذه الجغرافيا من طابع روائي صرف.

إن الجغرافيا هنا هي التي صنعت التاريخ، والكاتب حين يتتبع حقائق الجغرافيا يجد نفسه بالضرورة يكتب في التاريخ، ويجد نفسه في النهاية قد كتب ما يشبه الرواية.

وهذا العمل الذي بين أيدينا، هو مزيج من الجغرافيا والرواية، إنه رواية للجغرافيا، رواية مكان بعينه. لقد عنيت هنا بحقائق المكان وجمالياته من الناحية التاريخية والاجتماعية معًا، فكنت كمن يكتب في علم الخطط ـ وهو علم مصري عربي صرف. وبما أنني روائي في الأساس، فقد فُتنت بما في الجغرافيا والتاريخ من شخصيات وأحداث وأزمنة تزدهر أحيانًا وتنطفئ أحيانًا أخرى، قدر عنايتي بالحقائق المجردة، فجاء هذا العمل الذي لا نجد أصدق من وصفه بـ«الجغروراية».

وقد وجدت أن «بطن البقرة» هو العنوان الأمثل لهذا العمل الخططي الروائي، فلقد سُميت به منطقة وسط القاهرة في العصور الوسطى. سيما وأن هذا العمل يتناول قصة ثلاثة أحياء عريقة جدًّا، من أعرق أحياء وسط القاهرة تمثل شريحة جغرافية واحدة: حي قايتباي المعروف قديمًا بـ«مقابر المجاورين»؛ وهو أقدم جبَّانة في القاهرة. وحي الباطلية؛ وهو أبرز أحياء الجمالية وأشهرها وأشدها

عراقة وحيوية وإثارة، ففيه يقع مبنى الأزهر الشريف. وحي الأزبكية؛ وهو أشهرها جميعًا وأحفلها بحقائق التاريخ والجغرافيا، لقد كانت الأزبكية هي هوليوود الشرق فعلًا، قبل أن تنشأ مدينة الفنون المسماة بـ«هوليوود»، بل قبل أن تعرف أمريكا نفسها على الخريطة. هذه الأحياء الثلاثة يربط بينها شارع واحد هو شارع الأزهر، فزائر الأزبكية يجد نفسه بعد خطوات في حي الباطلية، وبعد خطوات أخرى قليلة في حي قايتباي صاعدًا جبل الدرَّاسة.

وحينما جربت هذا اللون من الكتابة في بعض الصحف العربية السيَّارة، أغراني دويُّ نجاحه وردود فعله الإيجابية بصياغته في عمل متكامل متعدد الحلقات في ثلاثيات جغرافية روائية معًا، أضع بين يديك ـ عزيزي القارئ ـ الحلقة الأولى منها، مع وعد بلقاءات أخرى ـ إن أعطانا الله عُمرًا وصحة ـ نلتقي فيها أعرق الأحياء القاهرية وأغناها بالأحداث والتفاصيل الإنسانية، مثل الفسطاط والقطائع والعسكر والجمالية والعطوف والموسكي والعباسية ومصر العتيقة.

إن كنت قد وُفقتُ فمن فضل الله، وفيما عدا ذلك ألتمس من القارئ العفو والعذر لقلة الوقت وتشتت المراجع. ويكفيني شرف محاولة التذكير بضرورة إحياء هذا اللون من الكتابة العربية؛ أعني علم الخطط، وفنه أيضًا، والله الموفِّق فيما يلي من جهود.

خيري شلبي

صقر قريش ـ ٨ أغسطس ١٩٩٤م

الحي الأول

بوابة الموت والحياة

إذا مشيت في شارع الأزهر حتى نهايته، صاعدًا جبل الدرَّاسة العتيد، ذلك الذي دارت فوقه كل معارك الفتوات الطاحنة في روايات نجيب محفوظ في قاهرة العشرينيات والثلاثينيات والأربعينيات من هذا القرن، قبل أن تقهره البلدوزرات والوابورات فتحوله إلى شارع مرصوف بكافة أنواع المركبات وبالضجيج والصخب طوال أربع وعشرين ساعة، فأنت واجد نفسك فجأة قد غطست في نفق خاطف قصير القامة يلفظك بعد خطوات قليلة إلى اتجاهين، فإما أن تحود يسارًا فتمضي في شارع صلاح سالم، أو تواصل السير أمامًا في الطريق الممتد بين أبنية غريبة الشكل متداعية.

فإن مضيت في شارع صلاح سالم حتى كوبري الفردوس ودُرت يمينًا، فإنك بعد مسيرة تستغرق عشر دقائق عبر نفس الأبنية المتداعية الغريبة تصل إلى شارع الأوتوستراد الذي يخترق جبل المقطم قادمًا من مطار القاهرة واصلًا إلى مدينة حلوان. أما إن واصلت السير في شارع الأزهر في نفس الامتداد، فإنك بعد مسيرة تستغرق نفس الزمن تصل إلى شارع الأوتوستراد أيضًا، عبر ممر ضيق يدعى بـ«السكة

البيضاء»، حيث تجد في مواجهتك، في حضن المقطم، المدينة الشعبية المنشأة حديثًا ـ وبشكل عشوائي صرف ـ واسمها «منشية ناصر»، التي تمتد في أحشاء المقطم إلى مسافات بعيدة جدًّا.

هذه الشريحة من الأبنية الغريبة المتداعية، المطلة على شارع صلاح سالم عُرفت منذ وقت بعيد، ربما إبان العصر الفاطمي، باسم «مقابر المجاورين»، في قلبها حي سكني عتيق يُعرف بـ«حي قايتباي»، نشمُّ فيه نكهة القاهرة الفاطمية، والمملوكية، والعثمانية، في طراز البيوت، ولولبية الحارات، وضيق الشوارع، وشكل المقاهي، وأبواب الدكاكين الواطئة، ووجوه الناس، وإيقاع الحياة شديد البطء، ورائحة التاريخ المنبعثة من كل طوبة، ونسائم المقطم الطيبة العليلة، وطيبة قلب الناس رغم ما يظهر على وجوههم من مسحة الشقاء والخبث والخربشة.

يأخذ الحي اسمه من جامع قايتباي، المرسوم على الجنيه المصري، أُعد في الأصل لسكنى خدم المقابر: الخُفراء، التُّربية، الحانوتية، أصحاب الفراشة. على أنه بات مسكنًا لفئات عديدة: عمال طباعة، حرايرية، صُناع المشغولات الذهبية والفضية، الصباغون، البناءون.

قبل دخول جوهر الصقلي مصر على رأس جيش المعز لدين الله الفاطمي كانت منطقة الحسين والجمالية كلها عبارة عن غابة من أشجار الكافور يسميها المؤرخون بـ«البستان الكافوري»، يمتد من صحراء المماليك، التي أقيمت فيها مدينة نصر، إلى حي العتبة الخضراء، التي كانت تُسمى بـ«أم دنين»، وكانت عبارة عن

منطقة زراعية خصيبة تستمد المياه من الخليج الناصري المتفرع من نهر النيل، الواصل إلى البحر الأحمر، والذي هو الآن شارع بورسعيد. وحينما دخل عمرو بن العاص بجيوشه أناخ في منطقة أم دنين هذه لتقسيم الغنائم، فسميت بـ«المقسم»، ثم سميت بـ«حديقة الأزبكية» منذ أن قام الأمير أزبك ببناء مسجده. أما قصة حفر البِركة وقيام حي الأزبكية فتلك قصة طويلة تحتاج إلى رواية مستقلة. كل ما يعنينا الآن هو أن جوهر الصقلي حينما افتتح مصر، ترك الفسطاط والقطائع والعسكر، واختط في منطقة البستان الكافوري هذه مسجدًا هو الجامع الأزهر، وضاحية هي القاهرة، وأقام أمام الجامع الأزهر قصر الخلافة الفاطمية، الذي كان يحتل كل مساحة المسجد الحسيني وحي خان الخليلي وحي العطوف. ورغم أن القصر كان يحتوي على تربة خاصة بأهل القصر اسمها «التربة المعزية»، أو «تربة الزعفران»، حيث أتى المعز لدين الله معد بجُثث أهله السابقين لدفنها في التربة المعزية التي كانت تحتل منطقة خان الخليلي ضمن نطاق القصر، فإن مقابر العامة من أهل القاهرة قد تمركزت في المنطقة التي يقع فيها الآن حي قايتباي.

القرافة الكبرى

وحي قايتباي من أعجب الأحياء في مصر، فقد اختلط فيه الأحياء بالأموات اختلاطًا تامًّا، فأنت لا تستطيع التفرقة بين البيت السكني والمدفن، ذلك أن البيت هو المدفن، والمدفن هو البيت.

شوارع قروية النكهة والطابع، تحف بها على الجانبين أبنية من طابق واحد، على كثير من أناقة وفخامة بائدة وعز باهت، بعضها مطلي بالألوان الحائلة وبعضها يكشف عري الطوب كخطوط متقاطعة، معظمها مبني بالأحجار المتسقة، وبعضها بالطوب الأحمر الحراري، بعضها متهدم أو مُتداعٍ أو متهالك، والبعض الأكبر متين راسخ كالطود. البوابات كلها من الحديد، والنوافذ مستطيلة بقضبان حديدية.

ما بين ضجيج شارع الأزهر، وسكون الموت التام أقل من خطوتين، فكأنك انتقلت فجأة من الحياة إلى الموت الفعلي، لكنها برهة وجيزة، كتلك التي تعتريك فجأة بعد سكون موتور الثلاجة، تبدأ بعدها حياة من نوع آخر يغلفها جلال الموت، يضمخها بالرهبة، فتستيقظ فيك الروح، فتحس كأنك أخيرًا قد عثرت على نفسك، وأنك أخيرًا تستطيع التأمل والتفكير في هدوء وروية، يُخيل إليك أن جميع الهموم قد

انزاحت عن كاهلك أو خف حملها، ولربما رأيتها في ضوء جديد، فإذا هي أقل من أن تكون همومًا، وإذا أنت قد ملت إلى السخرية من نفسك ومن مشاغل الدنيا ومتاعبها، وإذا الدنيا نفسها قد بدت لك شيئًا حقيرًا تافهًا لا يستحق العناء، تحس أيضًا أنك طوال عمرك المنصرم قد وقعت في شرك هذه الدنيا الزائفة فلم تفرغ لعمل مجيد يستحق البقاء.

ومن أول خطوة في امتداد نفق شارع الأزهر تشعر كأنك تخترق مدينة أسطورية من مدن ألف ليلة وليلة، قد سخطها سحر ساحر فتجمد كل شيء فيها، فثمة فراغات عريضة بين الأحواش تتربع فوقها صفوف من المقابر في العراء بمختلف الأحجام، تبدو حينًا كقطيع من الأفيال، وحينًا كقطيع من الأغنام تجمدت راقدة في مكانها من قديم الأزل. باستثناء هذا الشارع المرصوف الذي يربط شارع الأزهر بطريق الأوتوستراد، وشارع السوق المؤدي إلى ميدان مسجد قايتباي، فإنك لا تستطيع السير وحدك في حواريها المتعرجة اللولبية، دون دليل يرافقك. وحتى إن كنت ملمًّا بدروبها، فلا بد لك من رفيق يؤنس وحشتك، وإلا سقط قلبك في حفر كثيرة تكشف عن فوهات مفتوحة يفح منها الظلام والخوف والرطوبة. وثمة حجرات مغلقة غاصت أبوابها في الأرض منذ عشرات السنين، وأخرى منزوعة الأبواب عن مصطبة هرمة، تلك مقابر انقرض أصحابها، فباتت ملكًا للتُّربي، يبيعها للباحثين عن مقبرة بألوف الجنيهات، ولهذا قد أثرى عدد كبير جدًّا من التُّربية والمِعلمين، فمنهم المليونير والملياردير بدون أدنى مبالغة، وسيارات المرسيدس الشبح والبي إم دبليو

والهوندا، تركن بجوار الأحواش تنتظر أصحابها لابسي الجلابيب والشباشب الزنوبة. الغرزجية الكحيانون لهم في هذه الدروب غرز خفية يدوخ البوليس في الوصول إليها. يلتقيك الصِّبيان على ناصية الشارع، ليقتادك الواحد منهم في دروب يقشعر منها البدن، حتى ليخيل إليك أنه سيدفنك فلا يسمع بك أحد، وأنك لن تستطيع العودة وحدك بأي حال من الأحوال، بعد أن يعتريك اليأس يدهمك ضوء مصباح غازي شاحب، فإذا بالصبي ينزل بك من دحديرة غائرة في سابع أرض، فإذا بك بعد نزول طويل تراك في حجرة واسعة، فيها نصبة الشاي ومنقد النار والنارجيلات والجِوز، ومقاعد من القش يجلس فوقها ناس ذوو سِحَن غريبة، دماؤهم ممصوصة، لحاهم نابتة مهوشة مغبرة، يقومون بسقيا ناس في منتهى الشياكة والأناقة والأبهة، بعد قليل يداخلك الاطمئنان، تألف المكان والجلَّاس، بائع الحشيش والأفيون جالس في نفس القعدة، بل إن معظم الحفر والأحواش المحيطة بك قد حولها بعض التُّربية إلى مخازن لتجار المخدرات مقابل أجور باهظة.

في هذا الشارع الممتد من نفق شارع الأزهر، مشى الحاكم بأمر الله منذ قرون طويلة راكبًا حماره يوم جمعة، قاصدًا زيارة أمه التي كانت تتعبد في خلوة في مكان ما في هذه المنطقة، لكنه لم يعد حتى هذه اللحظة، وإن كان حماره قد رجع وحده مطبق الفم على سر اختفاء صاحبه الذي بقي لغزًا محيرًا حتى الآن. ستبقى في ذهنك صورة ذلك الحدث التاريخي إذا كنت ملمًّا بالتاريخ، فإن لم تكن ملمًّا به فعشرات من صور الفزع تعتريك من حين إلى حين، خاصة

أن الحشيش بارع في تجسيد صور الخوف، وبالأخص إذا كان التحشيش يتم في قبو تحت الأرض فوق أشباه لك تحولوا إلى تراب ناعم، وفي ضوء شموع خافتة. على أنك لا بد أن تحمل همَّ العودة وسط قطائع الأفيال والعاج المسخوطة، يتقدمك صبي يحمل بطارية صغيرة كعين مؤرقة عمشاء تنفتح وتنغلق في سرعة خاطفة لأن البوليس الذي لم يهتدِ إلى قعدتك السرية الخفية قد يكمن لك وأنت خارج. المصيبة أن الصبي البارع في شم رائحة البوليس قد يختفي في الحال بمجرد استشعاره وجودهم كأن الأرض انشقت وابتلعته، فتبقى وحدك في متاهة ظلماء يعلم الله متى يطلع عليك النهار فيها إن كان يطلع من الأساس.

ورغم أنك ربما تكون خبيرًا بالمنطقة كزبون دائم، فإن الفزع ملاقيك لا محالة، ليس لأنك تمشي فوق الأموات، بل تمشي فوق الأحياء أيضًا. ففي تسعين في المائة من هذه الأحواش المغلقة تسكن أُسر بكاملها، وقد ينفتح جحر فجأة ليخرج منه شبح أسود يتمطى ظله على الأرض، أو تتعثر قدمك في طفل تقرفص بين مقبرتين يقضي حاجة، أو يتناهى إلى سمعك أنين خافت يعكس تألمًا أو لذةً، فلا تعرف من أين يجيء.

هذه المقابر التي تحتوي حي قايتباي في جوفها، آخذة في الاضمحلال شيئًا فشيئًا، يزحف عليها الحي السكني لِيُحولها إلى بيوت صريحة مثلما حدث للحي السكني نفسه، إذ يقوم التُّربي المسؤول عن الحوش بإلغاء المدفن، أو هدمه وإعادة بنائه على شكل فيلَّا، أو عمارة عشرة طوابق بشرفات، وقد يظهر أبناء أو أحفاد للموتى

المدفونين تحت هذه العمائر يدفعهم الحنين لزيارة موتاهم في يوم عيد، فإذا هم بعد بحث طويل يكشفون ما حدث، فعليهم حينئذ أن يضربوا أدمغتهم في أقرب حائط، لأن أحدًا لن يعيرهم التفاتًا، ولأن كل شيء في مصر الآن مباح طالما كنت ذا مال أو نفوذ أو قوة باطشة.

العامة يسمون هذه المقابر «مدافن المجاورين»، ويسميها المقريزي «القرافة الصغرى»، تمييزًا لها عن القرافة الكبرى التي كانت تجاور باب النصر. على أن هذه القرافة الصغرى هي الآن أضخم من المدينة نفسها، فهي تبدأ من مدينة نصر، وتمتد حتى قلعة صلاح الدين، وتتفرع إلى حي البساتين وحي الإمام الشافعي، محتلة أعظم منطقة على الإطلاق في الأرض المصرية، ولا أحد يدري لماذا أقيمت المدن السكنية القاهرية في أسخف مكان في السفح على ضفتَي الوادي المترب، في حين أقيمت القرافة على أجمل وأخطر بقعة في حضن المقطم.

ولكن ابن عبد الحكم في كتابه «فتوح مصر» ينقل عن الليث بن سعد أن عمرو بن العاص تلقى عرضًا من المقوقس (الحاكم الروماني على مصر في زمن الفتح العربي) أن يبيعه سفح المقطم بسبعين ألف دينار، فعجب عمرو من ذلك، وقال: «أكتب في ذلك إلى أمير المؤمنين». فكتب بذلك لعمر بن الخطاب، فكتب إليه عمر: «سله لِمَ أعطاك به ما أعطاك وهي لا تزرع، ولا يُستنبط بها ماء، ولا يُنتفع بها؟». فسأله، فقال المقوقس: «إنا لنجد صفتها في الكتب أن فيها غراس الجنة». فكتب بذلك إلى عمر، فكتب إليه عمر: «إنا لا نعلم غراس الجنة إلا للمؤمنين، فاقبر فيها من مات قبلك من المسلمين،

ولا تبعه بشيء». فكان أول من دُفن فيها رجل من المغافر يقال له «عامر»، فقيل: عمرت. فقال المقوقس لعمرو: «ما ذلك، ولا على هذا عاهدتنا». فقطع لهم الحد الذي بين المقبرة وبينهم.

وقال القاضي أبو عبد الله محمد بن سلامة القضاعي: القرافة هم بنو غصن بن سيف بن وائل بن المغافر. وقال أبو عمرو الكندي: بنو جحض بن سيف بن وائل بن الجيزي بن شراحيل بن المُغافر بن يغفر.

وقيل إن قرافة اسم أم عزافر وجحض ابني سيف بن وائل بن الجيزي.

وقال ياقوت: والقرافة ـ بفتح القاف وراء مخففة وألف خفيفة وفاء ـ مقبرة بمصر مشهورة، مسماة بقبيلة من المغافر يقال لهم بنو قرافة.

ويبدو أن القرافة طول عمرها مكان أُنس وطرب ولهو، إذ يقول الشريف محمد بن أسعد الجواني في كتاب «النقط»: وكان الناس يحبون هذا الموضع ويلزمونه لأجل سن يحضر سن الرؤساء، وكانت الطفيلية يلزمون المبيت فيه ليالي الجُمع، وكذلك أكثر المساجد التي بالقرافة والجبل والمشاهد، لأجل ما يحمل إليها، ويعمل فيها من الحلاوات واللحومات والأطعمة.

كما يقول موسى بن محمد بن سعيد في كتاب «المعرب عن أخبار المغرب»: وبت ليالي كثيرة بقرافة الفسطاط، وهي في شرقيها، بها منازل الأعيان بالفسطاط والقاهرة، وقبور عليها مبانٍ مُعتنى بها، وفيها القبة العالية العظيمة المزخرفة... ولا تكاد تخلو من طرب، ولا سيما في الليالي المقمرة، وهي معظم مجتمعات أهل مصر وأشهر منتزهاتهم. وفيها أقول:

إن القرافة قد حوت ضدين من دنيا وأخرى فهي نعم المنزل

يغشى الخليع بها السماع مواصلًا ويطوف حـول قبورهـا المتبتل

كـم ليلـة بتنـا بهـا ونديمنـا لحن يكاد يذوب منـه الجندل

والبـدر قـد مـلأ البسـيطة نوره فكأنمـا قـد فـاض منـه جـدول

وبـدا يضاحـك أوجهًا حاكينه لمـا تكامـل وجهـه المتهلـل

ويضيف المقريزي في «خططه»: وفوق القرافة من شرقيها جبل المقطم، وليس له علو ولا عليه اخضرار، وإنما يُقصد للبركة... والإجماع على أنه ليس في الدنيا مقبرة أعجب منها، ولا أبهى ولا أعظم ولا أنظف من أبنيتها وقِبابها وحجرها، ولا أعجب تربة منها كأنها الكافور والزعفران، مقدسة في جميع الكتب، وحين تشرف عليها تراها مدينة بيضاء، والمقطم عالٍ عليها كأنه حائط من ورائها.

وقال شافع بن علي:

تعجبت من أمر القرافة إذا غدت

على وحشة الموتى لها قلبنا يصبو

فألفيتهـا مـأوى الأحبـة كلهـم

ومواطن الأحباب يصبو لها القلب

وقال الأديب محمد بن أحمد العميدي الشهير بأبي سعد:

إذا ما ضاق صدري لم أجد لي مقـر عبـادة إلا القرافـة

لئن لم يرحم المولى اجتهادي وقلـة ناصـري لـم ألقَ رافـة

وكان ما بين قبة الإمام الشافعي وباب القرافة ميدانًا واحدًا تتسابق فيه الأمراء والأجناد، ويجتمع الناس هنالك للتفرج على السباق، فتصير

الأمراء تسابق على حدة، والأجناد تسابق في جهة، وهم منفردون عن الأمراء، والشرط في السباق من تربة الأمير بيدرا إلى باب القرافة. ثم استجد أمراء دولة الناصر محمد بن قلاوون في هذه الجهة الترب، فبنى الأمير يلبغا التركماني، والأمير طقتمر الدمشقي، والأمير قوصون، وغيرهم من الأمراء، وتبعهم الجند وسائر الناس، فبنوا التُّرب والخوانق والأسواق والطواحين والحمَّامات، حتى صارت العمارة من بِركة الحبش إلى باب القرافة، ومن حد مساكن مصر إلى الجبل، وانقسمت الطرق في القرافة، وتعددت بها الشوارع، ورغب كثير من الناس في سكناها، لعظم القصور التي أنشئت بها، وسُميت بالترب، ولكثرة تعاهد أصحاب الترب لها وتواتر صدقاتهم ومبراتهم لأهل القرافة.

هذا ما ورد في التاريخ عن قرافتَي مصر، الكبرى والصغرى، التي كانت تمتد من باب النصر ـ بحذاء جبل المقطم ـ حتى تخوم الفسطاط القديمة، لكن التاريخ المعاصر شهد تحولات كبيرة فيها، ففي أوائل الثورة امتدت عصا عبد اللطيف البغدادي السحرية كما وصفها كُتاب الثورة، فشقت قلب هذه القرافة لتصنع طريقًا طويلًا سُمي بـ«طريق صلاح سالم»، يمتد من مطار القاهرة الدولي إلى كورنيش النيل، فأصبحت المقابر على ضفتيه تحتل أفخم وأبدع منطقة في مصر.

وقد أتيح لكاتب هذه السطور أن يشهد تحولًا جديدًا، فمنذ خمسة عشر عامًا اكتشفت لي موطنًا آمنًا في هذه القرافة الكبرى، وعلى وجه التحديد في المنطقة المحيطة بحي قايتباي، حيث استأجرت حوشًا قديمًا على شيء كثير من الفخامة، وجعلت من إحدى غرفه مكتبًا، ومن إحدى المقاهي المجاورة مكانًا للاستجمام واستقبال الأصدقاء،

فكنت وما زلت أقضي معظم النهار والليل ما بين المقهى والحوش، فقُدر لي أن أشهد تجربة لا أنساها ما حييت، تلك هي عملية إنشاء طريق الأوتوستراد، وهو طريق موازٍ لصلاح سالم، يبدأ من نفس البداية لينتهي في حلوان من خلف القاهرة، فكانت البلدوزرات تشق قلب المقابر في قسوة جهنمية بشعة، بمحاريث تغوص في قلب التربة فترمي بعظام الموتى على الجانبين، لكي يجيء وابور الزلط فيدوس الأرض يبططها ليعيدها، فإذا ما حط الظلام على المنطقة انبثقت من أكوام التراب بيارق ضوء خاطف، منبعثة من العظام البيضاء والجماجم منزوعة اللحم عن أسنان كالجواهر، أذرع وسيقان وأكفان بعضها طوي لم تنله يد البلى بعد. وكان المنظر مؤلمًا وسخيفًا، وباعثًا على الحزن والكآبة، سيما وأن أصحاب هذه المقابر لم يعرفوا بعد أن لحومهم قد ديست بالأقدام. وكان لا بد أن نفعل شيئًا نريح به خواطرنا الغاضبة، فكونَّا فريقًا كنت على رأسه، واشترينا مجموعة من الزكائب، وصرنا نمضي خلف البلدوزرات والوابورات نجمع الأشلاء نعبئها في الزكائب، وكان جسدي يقشعر وينتفض كلما أمسكت بجمجمة فإذا بجدائل شعر تنساب منها مدفونة في التراب وبقايا من جلدة الرأس تسقط بالجدائل. وحفرنا في بقاع كثيرة لندفن هذه الزكائب، وقصيدة أبي العلاء المعري تطن في أذني كلما خطوت فوق التراب فأنتفض أكاد أمشي على أطراف أصابعي.

بستان العلماء

ما زلنا في الشارع الممتد من تحت نفق شارع الأزهر تحت جبل الدرَّاسة، وهو الطريق المعروف بـ«وصلة السكة البيضاء». كانت هذه المساحة حتى وقت قريب، منذ حوالي بضع مئات من السنين، بستانًا بديعًا، ليس له صلة قربى بالبستان الكافوري القديم الذي كان يحتل هذه المنطقة كلها من الجبل حتى تخوم العتبة، والذي استأصل شأفته جوهر الصقلي ليبني مكانه ضاحية القاهرة الفاطمية. إنما هذا البستان كان خاصًا بالشيخ عبد الوهاب العفيفي، الذي اختار هذه البقعة من القرافة الكبرى لتكون منتجعًا له، يتعبد فيه ويتريض. يحكي العجائز من سكان هذه المنطقة، خاصة أبو هاشم المبلط، المتخصص في بناء شيء واحد فقط هو السلم، ومشهود له بأنه أبرع بنَّاء للسلم في مصر كلها رغم أنه شبه متعطل، إنه جماع خبرة لا يستهان بها في فن بناء السلم بجميع مستوياته، من الرخام أو الحجر أو الطوب أو الطين، ويقال إنه يبني السلم من الطين فيتحدى به الزمن والأثقال، وقد بلغ من العمر مائة وعشرين عامًا حتى كتابة هذه السطور، ولا يزال قادرًا على الشغل، حاضر الذهن والبديهة، ساخن النكتة، يستطيع الدخول

في قافية تنكيت مع مقهى بأكملها فيهزمها، وفيه طاقة مرح لا مثيل لها، وطوله لا يقل عن بضعة أمتار، لا يمكنه الدخول من أي باب إلا محنيًا وبجنبه، غليظ الصوت، يتشبث بنبوته حتى وهو في حالة الشغل، وهو نبوت يقل عن طوله قليلًا... ويقول أبو هاشم إنه في طفولته شاهد بقايا البستان الذي لم يكن له شبيه في مصر. من فرط الحماس يأخذك من يدك إلى الوسعاية التي يقام فيها مولد سيدي العفيفي، يخمش الأرض بطرف نبوته فيكشف عن جذع شجرة يابس متحجر، يقول لك إن هذه كانت شجرة خوخ، وإنها وإنها، وإنه وإنه، عشرات الذكريات قامت بينه وبين هذه الشجرة. يقول أيضًا إن سيدي العفيفي قد غضب على الذين تسببوا في تقطيع شجر هذا البستان، فتحققت كراماته في الحال: أحدهم هوت بلطته على ساقَيه فبترتهما، والثاني سقطت فوقه شجرة رمان فبقر الفرع كرشه ومات في الحال، والثالث أصابه شلل، والرابع غرق في النيل أثناء نقل الأشجار المقطوعة إلى بر الجيزة.

على أن البستان تعرض للعدوان في مرة سابقة منذ ما يزيد على مائتَي عام قبل طفولة أبي هاشم، عقب موت الشيخ العفيفي بحوالي نصف قرن من الزمان، حينما اضطر إبراهيم باشا البطل لبناء مقبرة لزوجته وجواريه، فأقام هذا الحوش الكبير المطل على هذه الوسعاية، وبداخل الحوش حجرة مستقلة للخوند الكبيرة زوجته الأولى، وحجرة لاثنتين من وصيفاتها المقربات، وحجرة لكبير حاشيته، وفي وسط الحوش ابتنى مجموعة فسقيات تحت الأرض، بشواهد أنيقة لمجموعة من الخصيان الذين كان يعتز بهم.

بعد ذلك بقليل اقتطعت الأسرة الخديوية مساحة كبيرة من البستان كانت في حضن المقطم مباشرة، فحولت عليها، وأقامت بداخلها مقبرة للأسرة، عبارة عن قصر فخم يضم حجرة الدفن وحجرة للاستراحة ودورة مياه. وحينما أُنشئ خط القطار الحربي في قلب الجبل أنشئت محطة خاصة بهذه المقبرة.

مقبرة الأسرة الخديوية من الداخل تحفة حقيقية، حافلة بالكنوز الأثرية الثمينة، فشواهد المقابر كلها من المرمر والرخام، ومجوفة من الداخل، مفتوحة على مرآة يرى الناظر من خلالها بعض تفاصيل الفسقية التحتية بألوانها الزاهية الرصينة. وأرض الحجرة ـ التي تضم حوالي أربع مقابر ـ مفروشة، فوق الرخام، بأجود أنواع السجاد الشيرازي المعتبر. ثمة، في الممرات، آنيات من المرمر الحر، وفازات من الفضة والذهب. الأهم من كل ذلك طاقم الجلوس المفروش فيها، هو الصالون الذي أعده الخديو إسماعيل لاستقبال الإمبراطورة أوجيني أثناء زيارتها لمصر في حفل افتتاح دار الأوبرا. وتبدو المقاعد والكنب محتفظة بألوانها ومتانتها كأنها خارجة لتوها من المصنع. والمعروف أن المحمل كان يخرج كل عام من مصر في موسم الحج لزيارة قبر الرسول، حاملًا الكسوة الشريفة للكعبة، مع التبرعات والهبات السنوية من أوقاف مجعولة في مصر لهذا الغرض لا تزال تُسمى باسم مكة حتى الآن. فكان المحمل يضع الكسوة الجديدة على الكعبة ويأتي بالكسوة القديمة ليضعها ها هنا. وفي هذه المقابر دفن عدد كبير من كبار رجال ونساء العائلة الخديوية.

ومن القصص المتداولة على مقاهي حي قايتباي، قصة الرخامة النادرة ذات المرآة العجيبة، التي كانت راكبة في واحدة من مقابر هذه الحجرة، فلما مات الرئيس جمال عبد الناصر أراد البنّاء الذي ابتنى له المقبرة أن يبالغ في إكرام جثمانه، فقفزت إلى ذهنه هذه الرخامة، فاستصدر أمرًا بخلعها، وتم له ما أراد، لكنه مع الأسف عجز عن تركيبها في المقبرة الجديدة لأن تركيبها يحتاج لنفس الخبير الإستامبولي الذي قام بوضعها وتركيبها. وأُسقط في يد الجميع، فأتوا إلى حي قايتباي يبحثون عمن يستطيع تركيب هذه الرخامة، فلم يجدوا خبراء، بل وجدوا عمالًا وتُربية فحسب، لكن الحاج عبده الفار، التُّربي المعروف، كان ـ بالفهلوة المصرية الشهيرة ـ يعرف سر تركيبها بحيث لا تنطفئ المرآة التي بداخل الرخام وإلا كشفت عن ظلام في ظلام. فقال لهم: «خذوني»، فأخذوه في استخفاف، لكنه استطاع بعون الله تركيبها في عدلة مواجهة للشمس، صحيح أنها لم تجئ كما كانت في مقرها الأصلي، لكنها على كل حال أضاءت والسلام.

البستان المأسوف على مجده كان يحيط بخلوة الشيخ عبد الوهاب العفيفي، وكان معروفًا باسم «بستان العلماء»، ذلك أنه كان مزارًا لجهابذة علماء مصر وفقهائها، يركبون إليه عصر كل يوم، ليجتمعوا في خلوة الشيخ العفيفي، فتبدأ المناقشات المستفيضة في أمور الفقه والفلسفة والتصوف وعلوم القرآن والحديث النبوي الشريف. فالشيخ عبد الوهاب العفيفي ـ كما يُعرفه يوسف بن إسماعيل النبهاني في كتابه «جامع كرامات الأولياء» ـ هو شافعي، وأحد أئمة الصوفية وأكابر الأولياء وأعيان العلماء الأصفياء. أخذ العلم عن الشيخ أحمد بن

مصطفى الإسكندري الشهير بـ«الصباغ»، وسالم بن أحمد النفراوي. وأخذ الطريقة الشاذلية عن سيدي محمد التهامي. وكراماته كثيرة، منها أن العلامة عيسى البراوي رآه في عرفات حين حج مع أنه لم يخرج من مصر.

وقد تُوفِّي الشيخ العفيفي سنة ١١٧٢هـ، ودُفن في ضريح في نفس الخلوة التي بالبستان، وأقيم بجوار الضريح مسجد بديع محندق، والمرجح أن هذا المسجد كان موجودًا قبل موته بأعوام كثيرة، لأن بنيانه يبدو أقدم من بنيان الضريح. والمقبرة محاطة بمقصورة من خشب الصندل مشغولة بالحفر الدقيق ومدهونة بالأحمر الغامق الرصين. وفي الأرض سجاجيد من بقايا عصره الزاهر. وقد أحيط الضريح والمسجد بمجموعة من الأحواش تشبه طراز دور الميسورين في القرى، يبدو أنها كانت لعائلات قديمة انقرضت سلالتها، فآلت ملكية الأحواش للخفراء والتُّربية فحولوها إلى مساكن، كل حوش يأوي مجموعة أسر، لهم أبناء سافروا إلى العراق وعادوا بأموال اشتروا بها سيارات نقل سوزوكي، وتاكسيات، تراها راكنة بجوار الضريح في الوسعاية الممتدة أمام باب الضريح الذي هو نفسه باب المسجد، حيث يمكن الدخول من البوابة المطلة على الوسعاية، والمرور في ممر ضيق، فتكون حجرة الضريح على اليسار، وبعد خطوات يكون إيوان المسجد على اليمين، وهو بهو كبير مفروش بالسجاجيد العتيقة والحصائر، ويستطيع المصلون الخروج من باب آخر مواجه للباب الأول، لكنه يطل على وسعاية خلفية. للمسجد منبر

من نفس الخشب المصنوعة منه مقصورة الضريح. يؤم المسجد كثير من المصلين خاصة يوم الجمعة، نسبة كبيرة منهم من الغرباء من مريدي الشيخ وعارفيه.

وللشيخ العفيفي أحفاد يحملون اسمه وشكله وطيبة عنصره، نسبة كبيرة منهم تعيش في بيت الأسرة الكبير في الجمالية قرب المسجد الأنور، ونسبة قليلة تقيم في مبنى الضريح نفسه، في طابق علوي، للسهر على الضريح وحراسة محتوياته الأثرية. ثلاثة من الأحفاد يعنون بإقامة المولد السنوي في سبتمبر من كل عام، حيث تتجمع الفرق الصوفية من جميع أنحاء البلاد في هذه الوسعاية، فتقام حلقات الذِّكر طوال أسبوع كامل، وتذبح الذبائح الكثيرة ليتعشى رهط كبير من الفقراء والغرباء.

ولكاتب هذه السطور علاقات حميمة بأبناء هذه الأسرة. فالجدير بالذِّكر ها هنا ـ هذا شيء جدير بالانتباه ـ أنني انجذبت إلى أصغرهم (حسن) الذي يعمل سائقًا لعربة أجرة، وهو شاب في حوالي الثلاثين من عمره، أبيض الوجه صافي البشرة طويل القامة، في صفحة وجهه شيء غير عادي جذبني إليه أول ما رأيته، فصرت أتأمل في وجهه كلما جلس أمامي على المقهى، فأرى الصلاح والملائكية كشعاع ضوء منبعث من جوفه، في سلوكه نبل وهدوء وأدب جم. في البداية تصورته شاعرًا رومانسيًا، فلما فوجئت بأنه سائق سيارة تعجبت، لأن فئة السائقين الآن هم أحط الفئات وأسوأها خُلقًا في مصر. ولكن عجبي زال حينما علمت أنه ـ لهذا السبب ـ يقضي معظم وقته متعطلًا لأن أخلاقه الفطرية لا تتناسب

مع متطلبات المهنة. على أن المفاجأة الكبرى هي اكتشافي أنه أصغر حفيد للشيخ العفيفي، فكان هو الدليل العصري الماثل على صلاح جده، بقدر ما تمثلت روح جده فيه. وهذا بالفعل مصداق للمثل الشعبي القائل: «العِرْق يمد لسابع جد».

المنوفي: الوسيلة والمدد

قلنا إن الداخل من باب مسجد العفيفي المطل على وسعاية المولد يستطيع الخروج من الباب المقابل المطل على وسعاية خلفية، يحدها سور دائري مواجه للمسجد، وله باب حديدي يظل مفتوحًا طوال النهار، تمر عليه فيخيل إليك أنه باب دوَّار، تصدك هيبته عن اقتحامه، لكنك تتشجع على اقتحامه حين ترى الكثيرين جدًّا قد أتوا من الحارات الجانبية الضيقة التي لا تكاد تُلحظ، فيقصدون هذه البوابة فيدخلونها وعلى سيماهم شيء من الراحة النفسية كأنهم قد عادوا إلى مساكنهم. ادخل أنت الآخر، وحينئذ تفاجأ بمدينة صغيرة محندقة يحوطها هذا السور الخارجي العملاق: مجموعة من الأبنية الفخيمة عتيقة الطراز بأبواب مغلقة تسبح في صمت وسكون شديدين، تتخلل الأبنية أرهاط من الشواهد كالمصاطب العالية المبنية بالأسمنت. ورغم أن الأرض رملية متربة فإن الأبنية كلها على درجة كبيرة من النظافة، كأن هناك من يسهر على تنظيفها كل دقيقة مع أنه لا أحد يفعل ذلك على الإطلاق.

لقد مررت بين مقابر المنطقة عشرات الألوف من المرات، في

جميع أوقات النهار والليل، وحدي وبرفقة آخرين، واكتسبت جرأة وجسارة، وقامت الألفة الشديدة بيني وبين كل الأماكن الخفية في هذه المنطقة، إلا هذه المدينة الصغيرة المحاطة بسور عملاق ذي باب حديدي. دخلتها مئات المرات، وفي كل مرة أرى قلبي يدق من رهبة، وتكاد كل شعرة في جسدي تقف. لهذه الرهبة نكهات مختلفة جربت كل أنواعها في كل طرقات هذه المقابر: فثمة أماكن ما أكاد أقترب منها حتى أشعر كأن فروة رأسي ترتفع كلها وتكاد تطير في الهواء تاركة رأسي بغير سقف، فإذا بي أرتد في الحال عائدًا من حيث أتيت. وثمة أماكن أشعر أمامها بقليل من انتفاضة مفاجئة، وتتملكني الرعشة، لكنني أظل أواصل السير حتى نهاية الطريق، فإذا الرعب يتلاشى كلما أمعنت في البعد عن المكان. وثمة أماكن أشعر إزاءها كأن أشباحًا خفية تخرج من الشقوق فتعترض طريقي، وأشعر في كل خطوة كأنني اجتزت كمينًا سريًا. وثمة أماكن أعبرها بسرعة كأن ريحًا عاتية دفعتني بقوة، لكنني أظل طوال الطريق شاعرًا بأن هناك من يمشي خلفي وعلى وشك أن يطبق على كتفي بقبضة حديدية. أما هذه المدينة الصغيرة المحندقة فإن رهبتها من نوع حميم، رهبة حبيبة، تشبه رهبة أماكن العلم ومجالس الآباء، رهبة يشعر الإنسان بلذة في أن يحتملها ويألفها ويكون جزءًا منها.

تتصاعد من المكان نكهة تاريخية جذابة بالفعل، وهذا ما يحدو إلى الاعتقاد بأن أرواح الموتى تطبع مسكنها بطابعها، فلا تفسير عندي لهذا سوى أن ثمة أرواحًا شريرة تسكن حيث ترقد جثث أصحابها، الدليل على ذلك أنني ما شعرت براحة نفسية ورغبة في الجلوس

أمام مقبرة من المقابر إلا وعلمت أن ساكنها كان رجلًا طيب القلب مضيافًا كريمًا، وما من مرة شعرت بالرعدة تعتريني في الطريق فجأة إلا ونبهني مرافقي إلى أن هذه المقبرة مدفون فيها قاطع طريق شرير!

المرجح عندي الآن أن الشيخ العفيفي لم يختر خلوته في هذا المكان عبثًا، إنما قد جذبه ــ كما يقال ــ أريج شيخ سبقه بنحو أربعمائة عام ونيف، هو الشيخ عبد الله المنوفي.

لم أرَ المنوفي شخصيًّا بطبيعة الحال، ولكنني من منظر ضريحه أكاد أتصور شكله، صدقوني أن صورته ماثلة في الهيكل العام لضريحه، وهو عبارة عن حجرة مغلقة، لكن شباكها ذا الشبكة الحديدية يكشف عن مرقد الشيخ داخل مقصورة خشبية بالقطيفة الخضراء، دائمًا أبدًا ترى الضوء في الحجرة، لا تعرف من أين أتاها، حتى في اللحظات التي ينصرف فيها ضوء النهار تبدو الحجرة كأن شعاعًا من الشمس يكمن فيها لا يغادرها، دائمًا أبدًا هناك شموع مضاءة في الليل متراصة في أرضية الشباك، وللضريح قبة على شيء من الفخامة قيل إن السلطان قايتباي هو الذي جددها في أواخر أيامه قبل رحيله بوقت قليل.

وعلى كثرة أضرحة الأولياء في جميع أنحاء مصر والقاهرة، فإن شهرة المنوفي قد فاقت كل حدٍّ، فليس ثمة شخص في المنطقة لا يتكلم عنه بحميمية كأنه شقيقه من لحمه ودمه، وليس ثمة شخص في المنطقة لم يحتك به المنوفي احتكاكًا مباشرًا: إما طلع له في الطريق ليؤدبه، وإما اعترضه في فعل فاضح، وإما زاره في المنام ينبهه إلى شيء مهم.

فايد البقري، البائع السريح، الذي كان يبيع الحشيش بالقطاعي للشاربين في غرز حي قايتباي، كان قبل عشر سنوات عملاقًا يفلق الحجر، لكنه ذات ليلة حضر أحد الأفراح في المنطقة، فسكر وحشَّش حتى انتشى، وأوقع في حبائله إحدى راقصات الفرح، ورغم أن شغلته إلى جوار الحشيش هي بيع الفانلات والجوارب والمناديل يسرح بها في الطرقات، إلا إن شغلته الأصلية هي التُّربي، التي يتوارثونها أبًا عن جد، وقد ورث فايد البقري عن أبيه مهمة الإشراف على مجموعة أحواش متاخمة لضريح المنوفي، يسترزق من ورائها، فمهمته حراسة هذه الأحواش والجثث المدفونة فيها، في جيبه كل مفاتيحها، إذ كان أبوه في الزمن الماضي معلمًا كبيرًا له حجرة مكتب في قلب القرافة فيها جهاز التلفون، يتصل به أهل الميت لكي يستعد لاستقبال الوافد الطارئ، وفي الحال يكلف صبيانه بفتح المقبرة وتهيئتها، وإحضار الزهور اللازمة، وكنس الحوش والأرض التي أمامه، ورص الكراسي أو فرش الحصائر حسب مستوى الميت، فإذا كان الميت من أسرة ميسورة فإن الأسرة تقاول المعلم على إعادة بناء المقبرة، أو على الأقل ترميمها، أو شراء قطعة أرض مجاورة لبناء تُربة جديدة فوقها، ويقوم هو نيابة عنهم باستصدار الرخصة، وتصريح الدفن، وكل مهمات الدفن، واستدعاء فقي مؤقت يودع الميت ببعض الآيات المناسبة، وتظل هذه هي مهمته طوال العمر، عليه أن يكون جاهزًا في أيام الخميس والجمعة، وتعلن حالة الطوارئ في أيام الأعياد، فبعض الأسر يحلو لها المجيء بكاملها لتمكث في الحوش طوال أيام العيد، تستقبل مقرئي القرآن الذين يسرحون بين المقابر، فيجلس

الواحد بدون دعوة ويشرع في الحال في القراءة، ويأخذ النفحة من القُرَص والقراقيش والفطائر، وربما القروش والشلنات والبرايز وأرباع الجنيهات. إلى جانب المقرئين هناك طائفة من السريحة لا عمل لهم سوى المرور لالتقاط الرحمة بأي نفحة.

تنتعش الحياة في حي قايتباي انتعاشًا لا مثيل له، منذ شروق شمس يوم العيد ينزل على المقاهي سمت حميم صبوح رطب ودافئ معًا، طوائف وأرهاط من البشر من مختلف الأشكال والألوان والمستويات، كرنفال من الملابس: جلابيب وفساتين وبدلات وجبب وقفاطين وعمائم وطرابيش وطواقي، قفف وحقائب وأخراج وزنابيل، وحمير وبغال، عربات كارو وسيارات مرسيدس، زمامير وشخاليل وطبول محندقة في أيدي الأطفال، الهريسة والترمس والفول المقلي والحلبة فوق عربات يد يدفعها الباعة، حتى لتصبح المقابر هي الدليل الحقيقي الملموس على أن اليوم عيد.

مات المعلم، وأهمل فايد البقري في أصول الصنعة، فانسحب منه جهاز التلفون، واستولى المعلمون الآخرون على نسبة كبيرة من الأحواش التي كانت تحت مسؤولية أبيه، لم يبقَ في حوزته سوى القليل جدًّا، من الزبائن الكحيانين أمثاله، الذين كف معظمهم عن زيارة موتاهم إلا لدفن جديد.

في ليلة الفرح تلك، وفي الهزيع الأخير من الليل، وفي كامل النشوة والفتوة والغندرة، اصطحب فايد البقري الراقصة وقد أخذ يفكر في مكان آمن يقضي فيه وطره، فهداه تفكيره إلى حوش مناسب من الأحواش التي في حوزته، فاتجه من فوره إليه، في

هدوء شديد فتحه، دخل والراقصة، على ضوء عود الكبريت عرف مكان الشموع فأشعلها، وفرش بعض الحصائر فوق مصطبة رفيعة معدة للجلوس، وجلس بجوار الراقصة يبرم لها سيجارة محشوة بالحشيش. كان الوقت صيفًا وحر أغسطس يبعث في الجو رطوبة خانقة، خاصة أن الحوش محكم الإغلاق وبغير نوافذ. فلما انتهى فايد من تدخين السيجارة بأنفاس مشتركة، وانتهى من خلع الثيابين، وشرع يطلع العلواية المأمولة، ما درى إلا والدنيا ترعد رعدًا مدويًا كالقنابل فوق رأسه مباشرة، وما لبث صوت المطر الغزير أن انهمر كالسيل يقرع ألواح السقف الخشبية. كان صوتها يشتد عنفه حتى كأن هناك من يحاول خلع السقف أو سحب الجدران من تحته. واستغربت الراقصة من هطول المطر وقيام الرعد والبرق على غير أوان، وتذكر فايد أن الوقت صيف، فلف الثوب حول جسمه وفتح الباب ونظر في الخلاء فلم يجد بحرًا من مياه المطر كما توقع، بل لم يجد مطرًا على الإطلاق، فاستمر واقفًا لبرهة طويلة فلم يجد أي شيء غير طبيعي، فدخل، واستأنف عملية الطلوع المأمولة، فإذا بالمعزوفة نفسها تعود من جديد أكثر عنفًا كأنما الأرض قد زلزلت. وقالت الراقصة: «لا بد أن هناك ناسًا يدقون بأرجلهم فوق خشب السقف». فتركها فايد وخرج إلى الحوش، ثم صعد على سلم نقالي، فلم يجد على السقف ثمة أحد فنزل، وجلس يستدر الاطمئنان بلف سيجارة جديدة، وما إن انتهى منها حتى شرع في الطلوع، إلا إن معزوفة الرعب كانت أسرع منه، فصار يسمع صوت أشياء ثقيلة كأحجار الهرم الأكبر تقع على مقربة منه، فينتفض

جالسًا ليرى، فتُطفأ الشموع كلها دفعة واحدة، كأنما بفعل فاعل، فيعيد إشعالها، فتنطفئ، لحظة ذاك فحسب تذكر أن جدارًا رقيقًا يفصل بينه وبين ضريح سيدي عبد الله المنوفي، فانزلقت أنفاسه كلها في زفرة واحدة وهو يردد لنفسه: «عملتها يا منوفي؟»، لكنه لم يستطع نطقها، لأن لسانه قد انحاش، والشلل قد أمسك بجميع أطرافه، فوقف ينتفض صارخًا، يريد أن يحرك أي عضو من أعضائه فلا يفلح، يريد أن ينطق فلا يجد لسانه، فصار ينتفض في الظلام صارخًا، والراقصة في موقف أليم، تبحث عن ثيابها في الظلام بشق النفس، وكلما أمسكت بقطعة منها شعرت كأن يدًا تجذبها منها بقوة، فتقع من يديها، فتتحسس المكان بحثًا عنها. إلى أن تجمع المتأهبون لصلاة الفجر في مسجد العفيفي، فاقتحموا الحوش، وهالهم ما رأوه، لكنهم ستروا الراقصة وسربوها بسرعة، وحملوا فايد إلى المستشفى، فمكث بها أشهرًا طوالًا دون أن يسترد عافيته، كل ما ناله من شفاء أن تمكن من تحريك يديه وقدميه بصعوبة، فبقي حتى هذه اللحظة يظلع في مشيته كطفل يتعلم المشي، أما لسانه فقد انخرس، لا يستطيع إكمال لفظ واحد، بل ينطقه حرفًا حرفًا على مدى عشر دقائق على الأقل، ومع ذلك لا تفهم ما قال.

ذلك مجرد مثل على نوع العلاقات بين المنوفي وجيرانه، لا غرو، فالشيخ عبد الله المنوفي ليس هينًا، فالنبهاني يُعرفه بأنه الشيخ العارف الكبير والإمام الشهير، شيخ الشيخ خليل صاحب مختصر الفقه في مذهب مالك. وكان أصل الشيخ عبد الله من المغرب، قدم أبواه على مصر فوُلد في البحيرة (يقصد محافظة البحيرة)، ورحل

إلى منف (لعله يقصد بلدة منوف التابعة لمحافظة المنوفية)، ولزم العارف الشيخ سليمان المغربي الشاذلي، فرباه وأدبه، وظهرت له منه مخايل الولاية من صغره، ولما احتضر الشيخ كان ولده غائبًا فحضر فقال له: «الذي كان في الجراب أخذه عبد الله». وكان الشيخ عبد الله المنوفي يقول: «استأذنت المصطفى صلى الله عليه وسلم في الانقطاع عن الناس فلم يأذن». وكان يدرس العلوم ويقرأ الكتب الصعبة بلا مطالعة، وإذا درس يخرج من فمه نور، وإذا حسر عن ساعديه يظهر عليهما النور.

وكان بعض مريديه ـ يقول النبهاني ـ ذا صورة جميلة، فعشقته امرأة فخدعته، حتى دخل بيتها وطلبت منه مواقعتها، فهم بها، فانشق الحائط وخرج منه الشيخ فغُشي عليه وتركها.

وحكى الشيخ خليل عن أستاذه المنوفي فقال: كنت في صغري قرأت سيرة الأبطال، وأخذت في غيرها من الحكايات ولم يعلم بذلك، فدخلت عليه فقال: «يا خليل، من أعظم الآفات السهر في الخرافات».

وأرسل إليه الأمير شيخو يستأذنه في الاجتماع، فقال لقاصده: «قل له ما يحتاج؟ التولية حصلت فوقعت».

وبات بعض جماعته بغير عشاء لفقد ما يأكله، فجاء وطرق عليه الباب وناوله كفايته.

وحمل له التراسون قمحًا، فسرقوا منه، فقال: «هاتوا ما أخذتم فإنه قمح الفقراء»، فأنكروا، فماتت حميرهم كلها في يوم واحد، فردوا ما سرقوه.

وقدم عليه إنسان بزبيب وفي داخله قراقيش ورغيف، ولم يعلم بذلك أحد، فبمجرد رؤيته قال له: «كل القراقيش وتصدق بالرغيف».

وجاء يومًا إلى دكان فاشترى منه خروفًا مشويًا وخرج به إلى الكِيمان فأطعمه للكلاب، فظهر بعد ذلك أنه كان ميتة.

وبلغ بعض مريديه أن أمه ماتت، فتأهب للسفر لها، وجاءه يودعه، فقال: «اجلس، أمك ما ماتت»، فكان كذلك.

وكان يُخرج الفضة والذهب من طيات عمامته من غير أن يضع فيها شيئًا، وإذا جلس على فروة أخرج ذلك من تحتها من غير أن يكون تحتها شيء، ويخرج من بيت الخلاء وأصابعه تقطر ماء وبينها الفضة فيعطيها لأول من لقيه.

ويجلس بجنب طاقة في حائط بيته، فيخرج منها ما يعجز الملوك عنه من النفقة.

والأرض كانت تطوى له، حتى صلى مرة الظهر بإسكندرية والعصر بمنف.

ومات والد الشيخ سليمان شيخه بمنف وهو بمصر، فذهب إليه من مصر إلى منف، فصلى عليه وعاد في يومه.

وفاحت منه حين طلوع روحه رائحة طيبة كالمسك. مات سنة ٧٤٩هـ، وقد أفرد له الشيخ خليل تلميذه ترجمته بمؤلف حافل ذكر فيه أنه أخبره غير واحد أنه جرب زيارة قبره لقضاء الحوائج.

قال البرهان المتولي: إذا كان لكم حاجة إلى الله فتوسلوا بالمنوفي، فإن لم تُقضَ فبشرف الدين الكردي بالحسينية، فإن

لم تُقضَ فبالشافعي، فإن لم تُقضَ فبنفيسة. ودفن الشيخ المنوفي بقرب الجبل خارج الصحراء.

هذا ما ذكره النبهاني. أما ما يقوله أهل حي قايتباي عن شيخهم فلا يصدقه عقل وإن دلت عليه الشواهد الواقعية الغريبة.

السلطان

لنا أن نخرج من نفس البوابة التي دخلنا منها إلى مدينة المنوفي، أو من بوابة أخرى مطلة على شارع خلفي موازٍ للأوتوستراد، فإذا خرجنا من هذه البوابة الخلفية رأينا ساحة كبيرة ممتدة أمام المقبرة الخديوية، يستخدمها أبناء حي قايتباي في إقامة ماتشات كرة القدم التي يغرمون بها جميعًا، حيث تقام عصر كل يوم مباراة الكرة الشراب بين فريقين من أبناء الحي من أعمار متفاوتة، فلا عجب أن خرج من هذا الحي مجموعة من ألمع نجوم لعبة كرة القدم، مثل حمدي نوح نجم نادي المقاولون العرب ونادي الإسماعيلي، واللاعب نصر إبراهيم نجم نادي الزمالك، واللاعب جمال عبد العظيم نجم النادي الأهلي، واللاعب إبراهيم عزيز نجم نادي البلاستيك. فإذا تركنا هذه الساحة قليلًا في اتجاه مدينة نصر كان على يميننا مستشفى المقاولون وناديهم، ثم نادي السكة الحديد والمنصة الشهيرة التي قُتل أمامها أنور السادات.

لكننا نفضل الخروج من البوابة التي دخلنا منها، لنمضي في درب ضيق جدًّا بضع خطوات، لنصير في ميدان قايتباي، الذي يسميه أهل

الحي «السوق»، حيث يقف في شموخ عاتٍ رهيب مسجد قايتباي، أفخم تحفة معمارية في مساجد العالم الإسلامي حتى الآن، والذي ترى صورة واجهته ـ مع الأسف الشديد ـ على الجنيه المصري.

فمن هو قايتباي؟ ذلك المملوك التركماني الذي كان سلطانًا على مصر؟ وكيف وصل إلى السلطنة؟ وما قصة مسجده هذا؟

إنه ـ كما يعرِّفه ابن تغري بردي ـ الملك الأشرف قايتباي المحمودي، وهو السلطان الحادي والأربعون من ملوك الترك وأولادهم بالديار المصرية، والخامس عشر من الجراكسة وأولادهم. وأمرُ سلطنته وكيفيتها أنه جاركسي الجنس، جُلب من بلاده إلى الديار المصرية في حدود سنة تسع وثلاثين وثمانمائة، فاشتراه الملك الأشرف برسباي، ولم يُجرِ عليه عتقًا، وجعله بطبقة الطازية من أطباق قلعة الجبل، إلى أن ملكه الملك الظاهر، وأعتقه وجعله خاصكيًّا، ثم دوادارًا صغيرًا، ثم امتحن بعد خلع ابن أستاذه الملك المنصور عثمان، ثم تراجع أمره عند الملك الأشرف إينال، وصار دوادارًا صغيرًا كما كان أولًا، ثم أمَّره إمرة عشرة، فدام على ذلك إلى أن أنعم عليه الملك الظاهر خشقدم بإمرة طبلخاناه، وجعله شاد الشراب خاناه بعد جاني بك الأشرفي المشد، فدام في المشيدية أيامًا كثيرة، وتوجه إلى تقليد نائب حلب، ثم بعد عودته بمدة أنعم عليه بإمرة مائة وتقدمة ألف بالديار المصرية، فاستمر على ذلك إلى أن جعله الملك الظاهر بلباي رأس نوبة النوب بعد خروج الأمير أزبك الظاهري إلى نيابة الشام، وأنعم عليه بإقطاعه أيضًا، ونقله الملك الظاهر تمربُغا إلى الأتابكية عوضًا عن نفسه لما تسلطن.

ويبالغ ابن تغري بردي في وصف عظمة الملك الظاهر تمربُغا، وتواضعه الجم، وحبه للفنون والشعر، وتقديره للعلماء والفقراء، حيث كان يقف في استقبال أي من هؤلاء، ولا يكف عن إقامة المحاضرات والندوات ليتدارس الفقه والشريعة والأدب، كما كان خبيرًا بصناعة القوس والنشاب والسيف، يصنع كل ذلك بيديه ويبرع في استخدامها. وكان لذلك محبوبًا من الجميع. ولم يكن في سيرته الملكية أي نقطة سوداء، ولكن خواطر الناس تغيرت عليه بسبب قرار تافه جدًّا في رأي المؤرخ، ذلك أن السلطان السابق عليه، الملك الظاهر بلباي، قد منع النفقة عن أولاد الناس، وأولاد الناس هؤلاء هم أبناء المماليك السلطانية الذين كانوا في دست الحكم ذات يوم ثم أبعدوا أو مات عائلهم، فكان على الدولة أن تلتزم بالإنفاق عليهم، فلما تسلطن تمربُغا، أمر بإعادة هذه النفقة، إلا إنه استجاب لوساطة العدو، فعاد ومنعها، فتغيرت ضده الخواطر، وكثر الدعاء عليه والدس له، والتشنيع والفتن. وكان الملك تمربُغا قد خلع على الأتابك قايتباي خلعة ناظر البيمارستان المنصوري، وعلى خاير بك الدوادار الكبير خلعة الأنظار أيضًا، ومعنى ذلك أن كليهما يبقى في الانتظار إلى أن يخلو هذا المنصب من شاغله الحالي فيتولاه، وسواء تولاه حالًا أو بعد حين فإنه يتمتع بكل مميزات المركز الذي رُقي إليه. وفي هذه الأيام قويت الإشاعة بأن الأمير خاير بك يريد القبض على السلطان وعلى الأتابك قايتباي المحمودي إذا طلع إلى القلعة في ليالي الموكب، وأنه قد اتفق مع خجداشيته الأجلاب على ذلك. فأخذ الأتابك قايتباي حذره من هذه الإشاعة، واحترز على نفسه، وامتنع

في الغالب من الطلوع إلى القلعة في ليالي الموكب وصلاة الجمعة مع السلطان، بل طلب السفر إلى بعض قرى القليوبية لمدة أسبوع يباشر فيه عمله في مربط جِماله هناك. وذات ليلة نفَّذ خاير بك مؤامرته بالفعل على السلطان، فحاصره واعتقله في مجلسه، ثم حبسه في المخبأ وقام بتحصين القلعة. على أن الذين بايعوا خاير بك خذلوه، فلم يلحق به أحد، وتركوه وحده، فاضطر إلى الإفراج عن الملك وطلب العفو. وإذا بالأتابك قايتباي كان يتربص بهم، ففاجأهم بالقتال حتى هزمهم شر هزيمة، وقضى على الأجلاب، ثم طلع بمن معه إلى باب السلسلة، وجلس بمقعد الإسطبل، وحينئذ هتف البعض بحياته، وكلمه بعض الأمراء في السلطنة، وهو يمكر بهم ويعتذر بطريقة فنية حفزتهم على التشدد في طلبهم سلطنته، فقبَّلوا الأرض له، وكانت رغبته في السلطة واضحة، فلو لم يكن راغبًا فيها لطلع إلى القصر عند السلطان مباشرة. وأخيرًا وافق، فطلع الأمير يشبك الظاهري إلى تمربُغا وأبلغه بسلطنة قايتباي، وأخذه ودخل به إلى خزانة الخرجة الصغيرة، ثم فاوضه في أمر الرحيل إلى ثغر دمياط مكرمًا، فوافق، وسافر إلى الثغر مشيعًا من قايتباي بكل التكريم والحفاوة.

استمر الملك الأشرف قايتباي المحمودي في حكم مصر تسعًا وعشرين سنة وأربعة أشهر وأيامًا، من سنة ٨٧٢هـ، إلى سنة ٩٠١هـ، وهي السنة التي تُوفِّي فيها، لأن ابنه كان قد ثار عليه قبل ذلك بوقت قليل جدًّا، وعزله.

وقد أجمع مؤرخو تلك الحقبة على أن الملك قايتباي كان آخر الملوك العادلة بالديار المصرية، ويقول ابن تغري بردي إنه تُوفِّي يوم

الأحد سابع عشر ذي القعدة سنة ٩٠١هـ بعد أذان العصر (شوف الدِّقة الرائعة من مؤرخينا القدماء)، وصُلي عليه بالحوش السلطاني، ودُفن يوم الاثنين ثامن عشر ذي القعدة سنة ٩٠١هـ، ودُفن بتربته التي أنشأها في الصحراء.

نحن الآن أمام هذه المقبرة التي خلدت هذا الملك في الخيال الشعبي المصري وعلى ألسنته. في الواقع لم تكن مجرد مقبرة، بل كانت مؤسسة دينية واجتماعية كاملة، إلى جانب كونها تحفة معمارية بالغة الروعة والجمال والأبهة، تكشف عن ذوق فني رفيع جدًّا، وهندسة معمارية جعلت هذا البناء يتحدى الزمن والصحراء خمسة قرون ونيفًا من الزمان، ولا يزال قادرًا على البقاء أضعاف هذا الزمن، إذا ما نجاه الله من أيدي العابثين والنصابين والمحتالين وأصحاب الأكباد والأقفية الغليظة ممن انتشروا في مصر في هذه الأيام.

الأهم من هذا أن هذا البناء تتصاعد منه روح حميمية تسيطر في الحال على كل من يراه من النظرة الأولى، ما إن تقع عيناك عليه حتى تحبه، تنجذب إليه، تقع في الحال أسير هواه، تحس أنك لا بد أن تبقى أمامه في رحابه وقتًا طويلًا جدًّا، ويا حبذا لو كان هذا الوقت أبديًّا.

حينما وقع بصري عليه لأول مرة كان قد مضى عامان على استيطاني مقابر المجاورين، ولم يكن عندي أي علم سابق به، لكنني كنت أسمع المحيطين بي يرددون باستمرار كلمتَي: السوق، والسلطان. فحينما يقول أحد إنه ذاهب إلى ميدان قايتباي يقول إنه ذاهب إلى السوق، مع أنه لا سوق هناك على الإطلاق. وحينما يقول أحدهم إنه ذاهب ليصلي في مسجد قايتباي يقول إنه سيصلي في

السلطان. يرددون هذين الاسمين بحميمية تكاد تصل إلى حد الوله.
وفي يوم ركب السمكري سيارتي ليقودها إلى ورشته ـ التي هي جزء
من مدفن أسرته ـ فركبت بجواره، فإذا به يمر بجواره، فأصابني هلع،
إذ خيل لي أننا في مدينة أخرى من المدائن ذات القلاع الأسطورية!
نزلت، وصرت ألف حوله مأخوذًا، وداخلتني بهجة عظيمة حينما
لاحظت وجود مقهى شعبية في مواجهته تمامًا، غائصة في الأرض
حتى منتصف الجدران، وبناؤها يشبه الفسقية بسقفها الأسطواني،
ورصيفها المبلط يمتد أمامها بعرض ثلاثة أمتار، تتراص فوقه الكراسي
والترابيزات، والرصيف كالأرض منحدر جبلي بديع، ومن أمامه
ميدان يتوسطه فانوس عتيق الطراز معلَّق في أعلى عمود حديدي
فوق قاعدة حجرية دائرية. منذ ذلك الوقت من أواسط السبعينيات
نقلت قعدتي إلى هذه المقهى فلم أغادرها حتى اليوم، وأظن أن من
يرتاد هذه المقهى ولو مرة واحدة لا يمكن أن تعجبه بعدها أي مقهى
في أي مكان في العالم، فالجلوس على رصيفها وقت الأصيل، أو
في باكورة الصباح، حيث يستقر بصرك على هذه التحفة المعمارية
الشامخة بمئذنتها السامقة، شيء يدخل في عالم الأحلام والتمنيات،
خاصة أن الجالسين بجوارك ناس لا علاقة لهم البتة بما يدور في
عالمنا الراهن من صراعات وإرهاب وتطرف، ناس تطامنت قلوبهم
فتوافقوا مع أنفسهم.

أمتع اللحظات يمكن أن تقضيها مع نصر العبيط، الشاب الفتي
الذي توقف نمو عقله عند حدود طفل يحبو، وهو مع ذلك قمة في
الذكاء وخفة الظل والقدرة على المحاكاة، إنه طاقة مرح لا مثيل

لها بين البشر، يستطيع إخراجك من جلدك، فترى نفسك بعد قليل قد صادقته وصرت تتبادل معه الحديث الودي، إذ ينبعث من هذا الكيان المشوه دفء إنساني عظيم، وإنه ليوم حافل بالأنس والمتعة يوم يكون نصر العبيط منجليًا، يكون أحدهم قد ملأ دماغه بأنفاس الحشيش الذي يعشقه نصر كأي حشاش قراري، يترك صرة هدومه الحافلة بالخرق والهلاهيل، ويقدِّم على الرصيف مشهدًا مسرحيًا يكشف عن طاقة إبداعية مذهلة، مع أن كلامه غير مفهوم إلا لمن يعرفونه جيدًا عن قرب: يقلد الحواة المحتالين، يتربع على الكنبة، يسند العصا أمامه كأنها رأس الميكروفون ثم ـ ويا للعجب! ـ يشرع في قراءة القرآن، فإذا هو قد اختزن في رأسه الصغير كل النغمات التي يتداولها المقرئون، فيرددها بغير كلام، أو بما يتخيل هو أنه كلام، لا تقل لي عادل إمام ولا حتى شارلي شابلن. نصر العبيط في لحظات التجلي هذه يكشف حقيقة مصرية صرفة خاصة بالتمثيل الفكاهي عندنا، فجميع ممثلي الكوميديا في مصر الآن، من عادل إمام إلى سعيد صالح إلى محمد صبحي إلى سمير غانم، فأحمد بدير فسهير البابلي، كلهم كلهم، لا يمثلون في الواقع سوى مسخ من نصر العبيط، ولو أنهم رأوه لتحسن أداؤهم.

ميدان قايتباي هذا، وأمام هذه الواجهة المرسومة على ورقة الجنيه المصري، لا بد أن يكون شهيدًا على أي فرح من أفراح المنطقة، العروس التي لا تحج إلى كعبته ليلة زفافها لا يكتمل زفافها. تركب العروس سيارة تم تزويقها بالورق الكريشة الملون، وبالشرائط اللامعة، تتبعها عدة سيارات مزوقة هي الأخرى، يركبها الأهل

والأصدقاء في زئيط متواصل من أصوات الكلاكسات الموصولة، يصل ركب السيارات إلى الميدان تتقدمه سيارة العروس، لتبدأ اللف والدوران حول عمود الفانوس في منتصف الميدان، ومن خلفها السيارات الأخرى، في دوران يستمر وقتًا طويلًا تتطاير منه الزغاريد والأغنيات، وبعد حوالي سبع لفات تقفل السيارات عائدة إلى ديارها، فإذا كان المساء تجمعت فرقة الزفة حول الفانوس وراحت تسخن جلود طبولها، في انتظار قدوم العروس من محل الكوافير من أي مكان في المدينة، لتبدأ الزفة من هنا، فمن هنا تذهب إلى الكوافير بالسيارات، ومن هنا تذهب إلى دار العريس سيرًا على الأقدام يحوطها موكب من النسوة الفاتنات رغم تواضع مظهرهن وبساطة لباسهن، ترى فيهن حينذاك الجواري الروميات والفارسيات والشركسيات والحبشيات، أفخاذ وأرداف ونهود ورقاب وعيون تتفجر فيها خصوبة الطمي بزخم صارخ.

على يسارك وأنت واقف أمام الواجهة المرسومة على ورقة الجنيه المصري، يمتد البناء الحجري على مساحة طولها عطفة كاملة تقود إلى وصلة السكة البيضاء السالف ذكرها، وثمة باب يفتح على هذه العطفة في أعلى العلواية، تلك هي التكية الملحقة بالمسجد، وهي دار حافلة بالغرف والحجرات، ومن طابقين، للغرف شرفات ومشربيات علاها الصدأ وتخلعت مفاصلها وتآكلت وحداتها الزخرفية. أعدت هذه التكية لاستقبال الغرباء الوافدين على المدينة وليس في مكنتهم النزول في الفنادق والخانات والوكالات، واستقبال الفقراء المعوزين ممن ليس في استطاعتهم تأجير مسكن، لهم جميعًا أن يبيتوا في هذه

التكية لأي وقت يشاءون، آكلين شاربين على نفقة السلطان الذي أوقف لحسابها أوقافًا تُدر دخلًا ينفق عليها. هي الآن محتلة من ناس لا أحد يعرف كيف احتلوا هذا الأثر البديع، ليعيثوا فيه فسادًا، دون رقيب أو حسيب! حقًّا إن الآثار في مصر الآن لا صاحب لها، والسبب الذي لا ينتبه إليه أحد، هم رجال الأحياء من الحزب الحاكم، الذين يُرشحون أنفسهم في انتخابات مجلس الشعب، إذ ما أسهل على الواحد منهم أن يعطي تصريحًا لأي فئة ضالة، كي تحتل أثرًا كهذا وتقيم فيه بصفة نهائية، لدرجة أن واحدًا من هؤلاء يحتل سبيلًا أثريًّا خطير الشأن أمام مسجد الحسين، وقد أجرى فيه عمليات تعديل وتشويه ليحوله إلى معرض للحلوى!

على اليسار أيضًا، بجوار المقهى الشعبية، توجد دورة مياه وميضأة كبيرة، لخدمة المصلين في مسجد قايتباي. أمامها على اليمين ـ في الطرف الآخر للميدان ـ بقايا بناء أثري من نفس طابع المسجد، ينقسم إلى قسمين، والمعالم واضحة، فمن السهل على من يراهما معرفة أن القسم الأمامي عبارة عن حوض كبير للمياه، وأن القسم الثاني هو بقايا ساقية مهمتها جلب المياه الجوفية من باطن الأرض لصبها في الحوض، خدمة للمصلين. أمامها ـ لصق المسجد ـ مدخل قبة، هي القبر المدفون فيه جثمان السلطان قايتباي. لصق هذه القبة، وعلى مساحة كبيرة بناء غاية في الأناقة، كان في الأصل مدرسة لتحفيظ القرآن الكريم. تنكسر هذه البناية انكسارة رشيقة مكونة مع الشارع زاوية حادة، تصنع ساحة مستطيلة محندقة تصلح لإقامة الحفلات، لكن أبناء الحي يستخدمونها ملعبًا للكرة. على يسارها يمتد بناء

مستطيل من طابقين له شرفات ومشربيات، في أسفله بوابة أنيقة تفضي إلى عدة أبواب، تلك كانت خانقاه للصوفية، يقيم فيها لفيف من أهل التصوف والمتعبدين. يليها على نفس الامتداد بناية متصلة بها كانت بمثابة مسكن للمعلمين والأساتذة الذين يعملون في مدرسة تحفيظ القرآن الكريم، وهذه البناية الآن ـ بكاملها ـ تستخدم كمدرسة تتسع لحوالي ألف تلميذ على فترتين.

البول فوق رأس الإمام

نسينا أن نرصد في مقابر العائلة الخديوية مقبرة ملحقة بحديقتها أشبه بجوسق أو بديكور مسرحي، ومن الواضح أنه لم يكن ضيفًا على هذه الحديقة الملوكية بقرار رسمي، وإنما هي لعبة الزمن حتى في المقابر، فمنذ أن زالت العائلة الخديوية من الوجود، فقدت حديقة المقبرة عزها ورونقها، ودب إليها الجفاف والإهمال، وسيطر عليها الغوغاء من صبيان التُّربية، فقطعوا معظم أشجارها النادرة، وهدموا أسوارها، فاختلطت بالمقبرة الملوكية مقبرة غير ملوكية لواحد من الشعب، صحيح أنه من عظماء مصر، ولكن عظمته لم تكن لتشفع له في اختراق الحاجز الملوكي، تلك هي مقبرة العالم الكبير الدكتور علي مصطفى مشرفة، عالِم الذَّرة الشهير.

وعلى ذكر الطبقية التي تلاحق الناس حتى في موتهم، فإننا وقد انسلخنا من آخر بوابة لهذه المؤسسة الدينية القايتبايية، نستطيع أن ننعطف يمينًا في ممر متعرج بين مجموعات متناثرة من شواهد المقابر التي بلا أحواش، ينتهي بنا الممر إلى شارع متسع اسمه شارع «الإمام محمد عبده»، يتفرع من صلاح سالم إلى مدخل

ميدان قايتباي. يحفل هذا الشارع بمجموعة أحواش عتيقة الطراز، وتتخلله تقاطعات عدة. نتوقف عند ناصية التقاطع الأول في الاتجاه إلى صلاح سالم، ويبدو أن هذه الخرطة المربعة كانت موزعة على لفيف من رجال الشرطة الكبار في زمن العصور الملكية، فمعظم الأحواش مكتوب عليها: اللواء فلان، القائمقام فلان، الأميرالاي، إلخ إلخ، وثمة بينها ـ على الشارع ـ سور متهدم شائه، تم ترميمه مرات عديدة بشكل عشوائي ساذج مما يدل على أن القائمين بها لا علاقة لهم بصنعة البناء. يتوسط السور باب صدئ، غاطس في الأرض، وبجواره شباك مغلق لكنه مخرم من كل ناحية، تندلق أكوام القمامة بشكل مثير للقرف، لا يحلو للمارين التبول إلا فوق هذا الشباك، فدائمًا تصدمك رائحة الصنان زاعقة لا يمكن احتمالها، ودائمًا أبدًا هناك من يقف ليتبول على هذا الشباك. وذات يوم كنت مارًّا من هذا الشارع فرأيت شابًا أحمر الوجه كالخواجات يشتبك مع بعض المارة في زعيق حاد، وكان منفعلًا جدًّا وعلى وشك التماسك بالأيدي، فتدخلت لفض هذا النزاع، ففوجئت بأنني أمام شاب على شيء من الوعي والثقافة مع أنه قدم نفسه لي على أنه التُّربي المسؤول عن هذه الخرطة بكاملها، واسمه عيد بخيت، ورث هذه المهنة عن أبيه، وأخلص لها لدرجة أنه أوقف نفسه عن مواصلة الدراسة ليتفرغ لها، وكان سر انفعاله أنه قد يئس من سوء سلوكيات البشر وقلة ذوقهم حتى يتبولوا فوق المقابر، فلما عرف أنني مشتغل بالصحافة أشرق وجهه وهتف طالبًا مني مساعدته في أمر هذا الحوش على وجه التحديد، ثم اقتادني إلى الشباك المذكور،

وأشار إلى داخل الحجرة فنظرت، فإذا بثلاثة شواهد رخامية فخيمة غارقة في بحر مياه الصرف الصحي. قال:

ـ هل يعجبك هذا؟

قلت:

ـ لا بالطبع.

قال بأسى حقيقي:

ـ هذه المقبرة ملك رجل كان حكمدارًا للقاهرة ذات يوم، ينام تحت هذا الشاهد مع بعض إخوته، وتحت الشاهد المجاور له تنام زوجه.

قلت:

ـ لا تبتئس، فهذا شأن الأيام! فالأيام دول! ولا بد أن هذا الحكمدار كان في حياته قاسيًا على الناس فعاقبته الأيام بهذا المصير التعس!

لكن الشاب عيد بخيت لم يبتسم، بل ازدادت كآبته، وهتف صائحًا:

ـ ليس حزني على الحكمدار وحده، إنما أنا حزين على الإمام!

قلت منزعجًا:

ـ إمام مَن؟!

قال كأنه يبكي:

ـ الإمام محمد عبده!

سألته:

ـ وما شأن الإمام محمد عبده هنا؟

٥٨

قال بأسف:

ـ لأنه مدفون في هذه المقبرة نفسها!

قلت مندهشًا:

ـ كيف يا رجل؟!

قال:

ـ من فضلك انتظرني دقيقة واحدة.

ثم هرول نحو بيته الأنيق في حارة مواجهة للحوش، وغاب قليلًا ثم عاد يحمل مفتاحًا وأوراقًا، قدمها لي قائلًا:

ـ هذه وثائق الدفن كاملة! احذر أن يذوب الورق في يديك فإنه شاط بفعل الزمن والرطوبة.

قلبت في الأوراق بيد مرتعشة: مستخرجات رسمية من شهادة الوفاة والتصريح بالدفن وعقد ملكية المقبرة.

ثم قال:

ـ هذا الحكمدار يرحمه الله كان صديقًا للإمام في حياته، وقد مات الإمام في حياته فجأة ولم تكن له مقبرة، أنت تعرف أن الإمام محمد عبده لم يكن ثريًّا، ولذلك تعطف الحكمدار ودفنه في مقبرته هو على سبيل الصدقة. بقدر ما شكرت في نفسي هذا الحكمدار الجدع غضبت منه لأنه أصر على تسجيل هذه الكلمة في هذه الورقة؛ اقرأ: «على سبيل الصدقة»! يكاد يعاير جثة الإمام بالإحسان عليها في ورقة رسمية!

ثم فتح الباب، فهبطنا إلى أرض الحوش، فإذا بنا في قلب مساحة غريقة ليس بها سوى حجرة الدفن المغلقة، وشجرة عتيقة في ركن

بعيد يقوم تحتها شاهد قبر متواضع جدًّا، عبارة عن مصطبة صغيرة من الأسمنت. فتح حجرة الدفن فبدت الشواهد الثلاثة الأنيقة التي كانت ملونة ذات يوم بعيد، تتماوج وتتحرك في بحر المياه الزرقاء المنتنة. فوق مجموعة من الأحجار صرنا نتساند ونخطو حتى وصلنا إلى الشاهد الأكبر، لنقرأ على الرخامة كلامًا محفورًا يقول: «في هذه المقبرة ينام المغفور له الإمام محمد عبده. المدفون هنا على سبيل الصدقة». وفوق هذه الشريحة الرخامية شريحة أخرى مكتوب عليها اسم صاحب المقبرة وتاريخ وفاته ووظيفته في الحياة.

خرجنا من الحجرة مُشمري الثياب، أشار لي على الشجرة العتيقة في الركن البعيد، وقال:

ـ أنا الذي زرعت هذه الشجرة لكي تظلل على الشيخ.

قلت:

ـ الشيخ مَن؟

قال:

ـ الشيخ محمد رشيد رضا.

قلت:

ـ كِملت!

قال:

ـ نعم. هل يُدفن التلميذ بعيدًا عن شيخه؟ لقد أوصى الشيخ رشيد رضا بأن يدفن بجوار شيخه على أي وضع، إن لم يكن في نفس المقبرة فعلى الأقل في مقبرة مجاورة. وقد كان أبي يرحمه الله يحكي لي عن يوم دفنه حينما جيء بجثمانه فبقي مدة طويلة في

قلب هذه الشمس ينتظر قدوم ورثة الحوش من أبناء الحكمدار وأهله، فلما جاءوا رفضوا فتح المقبرة بأي حال من الأحوال، ولكن بعد مفاوضات بينهم وبين أهل الخير قبلوا أن يحفروا له في هذا الركن مقبرة خاصة به، ففعلوا، وقام أبي بتجهيزها على أكمل وجه، وقمت أنا بزراعة هذه الشجرة وأنا تلميذ بعدما عرفت من هو الشيخ رشيد رضا!

قرأت الرخامة المكتوبة على قبر الشيخ رشيد رضا، قلت لعيد بخيت:

ـ وفيمَ تريد مساعدتي؟

قال:

ـ أن تكتب في الصحافة تدعو الدولة لإعادة بناء هذا الحوش من جديد، وتنظيف هذه المصائب. ألا يستحق الإمام أن نعنى بمقبرته؟ هل يليق به أن نبول على جثمانه في هذا الزمن الأسود؟ لقد تهدم السور مرات عديدة وقمت بترميمه على نفقتي لأنني لا أرى أحدًا من أصحاب الحوش أبدًا، ويظهر أنهم استغنوا عنه بحوش جديد في مكان آخر.

وعدته بأنني سأفعل، وكتبت بالفعل مقالًا في مجلة الإذاعة والتلفزيون منذ بضعة أعوام عرضت فيه المشكلة، ودعوت الدولة للتدخل، ولكن دولة مَن؟! لا حياة لمن تنادي!

ومرت أعوام، وفوجئت بعيد بخيت يقتحم عليَّ المقهى ذات ليلة ويقول لي:

ـ انجدني!

قلت:

ـ خيرًا؟!

قال:

ـ أصحاب الحوش يعرضونه للبيع، ولسوف يشتريه واحد من أقاربهم من أهل الانفتاح ينوي أن يقيم فوقه ناطحة سحاب ومن تحتها مصنع الفانلات والجوارب!

ومن غدٍ قمت بكتابة مقال جديد دعوت فيه لإنقاذ قبر الإمام محمد عبده والشيخ رشيد رضا، ولكن ـ كالعادة ـ لا حياة لمن تنادي، فلقد انتهى زمن الحكومات المسؤولة والشعب الحر، إلا إن هذا الشاب المصري الجميل، استطاع بجهوده الخاصة، عن طريق التهديد المباشر تارة، ورفع القضايا تارة أخرى، استطاع أن يُدخل شيئًا من الرعب على المشتري المزعوم، وأفهمه أن الحكومة مهما طرمخت مؤقتًا فإنها عند الجد لن تسمح بإزالة قبر الإمام محمد عبده والشيخ رشيد رضا. المهم أن المشروع قد نام، ولكن، يعلم الله أي مصير مؤلم يدبره القدر لجثمان هذا الشيخ العظيم وتلميذه الأمين.

وإنه لمن تدبير قدر ممراح، كثيرًا ما يكون خفيف الظل حتى في مزاحه الثقيل، حدث أن كنت جالسًا في مقهاي المفضلة كالمعتاد، فجاء لزيارتي صديقي الفاضل عبده جبير، وبصحبته سيدة غاية في الرقة والعذوبة، وعلى قدر كبير من الجمال، قدمها لي بأنها زوجه، وقال إنه كان يفرجها على آثار القاهرة في مثل هذه المناطق النائية، وقال أيضًا إن زوجه هذه رسامة، وإنها مصرية، لكن أسرتها تعيش في أمريكا ولبنان.

جلسنا نتبادل الحديث في الفن والسياسة وأمور الدنيا، وإذا بي أعرف أن زوجه هذه اسمها «فوزية رضا»!

هتفتُ في الحال:

ـ هل ثمة قرابة بينكِ وبين الشيخ رشيد رضا؟

احمر وجهها وتهلل بالبِشر، وقالت بفخر:

ـ إنه جدي!

وجدتني أبتلع غصة مريرة، مع ذلك قلت لها رغمًا عني:

ـ إذن، فهل تعرفين قبر جدكِ؟

اعتدلت في جلستها باهتمام شديد، وبكت في الحال قائلة:

ـ لا، بكل أسف!

قلت:

ـ هل تحبين رؤيته؟

قالت:

ـ أرجوك!

قمنا، وذهبنا إلى الحوش، واستدعيت عيد بخيت، وعرفته بالسيدة فوزية، ففرح بها فرحًا كبيرًا، وأطلعها على قبر جدها، فكادت الصدمة تقتلها، لكنها بسخاء كبير راحت تغدق على عيد بخيت بكل ما في طاقتها من كرم، كي يعتني بقبر جدها الحبيب، وأصبحت تزوره من حين لحين، وكل ما استطاعت فعله أنها قامت بسد هذا الشباك اللعين بالطوب، ويبدو أنها لم تجد من أسرتها حماسة للاهتمام بمصير هذه المقبرة.

فايزة أحمد

تدفعنا الكآبة إلى ترك العظماء في حالهم التعيسة وحظهم الهباب دائمًا، على رأي الشعب المصري! فإن سوء الحظ يلاحقهم في الحياة والموت. نحن الآن في قلب التقاطع الذي يخرط هذه الخرطة على شكل الصليب. أمامنا على الطرف الآخر شيء يمثل ظاهرة غريبة لا ندري كيف لم يحاول أحد تفسيرها، تلك هي هذا المسجد حديث البناء، الذي يأخذ شكل المسجد في إطاره الأعلى، من حيث المئذنة والقبة. أما إطاره السفلي فيأخذ شكل البيت ذي الباب المغلق على الدوام. المئذنة محاطة بعواميد النيون الخضراء، وينطلق منها صوت الأذان في جميع أوقات الصلاة، وكثيرًا ما ينقل الميكروفون المعلق في المئذنة أصوات أدعية جماعية أشبه بالأوراد، لكن ألفاظها غير مفهومة على الإطلاق. يؤم هذا المسجد ناس في غاية الغرابة، يتسمون بحب العزلة، وعدم فتح باب العلاقات مع أي أحد، فيهم الغرباء ذوو السِّحن والملابس الغريبة، وفيهم بعض من أبناء المنطقة. ولا يُسمح بالدخول إلى هذا المسجد إلا لمن هو معروف لديهم. فهذه أول مرة أرى فيها

المصلين يطرقون باب المسجد فينفتح لهم عن شخص يدقق في وجوههم قبل أن يسمح لهم بالولوج إلى الداخل، وقد يعتذر بلباقة، وبألفاظ مدغمة غير مفهومة يغلق الباب. في هذا المسجد تقام دروس دائمة، فإذا تلقفت واحدًا من أبناء المنطقة المنتمين إليه وسألته عما كانوا يقولونه، أجابك بأنها أدعية وعبادات صالحة. وقد لفتُّ نظر جميع المثقفين الذين يزورونني في المقهى إلى هذا المسجد الغريب، وكم حاولنا اقتحامه ولكن دون جدوى، وفكرنا كثيرًا: هل هم جماعة من البهرة الذين انتشروا في مصر الآن بصورة زاعقة وأصبحوا يقومون بما يشبه الاستيلاء على بعض مساجد الدولة الفاطمية فيجددونها ويقيمون فيها إقامة دائمة؟ هل هم جماعة من جماعات الطرق الصوفية مجهولة القطب؟ هل هم من الجماعات الأصولية المتطرفة؟ الله وحده يعلم.

فلندعهم في حالهم. فهذه مصر طول عمرها، يستطيع أي إنسان على قدر يسير من الذكاء أن يفعل فيها ما يشاء وما يهوى دون أن يعترضه أحد. إنها بلد مضياف إلى حدٍّ مذهل، فكأنها أرض الغربة دائمًا. فإذا كان جميع الأولياء أصحاب الأضرحة في مصر هم من أصول مغربية، فإن مقابر المجاورين هذه تضم أعدادًا دخلوا في العرب، الأتراك والفرس والرومان واليونان واليهود الذين دخلوا في الإسلام. كم طاب لي أن أقرأ اللافتات الرخامية على واجهات الأحواش فلا أجد في هذه التربة أحدًا من أصول مصرية خالصة. كل من وفد إلى هذه البلاد استبقته فيها حتى يتوحد بتربتها. أنظر إلى الأشجار الباسقة جارمة الأفرع الطالعة من قلب الأحواش فأكاد

أغبطها على ما تتغذى به من سماد عضوي؛ إنها قرائح العظماء والقادة والحكماء في خلق جديد، إذا مرت بها الريح تكاد تتكلم، تغني، تبث الأطيار شجنها، سعادتها بأنها مدفونة في هذه الأرض المباركة التي مجدها القرآن الكريم، ولعلها تبثها حزنها على ما سبق أن فعلته بأبناء هذه الديار.

هذه مقبرة محندقة، داخل حوش يبدو كمقصورة في سفينة، يملكه لواء شرطة من قرية شبراخيت اسمه «سلطان»، والد الملحن المصري محمد سلطان. لقد بناها لواء الشرطة لنفسه ولأسرته، لكنها بقيت مدة طويلة بغير افتتاح رسمي.

ما أعجب تصاريف هذا الزمن! المطربة فايزة أحمد كانت من أعز أصدقائي، عرفتها منذ أول يوم جاءت فيه من سوريا إلى القاهرة، كنت ليلتها ساهرًا مع الملحن العبقري الراحل محمود الشريف حينما جيء بها لكي يسمعها، فقرر في الحال أنها صوت نادر المثال، وصوتها نكهة جديدة بين أصوات النساء. ولم يمضِ وقت طويل على بدء زيارتها للقاهرة حتى تلقفها الملحن محمد الموجي، فقدم لها طائفة من ألحانه المصرية الجميلة، وكانت أغنية «يا امَّه القمر ع الباب» التي ألَّفها الشاعر الراحل مرسي جميل عزيز، هي العطر الفوَّاح الذي تفجر في الحقل الغنائي المصري، أحدثت دويًّا هائلًا بين جمهرة المستمعين من الشعب المصري. كانت هذه الأغنية هي القاعدة التي انطلق منها هذا الصوت الصاروخي الفريد، ليصنع مجده الكبير، ويصنع معه مجدًا جديدًا لمحمد الموجي، وكمال الطويل، وبليغ حمدي، ومحمد عبد الوهاب، ومحمود الشريف، ورياض

السنباطي، وزكريا أحمد، وسيد مكاوي؛ لقد مكنهم هذا الصوت من الكشف عن طاقات لحنية مدخرة.

في بحر سنوات قليلة أصبحت فايزة أحمد على قمة الهرم الغنائي، أعطاها الشعب المصري أكثر مما كانت تحلم به. لقد كان كل حلمها أن تغني ـ فقط ـ في إذاعة القاهرة، فإذا بمصر ترفعها إلى أعلى الدرجات، وإذا هي قد صارت نجمة متألقة يعد عشاق صوتها بالملايين، وكان لا بد أن تثير غيرة المطربات المصريات وغيرهن من عربيات حاقدات، فبدأت تُحاك حولها المؤامرات والفتن لتطفيشها. لكنها كانت قد عشقت مصر بقدر ما عشقها الشعب المصري، فلم تعد مستعدة لمغادرتها ولو للحظة قصيرة. أيام ذاك كنت أنا في مرحلة التنطيط في بلاط صاحبة الجلالة، وكنت وما زلت مغرمًا بفن الغناء وبأهله، قد أسافر وراء حفلاتهم إلى أبعد مكان في الأرض لو استطعت، لكنني كنت دائم الحضور لحفلات أضواء المدينة في عقد الستينيات، أسافر وراءها إلى العريش وشرم الشيخ ودمياط والمنصورة وطنطا ودمنهور، أجوس بين الكواليس، أمارس غرامي بدراسة شخصيات الفنانين من خلال سلوكياتهم في الكواليس، وكنت على صلة وثيقة بهم جميعًا، كبيرهم وصغيرهم على السواء، يحلو لي التنقل من كالوس محمود شكوكو، إلى كالوس محمد الكحلاوي، إلى كالوس فايزة، فشادية، فنجاة الصغيرة، فمحمد رشدي، إلخ. فتتاح لي رؤية بذور الأحقاد وهي تتكون في بعض النفوس آتية من على خشبة المسرح إذا دوَّى تصفيق الجماهير متعانقًا مع تألق صوت من الأصوات، وأرى كيف تنمو هذه البذور في الخفاء لتتحول إلى

همزات شيطانية ناعمة، وكيف يوعز بها لصغار الموظفين وبلطجية الحقل الفني للقيام بشوشرة أو أفعال تبدو عفوية لكنها تضايق الفنان وتطفئ تألقه: إفساد الميكروفون، إثارة الضوضاء، التفوه بألفاظ مسمومة مسنونة توخز الفنان في لحظة دخوله إلى الجماهير، إلخ.

أشهد أن فايزة أحمد قد نالها من هذه الصغائر الكثير والكثير، ناهيك عما يُدس لها في مبنى الإذاعة بين الموظفين المسؤولين عن وضع الأغاني على خريطة الأثير، أو أصحاب البرامج التي تذيع الأغنيات، أو محرري الصفحات الفنية الصغار، للتشنيع والتشهير والتسفيه تحت ستار النقد. ورغم أن فايزة قد تحملت كل ذلك بصبر وشجاعة وقوة احتمال، فإنهم مع ذلك قد نجحوا في إفساد جهازها العصبي، لدرجة الانهيارات العصبية الحادة المتكررة. فلا يمر يوم بدون إثارة، ووجع دماغ، وقيل وقال، ومعاكسات في التلفون. وكانت المرحومة تضطر إلى التعامل مع كل هذا بحدة وانفعال جلبا عليها كثيرًا من الأحقاد، ضيعت عليها الكثير والكثير من فرص الكسب والتألق، خاصة بعد أن جيء لها بمطربة عربية أخرى لكي تنافسها وتهزمها، والتف حولها لفيف من المتحمسين المؤثرين. وكان من الممكن أن يتم القضاء التام على هذا الصوت الفريد الطازج الحساس لولا أن الجماهير تمسكت به وفرضته فرضًا على جميع الأجهزة. إلا إن هذا الجو العصبي القاتم كان له تأثير قوي على نفسية فايزة أحمد أدى إلى مرض عضوي عضال.

على أن أزمتها الحقيقية اشتدت بمجيء تلك المطربة العربية وانتشارها وتشعب علاقاتها. لم تكن رحمها الله تحقد على نجاحها،

فقد كانت تضم بين ضلوعها قلب طفل، محبًّا للحياة ولجميع الناس، قلبًا عطوفًا شديد الحساسية والتأثر: ما أسرع ما تبكي، ما أسرع ما تقدم ما في طوقها من مساعدة تسعد إنسانًا، ذروة حبها كانت للفن الغنائي. لكن الأزمة تمثلت في أن المحيطين بهذه المطربة العربية المنافسة كانوا يضعونها دائمًا في موقف المقارنة والمنافسة، بل إنهم تمكنوا من تأليب كافة الملحنين الكبار عليها، فقلبوا لها ظهر المجن كما يقول التعبير العربي القديم، كلما انتهى أحدهم من لحن زيَّن له الأشرار تسريبه إلى فلانة أو فلان بأجر أعلى، فلم تعد لديها ألحان جديدة تغنيها، فكانت تقضي الليل كله في بؤس وألم شديدين. في تلك الفترة لجأت المسكينة إلى حيلة ذكية؛ أعادت غناء ألحان عبد الوهاب القديمة، مثل أغنية «قالولي هان الود عليه»، وغيرها من الأغنيات التي وجدت في صوتها تألقًا جديدًا كأنها قد لُحنت خصيصًا لصوتها. إلا إنها لا بد أن تقدم الجديد التام كلامًا ولحنًا، فبدأت تستجيب للملحنين الشبان وتسمع ألحانهم. وهنا ألقى القدر في طريقها بملحن شاب اسمه محمد سلطان، كان يعمل محاميًا تحت التمرين لكنه يعشق التمثيل والغناء، فتقدم إليها بلحن من كلمات محمد حمزة: «اؤمر يا قمر أمرك ماشي»، فأعجبها فغنته. ولحظة أن اقترب منها محمد سلطان كانت أزمتها قد دخلت في طور جديد، إذ راح خصومها يرفعون في وجهها سلاحًا خسيسًا، هو أنها ليست مصرية، وأنها لهذا يجب أن ترحل. نشط محمد سلطان بواسطة أبيه في وزارة الداخلية، فنجح في أن يأتي لها بالجنسية المصرية. وكان الحب قد وصل بينهما إلى درجة التلاحم الصادق، فتزوجا، لتبدأ

معه فترة الاستقرار الحقيقية، فهدأت أعصابها، واستأنفت حُسن علاقاتها بالجميع، وبدأت الألحان تنهال عليها من الكبار مرة أخرى.

ومن أجمل ما خلفته في حياتي من ذكريات حميمية، أنها في يوم الجمعة من كل أسبوع كانت تأتي بصحبة زوجها سلطان لتقضي يومًا كاملًا في بيتي المتواضع بحي المعادي الجديدة، نأكل العيش الفلاحي والجبن القديم والمِش، ونقلب في الفولكلور المصري الذي أقتني منه كميات كبيرة لتختار أفكارًا لأغنيات جديدة. كانت تحكي لي الكثير من تفاصيل طفولتها المؤلمة، حيث كان أبوها الشيخ المتدين ضد أن تغني، فكان يضربها ويكويها بالنار، ويحول بينها وبين الغناء، مما اضطرها إلى الرحيل بعيدًا عن سطوته، فتكونت لديها عقدة كَأَدَاء، أصبحت تشعر بالاضطهاد، كأن الكون كله ضد أن تغني، فلا يزيدها ذلك إلا إصرارًا، فأصبح الغناء عندها قرين الوجع والألم، وأصبح النجاح بالنسبة لها يفجر عندها براكين الخوف من مجهول قوي يحرمها من هذه المتعة. فإذا أضفنا إلى ذلك ما لقيته من صنوف الاضطهاد الفعلي، أدركنا أنها لم تكن لتُشفى تمامًا، وهذا بالضبط ما كان يعكر صفو حياتها، وهو السبب في زعزعة استقرارها في أواخر أيامها، والتصرفات الطائشة التي حدت بها إلى الانفصال عن محمد سلطان والارتباط بضابط شرطة انتهازي أذل كبرياءها وباع لها الطلاق بعشرين ألفًا من الجنيهات، لتعود ثانية إلى سلطان تقضي معه بضع سنوات مليئة بالقلق الفاجع، حيث كانت الأمراض النفسية المتأصلة قد تحولت إلى مرض عضوي أدى بها إلى الموت، ليستريح ذلك القلب النابض المتوجع أبدًا، ويكون من نصيبها أن

تحظى بهذه المقبرة المصرية البديعة المحندقة كمقصورة القبطان في إحدى السفن، فكأنها بنيت خصيصًا لها.

أكاد الآن أسمع صوتها الدافئ يخرج من هذا الجدث مترنمًا بذلك اللحن العبقري الذي خطه يراع الشاعر بيرم التونسي، وصاغه فارس النغم الشرقي زكريا أحمد:

من يوم ما عرفت الحب
اتمتع قلبي بكل نعيم
والدنيا دي صبحت جنة
وفيها حبيب القلب نديم

انتقال قصر العيني باشا

صدق أو لا تصدق فالحقيقة ماثلة، حينما أقول لك إن هذا القصر المنيف جدًّا، المبني بأحجار صخرية، قد تم نقله في أواسط القرن الماضي من على كورنيش النيل إلى هذه البقعة من القرافة فوق عربات كارو يجرها الخيل!

كان كلوت بك، الطبيب الفرنسي الخاص بمحمد علي باشا، قد تم أمره في الديار المصرية، وكان يتمتع بثقة الباشا الكبير، فهو يعالج أسرته بأسلوب علمي حديث. وقد اقترح على الباشا، أو اقترح عليه الباشا، إقامة مستشفى عام كبير على النظام الأوروبي يعالج فيه الشعب المصري على نطاق واسع وبأحدث أساليب العلاج. وبدأ التفكير في اختيار موقع مناسب للمستشفى، وأخيرًا وقع الاختيار على قصر العيني باشا أحد أثرياء المماليك. وكانت ملكية القصر قد آلت لإبراهيم بك الكبير في نهاية القرن الثامن عشر. وأثناء الحملة الفرنسية على مصر جعله نابليون بونابرت مستشفى للجيش.

حلم محمد علي كان إنشاء مدرسة للطب، ومستشفى. وكان قد أنشأهما بالفعل في موقع بمنطقة أبو زعبل، ورأى أن هذا القصر

هو الأنسب، ولكن كان لا بد من هدمه لإقامة مبنى جديد على طريقة خاصة بنظم المستشفيات تتوفر فيه الغرف المجهزة للعمليات والإنعاش والإقامة والمعامل وقاعات الدرس. وبدأ العمل بالفعل، وكان ذلك حوالي عام ١٨٢٥م.

في تلك الأثناء كان ثمة رجل من عامة الشعب اسمه «الشيخ علي الوقاد» يمشي على كورنيش النيل بين الكثيرين من المواطنين الذين شعروا نحو هذا القصر بالإشفاق. وتلك خصيصة مهمة جدًّا في الشعب المصري، أقصد العامة، إذ إن علاقة وثيقة تربطهم بالأشياء الجميلة بوجه عام، وخاصة الأبنية ذات الطرز المعمارية البديعة. صحيح أنهم لا يسكنون مثل هذه القصور الفخمة، ولا يجربون رفاهيتها، لكنهم مع ذلك يحبون وجودها بينهم، والتطلع إليها، والإعجاب بها. ما زلت أذكر دار الأوبرا يوم احترقت في غيبة ضمير من موظف كلب أراد التنكيل بعبد القادر حاتم احتجاجًا على عودته وزيرًا للثقافة والإعلام، ونكاية في أنور السادات. رأيت بعيني مئات من عامة الشعب لم يدخل أحدهم دار الأوبرا هذه طوال عمره، ولا يعرف معنى كلمة الأوبرا، ولكنهم مع ذلك استغرقوا في بكاء حار، حزنًا على احتراق هذه البناية الجميلة التي كانت تعطي ميدان الأوبرا شكلًا جميلًا.

الشيخ علي الوقاد ينحدر من أصول مغربية بعيدة، ولعله خليط من الدم المغربي والدم التركي. كانت صناعته شغل الخيزران: الكراسي، الكنب، الترابيزات، الطقاطيق، الأَسِرَّة. وكان موهوبًا في هذه الصنعة بصورة حققت له شهرة كبيرة ودخلًا ماديًا يكفل له حياة مستورة.

٧٣

ولا تزال بعض مشغولاته باقية إلى اليوم في منازل بعض أحفاده. فالجدير بالذِّكر أنه أنجب مجموعة رجال: أحدهم والد الشهيد المعروف نبيل الوقاد، وأحدهم والد الكابتن محمود بكر لاعب الكرة القديم والمعلق الرياضي ورئيس نادي الأوليمبي السكندري حاليًا. وقد انقسم أبناؤه إلى فرعين: فرع من أم سكندرية اهتمت بتعليم أولادها حتى أصبحوا الفرع الميسور، وفرع من أم قاهرية واصل أبناؤها العمل في مهنة أبيهم وبعض المهن الأخرى، ولظروف ما أصبحوا الفرع الفقير. وصحيح أن الشيخ الوقاد كان في رواج مستمر، إذ يتلقى الطلبات المستمرة من العائلات الكبيرة، ومن الأجانب المغرمين بالمقاعد الخيزرانية، إلا إن الرواج مهما كان منتعشًا فإن كثرة الأولاد تلتهمه أولًا بأول، سيما وأن أولاده قد ورثوا عنه الخصوبة فأنجب كل ولد منهم قبيلة من الأولاد، كانوا يعيشون كلهم من دخل الصنعة الوحيدة التي يتقنونها. أضف إلى ذلك أن صنعة الخيزران نفسها قد تراجعت في العصر الحديث في مصر، أمام انتشار أنواع حديثة من المقاعد الآلية الرخيصة.

يبدو أن الشيخ الوقاد كان ميالًا للتصوف ورياضة النفس، مغرمًا بالهدوء وحب التأمل في ملكوت الله، خاصة أن الله قد أطال في عمره حتى رأى أولاده كلهم رجالًا كبارًا يقومون عنه بمهمات الشغل، ويوفرون له وقتًا طويلًا يقضيه في التعبد والاستجمام. وكان قد بدأ يهتم بالدار الآخرة، ويبحث عن مكان يأوي جثمانه. ولأنه من الميسورين، ولأن الفرع الرئيسي لمصنعه كان في حي الجمالية، فقد اتجه بنظره إلى صحراء المماليك المتاخمة لحي الجمالية وجبل

الدِّرَاسة، أسوة بعظماء مصر الذين جهزوا لأنفسهم مقابر في هذه المنطقة. استحوذ الشيخ الوقاد على مساحة تقرب من عشرة أفدنة، حوط عليها، زرعها كلها بأشجار الفاكهة، بجميع أنواعها: النبق والخوخ والتفاح والمانجو والكمثرى والبرتقال واليوسفي والرمان والموز والعنب. دق أكثر من طلمبة لجلب المياه الجوفية. وكانت جثث الموتى السابقين في هذه المنطقة منذ الفتح العربي حتى بداية القرن الثامن عشر قد تحولت إلى تراب خصيب زحف على صحراء المماليك كلها. ففي بحر سنوات قليلة أصبحت أشجار الوقاد بستانًا من أعظم وأبدع بساتين القاهرة، في تنوع أشجاره وكثافتها وبديع تنسيقها، فقد كانت تلك هوايته المفضلة: بستنة الأشجار، وتنسيقها وتشذيبها وإرواؤها. صارت حديقته مضرب الأمثال في قاهرة القرن الثامن عشر.

كان الرجل إلى جانب ذلك مستنيرًا، وبحكم احتكاكه بالأجانب من التجار والزبائن والجاليات كان يعرف بعض مفردات من بعض لغات أجنبية تمكنه من إجادة التفاهم، غير أن حصيلته من المفردات الفرنسية كانت أكبر.

وحينما اندس بين من جاءوا يودعون القصر بنظرة أخيرة قبل هدمه، كاد قلبه يتفتت حزنًا على هذا البناء الأثري الجميل المتين، الذي ربما لا يجود الزمان بمثله. رأى بعض المهندسين المختصين يشرحون لبعضهم البعض خطة الإزالة، ووجد بعض المقاولين الذين جاءوا لشراء القصر أنقاضًا. جعل يتبادل الحديث مع بعض المهندسين المعجبين بطراز البناء ومنظر بوابات القصر وما فيها من

مشغولات زخرفية، وفهم من خلال الحديث أن هذه البوابات وهذه الجدران ـ بفضل التقدم العلمي الحديث ـ يمكن نقلها من مكان إلى مكان. فأضاءت الفكرة في رأسه، وفي الحال دخل في مزايدة الشراء فرسا عليه العطاء.

وطبقًا للخطة قام المهندسون الفرنسيون بشق الجدران بالمناشير وتحويلها إلى شرائح صغيرة، وجاءت العربات الكارو فحملتها بطريقة فنية مدروسة؛ كل شريحة تحمل رقمًا، ثم تبعها المهندسون إلى مقر البستان في مقابر المجاورين، حيث أُخلي لها مكان مناسب، وتم تركيبها على نفس النسق الذي كانت عليه في قصر الكورنيش؛ مجموعة بوابات تنسلخ من بعضها البعض، تفضي إلى عمق البستان. وكان الشيخ الوقاد قد اشترى القصر بملحقاته وبعض محتوياته. وهناك حوض استحمام من المرمر لا يزال مرميًّا في قلب البستان حتى اليوم. وقام الشيخ الوقاد ببناء مسجد صغير جدًّا داخل البوابة الثالثة الداخلية، ومن خلفه المقبرة التي تم دفن جثمانه فيها بعد ذلك بسنوات طويلة، بعد أن حقق الله أمنيته في الاستمتاع بالقصر والبستان سنوات طويلة هي سنوات شيخوخته المتطامنة.

لقد حفظ هذا الشيخ الصالح قطعة معمارية تمثلت فيها ثقافة عصر من أهم العصور في مصر الحديثة. المدهش حقًّا أن تبقى هذه البوابات حتى الآن وعلى امتداد ما يقرب من مائة وسبعين عامًا دون أن يصيبها أي خلل أو اهتزاز، بل استطاعت أن تصمد أمام هذا الزلزال الخطير الذي اجتاح مصر ودمر معظم مبانيها الحديثة.

على مدى ما يقرب من قرنين من الزمان صار أحفاد الشيخ الوقاد

أشبه بقبيلة كبيرة، معظم أبنائها من الفقراء المعوزين. وحينما اشتدت أزمة الإسكان في مصر، واستحكمت، اضطر عدد كبير من هؤلاء الأحفاد إلى السكنى في هذا البستان، فجاء بعضهم وأقام في بعض حجرات القصر، فغار منهم آخرون فجاءوا واحتلوا بعض الحجرات، فلعب الفأر في عِبّ الباقين فجاءوا كلهم واحتلوا بقية الحجرات. قامت بينهم الخلافات، ولم يكن هناك مفر من التقسيم، فاستقل كل واحد بمساحة معينة قام بالتحويط عليها وتعديل نظامها كي يتناسب مع احتياجاته. وجرى تقطيع معظم الأشجار النادرة، وجرى تشويه كبير جدًّا لهذا الأثر الخطير. ولولا أن البوابات قد أصبحت خاضعة لهيمنة هيئة الآثار لجرى فكها وبيعها هي الأخرى. وتلك هي أبشع نذالات الزمن الوغد!

الزُّعر يأكلون الجبرتي

من حُسن حظي أني مكثت سنين طويلة مقيمًا في حوش الوقاد الذي كان قصرًا وبستانًا لا مثيل له بين مباني هذه المنطقة. وإني لمدين لجوِّه الساحر وأشجار نبقه بكتابة أدبية ما كان يتاح لها الخروج من الصدر إلا في جو كجوِّه وعزلة كعزلته. كما أني مدين له كذلك بمعرفة الكثير من أسرار المنطقة وخفاياها.

أغرب ما عرفته أنني ذات يوم صعدت إلى سطح مسجده، ونظرت إلى اتجاه الأوتوستراد، فوقع بصري في قلب حارة ضيقة متعرجة، ما تكاد تبدأ حتى تختفي، وكان منظرها يبدو وكأنه رسم على ورق. اندهشت غاية الدهشة لاعتقادي بأنني أصبحت أعرف كل خرم إبرة في الحي، فكيف لم أرَ هذه الحارة من قبل؟! إنها تتفرع من حارة أعرض قليلًا اسمها «حارة العجوز»، المتفرعة بدورها من شارع السوق. استعدت في ذهني منظر حارة العجوز خطوة خطوة، فلم أجد لهذه العطفة أي أثر في ذاكرتي. وهذا غريب جدًّا، فحارة العجوز بالذات لا يمكن أن أتوه فيها، لأنها موطن صديقي وملهمي عم أحمد حماد بائع السمك في مزلقان منشية ناصر، الرجل الأعجوبة، الذي

يمتلك موهبة كاتب كبير رغم أنه لا يعرف القراءة والكتابة. وقد دخلت هذه الحارة مرات لا حصر لها لزيارة عم أحمد في منزله.

نزلت من فوق السطح، وذهبت مباشرة إلى حارة العجوز فدخلتها. أخذت أذرعها جيئة وذهابًا عدة مرات بحثًا عن هذه الحارة الصغيرة المتفرعة منها كبرق خاطف، فلم أجد لها أثرًا. فعدت إلى حوش الوقاد وصعدت مرة أخرى لإعادة النظر، فطالعني منظر التفريعة الغريبة القائمة بين عدة أسقف متجاورة. وقع ذهني في بلبلة، وقلت لا بد أنه شغل العفاريت.

صديقي الوقادي، الذي يستضيفني في هذا الحوش، لاحظ انشغالي وحيرتي، فسألني ما الأمر، فأشرت له على الحارة إياها، فضحك حتى استلقى على قفاه، وقال لي:

ـ الأمر وما فيه أن هذه التي تسميها حارة ليست بحارة!

ـ فماذا تكون يا ترى؟

هكذا سألته، فقال بعد تردد:

ـ إن الله حليم ستار.

ـ يعني ماذا؟!

ـ لا داعي للفضايح.

ـ هل تستفزني؟!

ـ لا! مستعد لأن أقول لك ولكن بعد أن آخذ منك وعدًا.

ـ بماذا؟

ـ بألا تكتب ما أقوله لك في الصحافة، بل تجعله سرًّا بيني وبينك.

ـ أعدك بهذا.

ـ أحب أيضًا أن أنبهك إلى عائلة... هل تعرفها؟

هذه العائلة التي ذكرها لي أعرفها جيدًا، ولي فيها صديقان كبيران يجلسان معي على المقهى: أحدهما تجاوز السبعين من عمره، والثاني في حوالي الستين، وهما أبناء عم. فأما الحاج «م» صاحب السبعين عامًا فإنه رجل مُسن وفي غاية اللطف، لا يمل من الحديث في الفارغة والملآنة، ولا يكف عن تدبير المقالب الساخرة التي قد تسفر أحيانًا عن نتائج مؤسفة قد تؤدي إلى معركة دامية، لولا أن براعته في تدارك الأمور وفض النزاعات لا تقل عن براعته في حَبْك المقلب وسبكه. شغلته الحالية جزار في المذبح، ولأنه فارع القامة ضخم الجثة ميت القلب، فإنه متخصص في الإيقاع بالجِمال التي يُزمع ذبحها، إذ إنها تحتاج لمكر وقوة، فالجمل يدرك الموقف حين يُساق إلى الذبح فيركبه الهياج ويفعل ما لا تُحمد عقباه. أما الثاني ـ وهو ابن عمه، واسمه من النوع الذي يمكن إطلاقه على الجنسين الذكر والأنثى ـ فإنه يعمل في المذبح أيضًا، ولكن في تسويق الجلود بعد ذبح الذبائح.

هذان هما أكبر رجلين في هذه العائلة، وهذه المهنة الحالية بدأت منذ قيام الثورة. أما قبلها فكانت شغلة معظم رجال العائلة هي السطو على القطار الحربي الذي لا يزال يمر من هذه المنطقة حتى الآن، يبدأ من مكان ما في سفح الجبل فيصل إلى حلوان، وكان يحمل المؤونة للجيش الإنجليزي، والذخيرة، وكان لا بد أن يهدئ من سرعته حينما يبدأ الدخول في هذه المنطقة، فيكون الرجال في انتظاره لابدين في دِروة. وكالبهلوانات المدربة يقفز الواحد منهم إلى عربة من عربات

القطار، ليدحرج الأجولة أو الصناديق أو اللفائف، يرمي بها على شاطئ السكة الحديدية، وإذ ينتهي من هذه المهمة يسارع بالقفز إلى الأرض ثم يشرع في جمع ما رماه، حيث يكون في انتظاره رجال آخرون بعربات اليد والتروسيكلات والدراجات والدواب، فيقومون بنقل هذه الغنائم إلى مخابئ سرية، ليتم بيعها. وبهذه الطريقة تمكنوا من صنع ثروة لا بأس بها. مع ملاحظة أن العمل الأصلي لأبيهم كان خفارة المقابر. وشأن خفراء المقابر؛ كان لا بد أن يختار حوشًا من الأحواش التابعة لخفارته ليقيم فيه، على أنه ـ فيما سمعت ـ قد اختار فأجاد الاختيار بمكر ودهاء شديدين.

قلت لصديقي الوقادي:

ـ نعم أعرف هذه العائلة، فماذا بشأنها؟

قال وقد عاد إليه تردده:

ـ لا تُظهر أمام أحد منهم أنك عرفت شيئًا مما سأقوله لك!

ـ اطمئن.

قال:

ـ هذه التي تظنها حارة هي قبر تم تهريبه بصنعة لطافة.

ـ كيف؟! وقبر من هو أولًا؟

قال:

ـ قبر رجل مهم في التاريخ اسمه «الجبرتي».

ـ الجبرتي؟! عبد الرحمن الجبرتي؟! المؤرخ الشهير؟!

ـ نعم هو.

ـ ولكن كيف تم تهريبه؟!

ـ لأن الحكومة نايمة في العسل كعادتها دائمًا! ويظهر أنها لا تعرف من هو الجبرتي، ولا تعرف شيئًا عن هذا القبر! مع أن الرخامة الكبيرة المبنية في الشاهد مكتوب عليها: «هذا قبر المغفور له الشيخ عبد الرحمن الجبرتي المؤرخ المعروف».

شبت النار في عروقي. قلت:

ـ ولكن لماذا يهربونه؟!

قال ضاحكًا:

ـ لأنه يقف لهم كاللقمة في الزور! إنه يحتل مساحة كبيرة كما ترى، وهم قد استولوا بوضع اليد على ثلاثة حيشان كبيرة انقرض أصحابها الذين كانوا من علية القوم، كل حوش يزيد على أكثر من فدان. إن أحدًا في أيامنا هذه لا يستطيع البناء بهذه الطريقة السخيفة، وأصحابنا هؤلاء أرادوا دمج الحيشان الثلاثة في بيت واحد، فاعترضهم قبر الجبرتي، وهم واثقون أن الجبرتي لن يسأل عنه أحد! لكنهم أذكياء. يقولون ربما وقعت الطوبة في المعطوبة ذات يوم وانتبهت الحكومة وجاءت تبحث عن قبر الجبرتي، فلا بد أن يثبتوا حُسن نيتهم. فماذا فعلوا؟ دمجوا الحيشان من الخارج، فمن يراها الآن وهو يمر في الحارة لا يخطر بباله أي شك، فمنظر البيت من الخارج منظر بيت واحد. وقاموا بالتحويط على قبر الجبرتي من الداخل بما يشبه الحارة، حتى إذا جاء من يسأل أدخلوه إلى القبر وأظهروا أنهم قاموا بحماية القبر من الضياع، ولربما كافأتهم الحكومة بتحسين مدخل البيت وتعيينهم حراسًا

على القبر بشكل رسمي، وهذا بالطبع شيء مؤقت فالقبر ضائع لا محالة!

قلت لصديقي الوقادي:

ـ ولكن من أدراهم بأن هذا المدفون في هذا القبر شخص ذو قيمة في البلاد؟ إنهم ناس من أهل القرون الوسطى كما يبدو من عقلياتهم وتصرفاتهم!

قال:

ـ هل نسيت أن الراديو والتلفزيون يذيعان عن الجبرتي دائمًا؟ كما أن هؤلاء الناس عندهم أولاد في المدارس يعرفون الجبرتي، وربما تندهش إذا قلت لك إنني رأيت عندهم كتاب الجبرتي. وجدتني أضحك من الأعماق ضحكًا ساخرًا، فالزُّعر والحرافيش الذين طالما ندد الجبرتي بسلوكياتهم الخرقاء، قد انتقموا منه الآن شر انتقام!

برقوق والبرقوقية

لعل هذا المَعلم الأخير في حي قايتباي من أهم المعالم وأخطرها في مصر على الإطلاق، من حيث الجمال الفني، والمنظر البديع الذي يسر النفس حقًّا ويملأها بكثير من البهجة والعزة والفرح. أعني جامع برقوق، الذي يحضر لزيارته طوائف لا حصر لها من جميع أنحاء العالم، يقف الجميع أمامه مبهورًا ذاهلًا.

ومع ذلك فإن هذه التحفة العظيمة لا تلقى من الحكومة المصرية أدنى اهتمام! ويبدو أنها قطعة فنية سيئة الحظ لأن التاريخ لم يتوقف عندها ـ فقد بحثت في معظم المصادر التاريخية في عصرها فلم أجد لها أثرًا بين الجوامع أو المساجد، على الرغم من أن المقريزي، ومن بعده علي مبارك، أرَّخ كلٌّ منهما لكل زاوية وعطفة، وترجم لكل قطعة حجر في الطريق، إلا جامع برقوق، أروع وأكمل بناء معماري أثري إسلامي في مصر ـ ذلك أنه، رغم المئذنة السامقة، ليس محسوبًا بين الجوامع أو المساجد أو حتى الزوايا.

وقد تبين لي أثناء البحث أنه حمل وزر صاحبه، فقد كان برقوق من أسوأ السلاطين في العصر المملوكي المصري. وقد غطى

المقريزي فترات طويلة من حكم مصر، كما غطى مساحات أطول من أرضها، سواء في كتاب «السلوك»، أو في كتاب «الخطط»، فكان يفيض في الحديث عن الشيء أو الشخص مجتهدًا في تقديم أكبر قدر ممكن من المعلومات الخاصة بالتاريخ والجغرافيا والاقتصاد، إلا بالنسبة لبرقوق؛ فقد لاحظت أنه يبتسر الكلام، ويكاد يضن بالحديث عن الرجل، مما يعكس كرهًا واحتقارًا له ولكل أفعاله وأفاعيله. ولولا أنه ملتزم بأمانة المؤرخ لترك العنان لرأيه الشخصي. ويبدو أن شيئًا كهذا قد حدث، لأن أبو المحاسن ابن تغري بردي ـ تلميذه وناقل عنه ـ قد راجعه في كثير من النقاط حينما أعاد الكتابة عن سلطنة برقوق، ليس دفاعًا عن برقوق، بل تصحيحًا لبعض الملابسات، لكن في إطار من الكراهية لذلك السلطان الخسيس النذل، الأمر الذي يوحي بأن المقريزي كتب عن هذا السلطان بقرف واستخفاف وقلة حماس.

وعن ابن تغري نأخذ تعريفه لهذا الرجل: السلطان الملك الظاهر أبو سعيد سيف الدين برقوق بن آنص العثماني اليلبغاوي الجاركسي القائم بدولة الجراكسة بالديار المصرية، وهو السلطان الخامس والعشرون من ملوك الترك بالديار المصرية، والثاني من الجراكسة. جلس على تخت الملك في وقت الظهر من يوم الأربعاء تاسع عشر شهر رمضان سنة أربع وثمانين وسبعمائة، الموافق له آخر يوم هاتور وسادس تشرين الثاني، بعد أن اجتمع الخليفة المتوكل على الله أبو عبد الله محمد والقضاة وشيخ الإسلام سراج الدين عمر البلقيني، وخطب الخليفة المتوكل على الله خطبة بليغة ثم بايعه على السلطنة

وقلده أمور المملكة. وكان طالع جلوسه على تخت الملك برج الحوت والشمس في القوس متصلة بالقمر تثليثًا، والقمر بالأسد متصل بالمشتري تثليثًا، وزحل بالثور راجعًا، والمشتري بالحمل متصل بعطارد من تسديس، والمريخ بالجوزاء في شرفه، والزهراء بالعقرب، وعطارد بالقوس. وأصله من بلاد الجاركس، ثم أخذ من بلاده وبيع بمدينة قرم، فاشتراه خواجة عثمان بن مسافر وجلبه إلى مصر، فاشتراه منه الأتابك يلبغا العمري الخاصكي الناصري في حدود سنة أربع وستين وسبعمائة أو قبلها بيسير، وأعتقه وجعله من جملة مماليكه، واستمر بخدمته إلى أن ثارت مماليك يلبغا عليه، وقُتل في سنة ثمانٍ وستين وسبعمائة، فلم يُعرف إن كان برقوق ممن هو مع أستاذه يلبغا أم كان عليه. ولما قُتل يلبغا وتمزقت مماليكه وحُبس أكثرهم حُبس برقوق هذا مع من حُبس مدة طويلة، ثم أفرج عنه، وخدم عند الأمير منجك اليوسفي نائب الشام سنين، إلى أن طلب الملك الأشرف مماليك يلبغا إلى الديار المصرية، حضر برقوق هذا من جملتهم، وصار بخدمة الأسياد أولاد الملك الأشرف جنديًّا، ولم يزل على ذلك حتى ثار مع من ثار من مماليك يلبغا على الملك الأشرف شعبان في نوبة قرطاي وأينبك وغيرهما في سنة ثمانٍ وسبعين وسبعمائة وقُتل الأشرف. ثم لما وقع بين أينبك وقرطاي وانتصر أينبك على قرطاي، أنعم أينبك عليه بإمرة طبلخاناه دفعة واحدة من الجندية، فدام على ذلك نحو الشهر، وخرج أيضًا مع من خرج على أينبك من اليلبغاوية، فأخذ إمرة مائة وتقدمة ألف، وكذلك وقع لرفيقه بركة. ثم صار بعد أيام قليلة أمير آخور كبيرًا، ودام على

ذلك دون السنة، واتفق مع الأمير بركة على مسك طشتمر الدوادار، ومسكاه بالفعل، وتقاسما المملكة، وصار برقوق أتابك العسكر، وبركة رأس نوبة الأمراء أتابكًا، فدام على ذلك من سنة تسع وسبعين إلى سنة اثنتين وثمانين، ووقع بينه وبين خشداشه بركة، وقبض عليه بعد أمور وحروب، وصفا له الوقت إلى أن تسلطن.

وكان السلطان برقوق من أشد السلاطين المماليك شرهًا في جمع المال، فيستولي على أموال الناس بغير حق، وبغير ذنب، يكفي أن ينقل إليه أحد خاصته خبرًا عن ثروة أحد التجار أو أحد الموظفين، فيأمر في الحال بالاستيلاء عليها. وفي عهده كثرت المصادرات والمصادمات وعمت الفوضى.

كذلك كان من أعنف السلاطين، ميت القلب والضمير والشعور. وهو السلطان الوحيد الذي رفع السيف على الخليفة يريد قتله، وكان الخليفة حينذاك هو المتوكل، لمجرد أن أحدهم وشى بالخليفة. ولم يتورع عن سجن خليفة المسلمين في الإسطبل وتعذيبه وتمريغ كرامته في التراب.

يقول ابن تغري بردي: فاشتد حنق الملك الظاهر، وسن السيف ليضرب عنق الخليفة، فقام سودون النائب وحال بينه وبين الخليفة. واستدعى القضاة ليفتوه بقتل الخليفة فلم يفتوه وقاموا عنه، فأخذ الخليفة وسجنه بموضع في قلعة الجبل وهو مقيد.

وأما هذا الجامع العظيم، جامع برقوق الذي يقف حتى الآن شامخًا فوق جبل المقطم، فقد اتضح أنه مدرسة، ولهذا لم يُذكر في كتب التاريخ بين الجوامع والمساجد، وحتى حينما ذكره المقريزي في

كمدرسة ذكره في ثلاثة أسطر فحسب، ولم يتكلم عنه بإفاضة كعادته في الكلام على بقية الآثار.

وقصة هذه المدرسة أن السلطان برقوق استبدل خان الزكاة ـ الذي كان قائمًا في موقع هذه المدرسة ـ من ذرية الملك الناصر محمد بن قلاوون بقطعة أرض، وأمر بهدمه وعمارة مدرسة مكانه. وأقام السلطان على عمارتها الأمير جاركس الخليلي أمير آخور، الذي كان مغرمًا بإقامة الأبنية، فالجدير بالذكر أنه هو الذي هدم التربة المعزية وأقام فوقها خان الخليلي الذي سُمي باسمه، لكي يُدر دخلًا يذهب لفقراء مكة.

ويقول الدكتور محمد رمزي: هذه المدرسة هي بذاتها المدرسة البرقوقية التي أنشأها السلطان برقوق، فبدأ في وضع أساسها يوم ٨ ذي القعدة من سنة ٧٨٦هـ، وأتم بناءها مستهل ربيع الأول سنة ٧٨٨هـ، وكما هو ثابت بالنقش في عصابة ممتدة بأعلى حائط وجهة المدرسة. ثم تكرر إثبات هذا التاريخ في عدة مواضع منها، مذكور فيها بعد البسملة: أمر بإنشاء هذه المدرسة المباركة والخانقاه مولانا السلطان الملك الظاهر سيف الدين والدنيا أبو سعيد برقوق، وكان الفراغ منها في مستهل ربيع الأول سنة ٧٨٨هـ. وذكرها المقريزي في خططه باسم الخانقاه الظاهرية فقال: إن هذه الخانقاه بخط بين القصرين فيما بين المدرسة الناصرية ودار الحديث الكاملية، أنشأها الملك الظاهر برقوق في سنة ٧٨٦هـ. ولم يتكلم عليها تفصيلًا. بل إن هذه المدرسة ـ يقول الدكتور رمزي ـ التي يقال لها اليوم «جامع السلطان برقوق» لا تزال قائمة وعامرة بالشعائر الدينية بشارع

المعز لدين الله الذي كان يُسمى في هذه المنطقة بـشارع النحاسين وشارع بين القصرين بالقاهرة. وهذا الجامع من أجمل وأبدع مساجد القاهرة في البناء والزخرفة.

ويقول ابن تغري بردي: ثم في يوم الأربعاء حادي عشر رجب نزل الأمير جاركس الخليلي الأمير آخور إلى المدرسة الظاهرية بعد فراغها، وهيأ بها الأطعمة والحلاوات والفواكه. ثم ركب السلطان من الغد في يوم الخميس ونزل من القلعة بأمرائه وخاصكيته إلى المدرسة المذكورة، وقد اجتمع القضاة وأعيان الدولة، فمد بين يديه سماطًا جليلًا، أوله عند المحراب وآخره عند البحرة التي بوسط المدرسة، وأكل السلطان والقضاة والأمراء والمماليك، ثم تناهبت الناس بقيته، ثم مد سماط الحلاوات والفواكه، وملئت البحرة التي بوسط المدرسة من مشروب السكر، ثم بعد رفع السماط أخلع السلطان على الشيخ علاء الدين علي السيرامي الحنفي وقد استدعاه السلطان من بلاد الشرق، واستقر مدرس الحنفية وشيخ الصوفية، وفرش له الأمير جاركس الخليلي السجادة بيده حتى جلس عليها، ثم خلع السلطان على الأمير جاركس الخليلي شاد عمارة المدرسة المذكورة، وعلى المعلم شهاب الدين أحمد بن الطولوني المهندس، وركبا فرسين بقماش ذهب. ثم خلع السلطان على خمسة عشر نفرًا من مماليك جاركس الخليلي ممن باشروا العمل مع أستاذهم، وأنعم على كلٍّ منهم بخمسمائة درهم. ثم خلع السلطان على مباشري العمارة. ولما جلس الشيخ علاء الدين السيرامي على السجادة تكلم على

قوله تعالى: «قُلِ ٱللَّهُمَّ مَلِكَ ٱلْمُلْكِ» الآية. ثم قرأ القارئ عشرًا من القرآن ودعا. وقام السلطان وركب بأمرائه وخاصكيته وعاد إلى القلعة، بعد أن خرج من باب زويلة، فكان هذا اليوم من الأيام المشهودة.

الحي الثاني

سبعة مداخل إلى الباطلية

المنطقة التي تهبط رأسيًّا من جبل الدرَّاسة حتى شارع فؤاد، أو ما يُسمى بـ«وسط المدينة»، مرورًا بحي الأزبكية، وتمتد أفقيًّا من حدود قلعة صلاح الدين حتى حي العباسية، تُسمى «القاهرة»، وكانت في الأصل ضاحية، اختطها القائد جوهر الصقلي ليلة دخوله مصر غازيًا بأمر مولاه المعز لدين الله الفاطمي معد، حيث حضر بصحبته لفيف من المهندسين المغاربة ومعهم تخطيط مبدئي شرعوا في تنفيذه بمجرد وصولهم، اختطوا جامعًا كبيرًا هو الجامع الأزهر، وقصرًا كبيرًا سُمي بـ«القصر الشرقي الكبير» أو «قصر الخلافة الفاطمية»، وكان يحتل المساحة التي تبدأ من شارع صلاح سالم الحالي حتى نهاية حي خان الخليلي، وهذا الحي الأخير كان مقر التُّربة المعزية، أو تربة الزعفران، حيث أتى الخليفة معه بُرُفات أهله وأعاد دفنهم فيها، وكانت هذه سُنة متبعة. فكل غازٍ جديد يدخل مصر يبني له ضاحية خاصة يسكنها مع حاشيته، ابتداء من الفسطاط، ثم العسكر، ثم القطائع. وحينما تدول دولة الغازي، يجور الزمان على ضاحيته، فما تلبث حتى تصبح مسكنًا للعامة، وهذا ما حدث لضاحية القاهرة،

فمنذ أن دخل صلاح الدين الأيوبي إلى مصر وقام بتصفية الدولة الفاطمية، استباح حرمة الأسرة نفسها، فنكل بها شر تنكيل، وصادر كل أموالها وممتلكاتها، وعزل رجالها عن نسائها، فاستبيحت الضاحية تمامًا، وتحول ميدان بين القصرين ـ الذي يفصل بين القصر الشرقي الكبير؛ قصر الخلافة، والقصر الغربي الصغير؛ قصر الحريم ـ إلى سويقة يؤمها الباعة بالبطيخ والفاكهة والملابس المستعملة، وأصبح الجامع الأزهر مرتعًا لذوي العاهات والمجاذيب والمتسولين، رغم بقائه كمدرسة عالية للعلوم الدينية.

استقر في القاهرة السلطان صلاح الدين يوسف بن أيوب، وابنه الملك العزيز عثمان، وابنه المنصور محمد، ثم الملك العادل أبو بكر بن أيوب، وابنه الملك الكامل محمد وانتقل من القاهرة إلى قلعة الجبل، فسكنها بحُرمه وخواصه، وسكنها الملوك من بعده.

صارت القاهرة مدينة سكنى بعدما كانت حصنًا يُعتقل به ودار خلافة يُلتجأ إليها، فهانت بعد العز، وابتذلت بعد الاحترام.

على أن الهوان والابتذال كانا كامنَين في القاهرة منذ تأسيسها، وكانت حارة الباطلية هي عنوان الهوان والابتذال، وهي حارة ملاصقة لمبنى الأزهر الشريف، تلتف حوله وتكاد تبتلعه، وكأنها تحقيق للنبوءة التي أذيعت يوم بناء القاهرة، يوم السبت لست بقين من جمادى الآخرة سنة تسع وخمسين وثلاثمائة، حيث أصبح الناس ففوجئوا بالأسس محفورة، وجلس البناءون في انتظار فأل حسن كي يُسرعوا في البناء، وكان الفلكيون المغاربة قد استقروا فوق قمة المقطم بأجهزتهم يدرسون حركة الأبراج، بحيث إذا دخل برج معين

في مدار برج معين أعطوا الأمر بالبناء في الحال، وكانت المشكلة أمام المنجمين هي أن أمرهم حين يصدر بالبدء في البناء يكون على العمال أن يبدأوا في الحال دون أن يفصل بين صدور الأمر والبدء الفعلي ولو ثانية واحدة. فكيف تأتَّى لهم تحقيق ذلك؟ وضعوا قوائم تشبه خشبات حراس المرمى في كرة القدم في مربع يبلغ كل ضلع من أضلاعه ألفًا ومائتين من الياردات، ثم علقوا أجراسًا على الحبال من قائم إلى آخر، وحينما يتفق العلماء المنجمون على حُسن الطالع يشدون طرف الحبل من عندهم، فتدق الأجراس، فيبدأ العمال العمل في الحال. وبعد قليل دقت الأجراس فبدأ العمل، وما كاد العمل يمضي على قدم وساق حتى فوجئ العمال بوفد جاء يجري لاهثًا يأمر بالتوقف عن العمل، ذلك أن غرابًا حلا له الوقوف على الحبل الممتد، ثم غادره، فاهتز الحبل بشدة فقرعت الأجراس، ولحظتها لم يكن الطالع سعيدًا على الإطلاق، لأن كوكب المريخ ـ القاهر ـ كان في صعود، وهذا الغراب الأحمق هو الذي أعطى الأمر بالبناء، وهكذا وقع الجميع في حيص بيص، فالفأل سيئ في الحالين، إذا استمروا مع سوء الطالع، أو إذا أوقفوا بعد البدء. ولكن جوهر الصقلي أراد أن يتفاءل بالتشاؤم الحادث، فقال: «ليكن كوكب القاهر في صعود، فلنُسمِّ المدينة الجديدة باسم القاهرة». ورغم تفاؤله فإن المنجمين توقعوا أن تعيش المدينة طول عمرها في غم وهم ونكد وقهر عظيم! وبالفعل، ظلت القاهرة تخرج من أسر إلى أسر حتى هذه اللحظة، تغلَّب عليها الغزاة من كل جنس وملة، وراح السكان يلتمسون الأنس المصطنع في إكسير الحشيش تمدهم به حارة الباطلية.

ويوم اختط جوهر المدينة لمولاه، اختطت كل قبيلة من جيوشه خطة عُرفت بها لا تزال تحمل اسمها حتى اليوم، فلا شيء يضيع في مصر مطلقًا، وتلك ميزتها ومأساتها في نفس الوقت: فزويلة بَنت الحارة المعروفة بها، واختطت جماعة من أهل برقة حارة البرقية، واختطت الروم حارتين.

وكان للجامع الأزهر في عصره الفاطمي الزاهر أثره السلبي في الحواري المتاخمة له، يضاهي أثره العلمي، ذلك أن صيغة الردح المصرية الشهيرة «جرى إيه يا عُوووومَر» أصلها من الجامع الأزهر؛ فلقد كان الخطباء الفاطميون على منبره العتيد لا يكفون عن مهاجمة الصحابة وخاصة عمر بن الخطاب، إذ ينفعل الخطيب انفعالًا حارًّا وهو يشوح بيديه مرددًا عبارات ممطوطة بنغمة الهزء والاستخفاف والسخرية، من قبيل، مثلًا مثلًا: «فكيف يا عوووومر؟ من أين جئت بهذا الكلام يا عوووومر؟ خسئت يا عوووومر». ويا عومر، تحولت العبارة على ألسنة نسوان الحواري إلى صيغة الردح يتعاركون بها، وشيوع هذه الصيغة بين نسوة هاتيك الحواري إنما هو فيض من السخرية المُرة والهزء بالخطباء الفاطميين، وكأن الواحدة منهن تريد أن تحط من شأن زميلتها فتكتفي بتذكيرها بانحطاط الخطباء على المنبر، بقولها ـ فحسب ـ يا عوووومر!

المدخل الهديم

لم تعد حارة الباطلية هي فحسب الحارة التي تمتد من الجانب الأيسر للجامع الأزهر حتى تنتهي على بقايا جبل الدرَّاسة الذي أصبح مجموعة من أكوام القمامة، إنما أصبحت حيًّا كبيرًا جدًّا، يستوعب عددًا كبيرًا من الحواري الضيقة والعطفات والأزقة، حيث تمتد شرقًا حتى باب زويلة بما في ذلك الغورية وحوش آدم (خشقدم) وحارة الروم ودرب البرقية والكحكيين، ومنطقة فاطمة النبوية بمسجدها الشهير، وشارع جامع أصلان الذي هو امتداد لها إلى جامع الصالح طلائع الذي كان معدًّا في الأصل ليُدفن فيه رأس الحسين لولا أن النحس أحاطه في مسألة توصيل المياه إليه حيث فشلت كل الوسائل، فصرفوا النظر عنه إلى مسجد الحسين الحالي، وكانت أرضه في الزمن الزاهر مقرًّا لخزانة البنود الملحقة بقصر الخلافة الفاطمي.

الحشاشون الخوافون كانوا يفضلون دخول الباطلية من أعلاها، من فوق هذا الجبل التعيس المنهزم كبيوت هذا الحي العتيق، التي تبدو كأنها آيلة للسقوط من مئات السنين، بل إن بعضها ساقط بالفعل، لكنه متساند على بعضه البعض، وعلى هديم مرتفع. ولو تأملت في

الجدران الصدئة المتآكلة الهرمة لراعتك جواهر معمارية لا مثيل لها في عصرنا، ولا يوجد من يقدر على صنعها في هذا الزمن: بلكونات محندقة، تراسينات نحاسية، مشربيات كالعلب السحرية بارزة، زخارف منحوتة على البوابات، عمائر حميمة يتكون بعضها من سبعة طوابق تتصاعد منها روائح الرطوبة والعرق ومياه الحموم العطنة، مخلوطة بروائح احتراق التبغ والصنان، ونكهات الحشيش الطازج، والخضراوات البايتة، وروائح العطارة النفاذة، مهرجان هائل من الروائح يزكم الأنوف الحساسة، لكنها ما تلبث حتى تفقد حساسيتها بعد أقل من جولة في الحي وتتوق نفوس أصحابها إلى قعدة على مقهى من هذه المقاهي الصغيرة الفارشة كراسيها على الأرصفة وفي قلب الحواري وفوق الكِيمان.

الدخول من الجبل مأمون إلى حدٍّ ما، وسهل، وقليلًا ما تتمكن الحكومة من الإمساك بزبون، لأن الطريق مفتوح للحي في منافذ متعددة، وثمة أماكن للاختباء، وعلى طول الجبل يلتقيك عشرات من الصبيان كل منهم يحمل كيس الحشيش أو كيسة من العبك ملآنة بالقطع الملفوفة في أحجام مختلفة من ربع قرش إلى نصف قرش إلى قرش، ومن أنواع متعددة يميز بينها لون ورق السوليفان، لأن الأصفر بكذا والأحمر بكذا والأخضر بكذا، هذا هو السوق الهامشي، الطياري، يتم فيه اصطياد الزبائن الغشيمة، ليسكها الصبي في البيعة، أصنافًا رديئة بسعر الأصناف الجيدة، ولكي يتقن البيع فإنه يرهب الزبون باستمرار: بسرعة يا أفندي، الحكومة هنا، خلصنا، ارجع من الطريق الفلاني، إلخ.

جبل الدرَّاسة قد لحقه الهوان منذ التصاقه بحي الدرَّاسة، كان اسمه «جبل اليحموم» أو «الجبل الأحمر»، مطل على القاهرة من شرقيها الشمالي.

قال القاضي القضاعي: اليحاميم هي الجبال المتفرقة المطلة على القاهرة، من جانبها الشرقي وجبابها، وتنتهي هذه الجبال إلى بعض طرق الجب، وقيل لها اليحاميم لاختلاف ألوانها، واليحموم في كلام العرب الأسود المظلم.

وقال ابن عبد الحكم عن سعد بن عبيد، إنه لما قدم مصر، وأهل مصر قد اتخذوا مصلى بحذاء ساقية أبي عون التي في العسكر، فقال: ما لهم وضعوا مصلاهم في الجبل الملعون وتركوا الجبل المقدس (يعني المقطم)؟

فهو إذن جبل ملعون من قديم الزمن، مثلما حي الباطلية ملعون من الحكومة، معرض لهجماتها ليل نهار، ولكنه حي محبوب من الكافة، إذ هو مصدر روقان المزاج، وهو مقترن في الأذهان بكل ما يتصل بروقان المزاج، وله في النفوس مدلولات جنسية، فطلوع الجبل في أذهان العامة يعني اعتلاء النساء في بهجة الأنفاس المعطرة بالدخان الأزرق والأفيون كترياق أسود، وأنواع متعددة من الخلطات الشعبية يصنعها خبراء الحي من توليفة من العطارة مع جوزة الطيب ليأكلها الكييف كالشوكولاتة فتصيبه بالتهيج الجنسي وتؤدي إلى تأخير في عملية القذف، وأنواع أخرى من الأدهنة، خاصة ما يُسمى بـ«حجر جهنم»، وهو نوع من الأحجار كاللادن تسيح في قليل من الماء ليدهن بها رأس العضو فتخدره.

ولكن، لماذا سُمي حي الباطلية باسم الباطلية؟!

التاريخ يؤكد أنها حارة قديمة نشأت مع العصر الفاطمي، والعامة الذين ينطقون اسمها محرفًا: «الباطنية»، يشيعون حولها الأساطير، من قبيل أن سكانها الأوائل كانوا من الباطنيين، أصحاب فلسفة الباطنية التي تؤمن بأن الله لن يحاسب العباد يوم القيامة إلا بناءً على ما يبطنون بصرف النظر عما يظهرون، وهذا تخريف من تخاريف العوام.

أما الحقيقة فيوردها المقريزي في خططه على هذا النحو: حارة الباطلية عُرفت بطائفة يقال لهم «الباطلية»، وكان المعز لما قسم العطاء في الناس، جاءت طائفة فسألت عطاء، فقيل لهم فرغ ما كان حاضرًا، ولم يبقَ شيء. فقالوا: «رحنا نحن في الباطل». فسموا الباطلية، وعُرفت هذه الحارة بهم. وفي سنة ثلاث وستين وستمائة احترقت حارة الباطلية، عندما كثر الحريق في القاهرة ومصر، واتُّهم النصارى بفعل ذلك، فجمعهم الملك الظاهر بيبرس، وحُملت لهم الأحطاب الكثيرة والحَلفاء، وقُدِّموا ليُحرقوا بالنار، فتشفع لهم الأمير فارس الدين أقطاي أتابك العساكر على أن يلتزموا بالأموال التي احترقت، وأن يحملوا إلى بيت المال خمسين ألف دينار. فتُركوا. وجرى في ذلك ما تُستحسن حكايته، وهو أنه قد جُمع من النصارى سائرُ اليهود، وركب السلطان ليحرقهم بظاهر القاهرة، وقد اجتمع الناس من كل مكان للتشفي بحريقهم، لما نالهم من البلاء فيما دُهوا به من حريق الأماكن، لا سيما الباطلية، فإنها أتت النار عليها حتى حُرقت بأسرها. فلما حضر السلطان، وقُدِّم اليهود والنصارى ليُحرقوا، برز ابن الكازروني اليهودي ـ وكان صيرفيًّا ـ وقال للسلطان:

«سألتك بالله لا تحرقنا مع هؤلاء الكلاب أعدائنا وأعدائكم، أحرقنا ناحية وحدنا». فضحك السلطان والأمراء، وحينئذ تقرر الأمر على ما ذُكر، فنُدب لاستخراج المال منهم الأمير سيف الدين بلبان المهراني، فاستخلص بعض ذلك في عدة سنين. وتطاول الحال فتدخل كُتاب الأمراء مع مخدوميهم، وتحيَّلوا في إبطال ما بقي، فبطل في أيام السعيد بن الظاهر. وكان سبب فعل النصارى لهذا الحريق حنقهم لما أخذ الظاهر من الفرنج أرسوف وقيسارية وطرابلس ويافا وأنطاكية. وما زالت الباطلية خرابًا، والناس تضرب بحريقها المثل لمن يشرب الماء كثيرًا فيقولون: «كأن في باطنه حريق الباطلية». ولما عمر الطواشي بهادر المقدم داره بالباطلية، عمر فيها مواضع بعد سنة خمس وثمانين وسبعمائة.

تلك هي حارة الباطلية كما قدَّمها المقريزي.

ولكن لأن التاريخ يلعب دائمًا في الجغرافيا، كما أن الجغرافيا كثيرًا ما تحرك التاريخ، أمامًا أو خلفًا، فإن حارة الباطلية قد اتسعت في العصور الحديثة، فاستوعبت كل ما حولها وما يتفرع من حوارٍ ودروب. فإذا كانت الدروب والأزقة المتفرعة منها تعتبر في الأصل جزءًا لا يتجزأ من جغرافيتها البريدية، بمعنى أن أي خطاب يرد إلى أحد في درب من هذه الدروب لا بد أن يُكتب على ظرفه: «متفرع من حارة الباطلية»، إذ كان ذلك كذلك، فإن انتشار تجارة المخدرات في حارة الباطلية، وتحولها إلى سوق حقيقي بكل ما تحمله الكلمة من معنى، وتضخم نشاط معظم التجار، وتفريخ أعداد لا حصر لها من الصبيان المساعدين للتجار، كل ذلك أدى إلى زحف التجارة

المحرمة على المنطقة الأزهرية كلها، التي سبق أن حددناها آنفًا، فأصبحت الجماهير تطلق اسم «الباطلية» على هذه المنطقة كلها، وكأنما اسم «الباطلية» قد أصبح مرادفًا للحشيش والأفيون، لدرجة أن الصحف المصرية حينما تريد القول إن منطقة من المناطق أصبح ينتشر فيها بيع الحشيش والمخدرات، فإنها تقول في مانشتاتها: لقد صارت المنطقة الفلانية باطلية أخرى، كمدينة السلام مثلًا، أو منطقة الدويقة العشوائية في قلب جبل المقطم، فهذه الأخيرة قد رحل إليها معظم الصبيان الذين كانوا يساعدون كبار تجار الباطلية حينما أصرت حكومة الرئيس مبارك على مطاردة كبار التجار.

وثمة عوامل جغرافية ساعدت على أن تكون هذه المنطقة مأوى لتجار المخدرات، أهمها خطتها المعمارية القديمة التي كانت طابعًا مميزًا لعمارة المدن الإسلامية في العصور الوسطى، فهي حارة ضيقة، والبيوت متكاثفة بشكل يقيم الألفة والتضافر بين سكانها، ثم إنها متلولبة.

وفي هذا الصدد يقول المعماري الراحل حسن فتحي: إن الشوارع والحواري في المدن الإسلامية القديمة كانت تتلولب هكذا لتزيل الملل عن نفس السائر فيها لطولها الشديد، بحيث إن الماشي خلالها يفاجأ كل حين ببروز يعترض امتداد بصره موحيًا إليه أن الحارة ستنتهي عنده بعد قليل، فما إن يصل إليه حتى يفاجأ بأنه مجرد منعطف إلى اليمين أو إلى اليسار.

هذا الشكل اللولبي للحارة مع ضيقها، يصعب من مهمة رجال الشرطة عند مهاجمتها، فلا يدخلونها إلا راجلين، ومن منعطف إلى

منعطف يكون خبرهم قد وصل إلى التجار فيحتاطون، ثم إن كثرة الأزقة والدروب المتفرعة من الحارة، التي غالبًا ما توصل إلى بعضها أو إلى أماكن بعيدة، يعطي للهاربين فرصًا كثيرة للاختباء أو الزوغان أو التخلص من جسم الجريمة، كما أن كثرة الخرائب وانتشار الهديم بين كل عطفة وأخرى يجعل منها مخازن مؤقتة في اللحظات الحرجة، خاصة أن السقوط في إحدى هذه الخرائب أو الدخول إليها ليس يتاح بسهولة إلا لأبناء الحارة فحسب.

أهم هذه الأزقة والدروب التي استوطنها كبار التجار هي: حارة الروم، وحارة الديلم، ودرب الأتراك، وحارة شق العرسة، وحوش آدم (خشقدم)، وحارة زويلة، وحارة النبوية. وبعض هذه الحواري تُنسب إلى حي الغورية جغرافيًا، وإلى الباطلية عمليًا وتجاريًا.

عمر هذه الحواري يزيد على الألف عام، فحارة الروم كما أسلفنا اختطها نفر من الروم المصاحبين لجيش جوهر الصقلي عند فتحه لمصر.

يقول ابن عبد الظاهر: واختطت الروم حارتين، حارة الروم الآن، وحارة الروم الجوانية. فلما ثقل ذلك عليهم قالوا: الجوانية لا غير.
والوراقون إلى هذا الوقت ـ يقول المقريزي ـ يكتبون حارة الروم السفلى، وحارة الروم العليا؛ المعروفة اليوم بالجوانية. وفي سابع عشر ذي الحجة سنة تسع وتسعين وثلاثمائة أمر الخليفة الحاكم بأمر الله بهدم حارة الروم السفلى، فهُدمت ونهبت.

أما حارة الديلم، فقد عرفت بذلك لنزول الواصلين مع هفتكين الشرابي حين قدم ومعه أولاد مولاه معز الدولة البويهي وجماعة من

الديلم والأتراك، في سنة ثمانٍ وستين وثلاثمائة، فسكنوا بها فعرفت بهم. وهذا الرجل التركي ـ من عجب ـ حارب المعز لدين الله الفاطمي في دمشق، وكل البلاد التي كانت خاضعة لسلطانه، قادمًا من بغداد لإقامة الخطبة العباسية، وكانت الحرب حتى مات المعز فاستأنفها ابنه العزيز بالله نزار، وبعد حصار وقتل عنيف جيء بهفتكين ورجاله أسرى، فطيف بهم في القاهرة، ثم عاد العزيز بالله فأكرمه وخلع عليه وأجرى عليه النفقات، فعاش في القاهرة معززًا مكرمًا إلى أن مات في سنة اثنتين وسبعين وثلاثمائة، فاتهم العزيز وزيره يعقوب ابن كلس أنه سمَّه لأن هفتكين كان يترفع عليه، فاعتقله مدة ثم أخرجه!

ويبدو أن هذا هو قدر مصر العجيب: يكرم فيها العدو والصديق بنفس المقدار، لأنها كما أسلفنا لا شيء يضيع في تربتها الخصيبة. ولكن كم من الباقيات فيها يلزمه الفرز الدقيق؟ صحيح أن مدرسة المؤرخين المصريين من أمثال المقريزي وابن تغري بردي وابن إياس والجبرتي والقضاعي قد سجلوا لكل شيء ما يستحقه من الرضا أو السخط، ولكن كم من المصريين، حتى المثقفون منهم، يقرأ هذه المصادر؟!

وأما حارة الأتراك، أو درب الأتراك كما تشير اللافتة الحكومية الزرقاء الباقية حتى هذه اللحظة، فهي ـ يقول المقريزي ـ تجاه الجامع الأزهر، وتُعرف اليوم بـ«درب الأتراك»، وكان نافذًا إلى حارة الديلم. والوراقون القدماء تارة يفردونها من حارة الديلم، وتارة يضيفونها إليها ويجعلونها من حقوقها. فيقولون تارة: حارة الديلم والأتراك،

وتارة يقولون: حارتي الديلم والأتراك. وقيل لها حارة الأتراك لأن هفتكين لما غلب ببغداد، سار معه من جنسه أربعمائة من الأتراك، وتلاحق به عند ورود القرامطة عليه بدمشق عدة من أصحابه، فلما جمع لحرب العزيز بالله نزار كان أصحابه ما بين ترك وديلم. فلما قبض عليه العزيز ودخل به إلى القاهرة في الثاني والعشرين من شهر ربيع الأول سنة ثمانٍ وستين وثلاثمائة كما تقدم، نزل الديلم مع أصحابهم في موضع حارة الديلم، ونزل هفتكين بأتراكه في هذا المكان، فصار يُعرف بـ«حارة الأتراك». وكانت مختلطة بحارة الديلم لأنهما أهل دعوة واحدة، إلا إن كل جنس على حدة لتخالفهما في الجنسية، ثم قيل بعد ذلك «درب الأتراك».

المدخل القديم

الدخول إلى عالم الباطلية شائك وحافل بالمخاطر، لكنه مع ذلك شائق لما فيه من مغامرة محببة إلى النفس، فهو عالم مليء بالمثيرات والمبهرات. صحيح أن العاقبة ربما جاءت وخيمة، ولكن هذا شأن كل المغامرات بجميع أنواعها. وقد تكون مغامرة الدخول إلى الباطلية هي المغامرة الوحيدة التي يقوم بها ثلاثة أرباع الشعب المصري كل يوم، سواء في عز مجدها في أوائل الستينيات وحتى أواخر عقد الثمانينيات، أو بعد تخريب سوقها والقضاء على مظهره الخارجي. فهي الآن قد آبت في الظاهر إلى مجرد حارة كأي حارة مصرية عتيقة، وانخفض عدد روادها إلى حدٍّ كبير جدًّا، ولكن العمل قد أصبح يجري في الباطن بشكل سري دقيق، ومقصورًا على التجار فقط، الذين يدخلون ويخرجون كأي ناس عاديين لا شيء يميزهم عن غيرهم، يقابلون أباطرة الحي القدامى، الذين لا يزالون يقيمون فيها رغم ما يمتلكون من قصور وعمائر شاهقة في أرقى أحياء البلاد من أسوان إلى الإسكندرية، ومن الفيوم إلى شاطئ البحر الأحمر. لقد بقيت الحارة كمركز عتيق لا يمكن الاستغناء عنه لكبار

نجار، تتم فيه الاتفاقات ودراسة العينات داخل جحور لا يهتدي إليها عباقرة الجن، في حين انتقل سوق البيع إلى باطليات أخرى، خاصة في المناطق العشوائية مثل: الدويقة، والزيتون، ومنشية ناصر، وعزبة القرود. والواقع أن كل عاصمة من عواصم المحافظات كان ولا يزال لها باطلياتها الخاصة، التي لا تقل شهرة ولا خطرًا عن باطلية القاهرة. أشهر هذه الباطليات الإقليمية: حي قحافة بمدينة طنطا، وشارع الخبيزة بمدينة دسوق، والعشش بالمحلة الكبرى، وأفلاقة بمدينة دمنهور. بل إن هناك قرى بكاملها تعتبر مراكز حيوية لتجارة الحشيش والأفيون بوجه خاص، مثل قرى: كوم السمن، والجعافرة، والبكاتوش، والقناطر. تلك هي القرى المشهورة، وثمة قرى أخرى لم تشتهر بعد، لأن كل قرية تنتبه إليها الحكومة تنتقل بنشاطها إلى قرية أخرى، حتى إذا ما توهمت الحكومة أنها نجحت في القضاء على مخازن القرى استؤنف فيها النشاط من جديد.

ولكن تعالوا بنا ندخل باطلية القاهرة، سنجد أن لها العديد من المداخل المفتوحة على بعضها البعض، والموصلة كلها إلى قلب الحارة بساحتيها الكبيرتين. يمكن أن ندخلها من فوق جبل الدرّاسة (اليحموم) حيث نترك مستشفى الأزهر الجامعي خلف ظهورنا ونصعد الجبل فنمشي على سطحه المستوي، سيخرج إلينا من الجحور والشقوق وبعض الأكشاك التي تبيع السجائر والمثلجات، بعض شبان، يعترض الواحد منهم طريقك في دحلبة ودودة، ليهمس في أذنك، أو ربما يصيح بأنه يحمل معه صنفًا جيدًا ورخيصًا وما عليك إلا أن ترى وتختبر كما تشاء، إذ يستطيع أن يجلسك بحذاء هذا

الكشك ويسقيك عشرة حجارة قبل أن تشتري، فإن أعجبك الصنف فأهلًا وسهلًا، وإن لم يعجبك فيا دار لم يدخلك شر. وقد تُفاجأ بمن يشير لك بالاقتراب، فما إن تقترب حتى يضع تحت أنفك مباشرة شريحة من الحشيش الأخضر الطازج نفاذة الرائحة، ويقول لك إنها في الداخل بسعر عالٍ، أما هو فيبيعها بسعر الحشيش الشعبي لأنه يرضى بالمكسب القليل وليس وراءه مصاريف يضيفها عليك. لسوف يعجبك الصنف بالفعل، وتسترخصه بالقياس إلى سعره المعروف في الداخل، هذا إذا كنت لا سمح الله غشيمًا في الشراء وتجربتك في الشرب محدودة، ذلك أن هناك مستويات متعددة من الصنف، قد تتشابه في الشكل، لكنها تختلف في القيمة.

فأنواع الحشيش كما يحددها خبراء الكيف هي كما يلي:

الحشيش الكبس: وهو أردأ الأنواع، لاسمه نصيب كبير في كيفه، إذ هو يصيب شاربه بعد قليل من الأنفاس بحالة من التتيس والتبلد، يتوقف معها الدماغ عن الحركة، ويتحول شاربه إلى كتلة من البلاهة، لهذا ربما سُمي بـ«الكبس» لأنه يكبس على يافوخ الشارب فيثقله ويصيبه بالكسل التام، لكن خبراء البيع يقولون إنه سُمي هكذا لأنه مكبوس بماكينات تجفيف تصنعه على هيئة قوالب مبططة. وهو على أكثر من مستوى: منه ما كان مجرد أعواد وأوراق تم تجفيفها وكبسها، ومنه ما كان أوراقًا فقط، ومنه ما كان كناسة حيث اختلطت بقايا الزهور بهشيم الأوراق والعيدان فنتج عنها مستوى متميز من الحشيش الكبس، وذلك هو النوع الشعبي السائد، يشتريه عامة الشاربين لأن سعره في متناول الجميع، حيث كان القرش منه يُباع بسعر يتراوح

ما بين جنيه ونصف إلى ثلاثة جنيهات، ارتفع في السبعينيات إلى عشرين جنيهًا، ثم ارتفع الآن إلى خمسة وأربعين جنيهًا.

أما النوع الثاني من الحشيش فهو ما يُسمى بـ«الغبارة»: وهو من الأنواع الجيدة، إذ يُشاع أنه من القطفة الثانية للشجر، والقطفة الثانية عادة لا تكون صافية الخامة، إنما يشوبها الكثير من لحاء الشجر وربما بعض المدخولات من أصناف متعددة، لأن شجر الحشيش ـ أو زهر القنب الهندي ـ يشبه في الخصائص شجر القطن، فهناك قطن قصير التيلة وآخر طويل التيلة، وهكذا. كذلك هنالك زهرة قنب تصفي الدماغ من الوش، تضع له ما يشبه الفلتر فينطلق الذهن في صفاء وأريحية وبهجة تستمر لفترة طويلة ربما وصلت إلى عشر ساعات. وهنالك زهرة لا تعطي الصفاء التام، كما أنها لا تستمر طويلًا، وتُلعِبك الذهن كلما انسحب مفعولها.

النوع الثالث هو أرقى أنواع الحشيش، إذ هو مسحوق الزهرة في أول قطفة، ولا يقبل الخلطة لأنها تُفسده وتحوله إلى رديء، ولهذا يفضل التجار بيعه كما هو بسعر مرتفع، فإذا كان القرش من الغبارة يبلغ الآن ستين جنيهًا أو ما دون ذلك بقليل جدًّا، فإن القرش من البودرة لا يقل ثمنه عن ثمانين جنيهًا إن وجد، وشاربه يعتقد أنه مهما غلا ثمنه يظل أرخص من الأنواع الرديئة، فالثمن في الواقع هو ثمن «الكيف» لا ثمن «الكم»، وربع قرش من البودرة قد يكفي الشارب المعتدل بضعة أيام، سيما وأنه خدوم بتعبير الشاربين، أي أنه مثل القطن طويل التيلة، تستطيع أن تقتطع من القطعة الصغيرة ما تشاء من القطع الأصغر فالأصغر إلى ما لا نهاية،

فقطعة في حجم السمسمة لو ضغطتها بإصبعيك تنفرد إلى حجم قشرة اللب، بمجرد وضع النار فوقها تصنع مهرجانًا كبيرًا من النكهة العطرة، وأنفاسها عميقة جذابة، فما إن يبدأ الشارب شد النَّفَس حتى يستطعم النكهة الشيقة فيشد بكل قوةٍ رئتيه دون شعور بالإرهاق، ليخرج الدخان من المنخرين أزرق كثيفًا، تاركًا في الجمجمة آثار نغمشة كأن جيوشًا من النمل تتحرك داخل العروق والعظام لتوسعها، وتبث فيها الحيوية والنشاط وسرعة البديهة، وتدهن كل المرئيات بألوان زاهية براقة.

وثمة نوع رابع من الحشيش الجيد يُسمى بـ«الزيت»: هو الوحيد الذي يقبل به شاربو البودرة في حال غيابها. إن له عشاقًا كثيرين يفضلونه على البودرة نفسها، ويتغزلون فيه بقولهم «بالصلاع الزين». فإذا كانت البودرة تعبأ في صفائح، وبمجرد أن يكبش منها البائع قبضة تتحول في يده إلى عجينة طرية، بفعل ما فيها من حيل، أو زيت، فإن الحشيش الزيت تكثر نسبة الزيت فيه لشدة نضجه على الشجر، فيتحول إلى عجينة لدنة صلبة كالزلطة بنية اللون، لكنها حين تطبق عليها اليد تستشعر الدفء فتلين، وهو مساوٍ للبودرة في السعر، على أن الكيفة العتاة المخضرمين الملطمين يستريبون في هذا النوع لأنهم لا يضمنون خلوه من الغش، بل إنه يستوعب أكثر وأسهل ألوان الغش، كما أنه أكثر الأنواع خضوعًا لعملية التصنيع، فالبائع الخبير بالغش يجيء بكيس واحد من الحشيش البودرة، وثلاثة من الغبارة، وحوالي خمسة من الكبس المتميز، ويفرك كل ذلك في بعضه ويضعه في الخلاط فيتولى خلطه جيدًا بتحويله إلى عجينة

موحدة، يضيف إليها القليل من زيت حبة البركة، أو زيت الزيتون، ويكون الصبيان جاهزين لالتقاط العجينة وهي طرية، لتقطيعها في أحجام متفاوتة: ربع قرش، ونصف قرش، وقرش، وربع أوقية (يعني قرشين)، ويتم لفها في ورق السوليفان الملون، بحيث تلف القطعة في ورقة كبيرة، تلفها جيدًا لتمنع الرائحة من ناحية، وتزيد حجم القطعة في نظر المشتري من ناحية أخرى، وهذا أفضل أنواع الغش، لأنه في النهاية حشيش في حشيش، شبيه به غش الأفيون بطريقة مُثلى، إذ يقوم البائع بقص حوالي ثلاثة أفرخ من الورق السوليفان الأبيض قصًا ناعمًا يشبه الهشيم أو العهن المنفوش، يخلطها على أقة الأفيون يعجنه فيها، فينفخ حجم الأقة إلى ما يساوي في التقطيع أربع أقات. والأفيونجية مثل الحشاشين يعرفون هذه اللعبة، لكنهم يتسامحون فيها، فخير للأفيونجي أن يشعر تحت لسانه بورقة لزجة بعد ذوبان الأفيونة من أن يتناول قطعة أفيون كبيرة مضافًا إليها أصناف العطارة المؤذية للمعدة. على أن هناك أنواعًا أخرى من الغش لا يكتشفها الزبون الغشيم، فالبائع الناصح الذي لا يملك ماكينة فرم أو كبس، ولا صبيان لديه، يجيء بكيس من الغبارة يضعه كالساندويتش بين كيسين من الحشيش الرديء، ويلفها بفوطة من العبك، وبالمكواة الساخنة يضغط فوق اللفة بقوة فتتعجن الأكياس في بعضها، ثم يعود فيقطعها ويعيد ترتيبها ليضغط عليها من جديد، وهكذا حتى يصنع عجينة لدنة زكية النكهة يقوم بتجزيئها ليبيعها بسعر الحشيش الممتاز. وثمة طريقة يلجأ إليها نفر من الهلِّيبة، إذ يجيء الواحد منهم بكيس من الغبارة، ويفرك فوقه عددًا من أرغفة الخبز الناشف، يضاف إليها

كومة من ورق شجر الكافور الناشف، إذ إن رائحته أقرب إلى رائحة الحشيش، ويضرب كل ذلك في الخلاط مع قليل من زيت السمسم. وأمثال هؤلاء هم أدق الباعة في مسائل التقطيع والتغليف، فالموازين مجحفة والتغليف محكم، لأن ثمة اعتقادًا شائعًا بأن قلة حجم القطعة يعطي الثقة في احتمال جودتها، قياسًا على أن الحشيش الزيت الممتاز تبدو قطعه أقل دائمًا في الحجم من قطع الأنواع الأخرى لأنه ثقيل بطبعه، رصد كما يصفه الباعة، أما الأنواع الأخرى فمنفوشة هشة، ثم إن التغليف المحكم يمنع المشتري من فتح القطعة أمام البائع لاختبارها، وقد يمكث نصف ساعة في محاولة فتحها دون أن يفلح، وهذا ما لن يتيحه له البائع. وفي وسط هذا السوق الحافل ينشأ صبيان من «أولاد الزواني» كما يصفهم الزبون، ليس لديهم رأس مال يشترون به البضاعة، فيلجأون إلى صنعها بطرق جهنمية: توليفة من اللبان الذكر والحناء وورق الكافور وزيت السمسم مع قليل من الصمغ الخام ليعطي العجينة عرقًا يمتط فيوهم أنه من الحشيش الزيت المعتبر، والزبائن المتودكون يغمزون لبعضهم البعض لدى عرض هذا النوع عليهم قائلين في لهجة ملفوفة ذات معنى: «صنع في مصر».

الولد الذي يلتقيك على جبل الدرَّاسة واضعًا تحت أنفك قطعة في حجم الكف زكية الرائحة سوف يستهويك بالقطع، سيما أن السعر منخفض، فإذا بك تقول له هات قرشًا، إذ إنك ترى أن القرش هنا بثمن نصف قرش في الداخل. ما لن تلاحظه أن الولد بمجرد تعريض القطعة المعتبرة لأنفك يعيد يده إلى داخل جيبه بسرعة لإشعارك بمدى الرهبة، على أساس أن كليكما يلعب في غير المشروع، فحين

تطلب منه القرش تخرج يده نفسها ولكن بقطعة أخرى بنفس الحجم، بنفس الشكل، إلا إنها من نوع آخر ربما كان من أردأ الأنواع، ثم يقتطع ما يوازي الحجم المطلوب، وبخفة يد يفردها وينفشها فتبدو كبيرة تملأ العين، تأخذها وتمضي فرحًا بالغنيمة، لكنك ما تكاد تفتحها في البيت حتى تفاجأ بالخازوق، ففي أحسن الأحوال ستكتشف أنك اشتريت حشيشًا مخزونًا عطنًا.

على أي حال، فأنت معرض للغش في كل الأوقات، إلا إنك بازدياد الخبرة وكثرة التردد على المكان تتعلم أن تتجنب مواطن الغش، وأولها أن تصم أذنيك تمامًا عن نداءات الهبيشة على جبل الدرَّاسة، ولا تلتفت إلى أحد منهم، وكن واثقًا في مشيتك، رزين الحركة، صارم الملامح، وإن استطعت الشخط والنطر والتكلم بعظمة فافعل، حتى يظنك الأولاد شخصًا مهمًّا مرهوب الجانب فيتقوا شرك، أو يستثقلوا ظلك. أما إن شعر الواحد منهم أنك ضعيف وغشيم ومتردد، فإنه لن يدعك حتى يبيعك ما يهوى بأي شكل، وكلما تمنعت عليه وراوغته كان انتقامه منك عظيمًا.

لمثل هؤلاء الصبيان أصدقاء مخربشون، غير أنهم نظفاء المظهر على شيء من اللباقة وقوة الشخصية رغم أنهم لا يعرفون القراءة ولا الكتابة. يجلسون إلى بعيد يراقبون شخصيات الواردين، فإن أدرك الصبي البائع أن هذا الزبون غشيم يأتي إلى هنا لأول مرة، ولم يتمكن هو من البيع له لأنه مدلول على بائع بعينه جاء يسأل عنه، فإن الصبي ما يكاد الزبون يعطيه ظهره حتى يوجه غمزة للأولاد النظفاء الجالسين إلى بعيد يترقبون، فإذا هم يحفظون شكل الزبون، ويترصدونه عند

الخروج، يلاحقونه، يقطعون عليه الطريق: «اقف عندك يا أفندي إنت! تعالَ هنا، إيه اللي معاك ده؟!». يتقمصون شخصيات ضباط شرطة ومباحث ومخبرين، يطبقون بقوة على يد الزبون، يفتشونه تفتيشًا دقيقًا، يسقط صاحبنا في بئر الرعب لا يدري من أمره شيئًا، لا يشعر أن جميع ما في جيبه من نقود قد تم سلبها، ثم يصرون على اقتياده إلى القسم، يقول المتزعم فيهم: «هاته وتعالَ»، ثم يمضي ليختفي بعد خطوتين، في حين يقع الزبون في عرض الباقين راجيًا أن يتركوه لوجه الله لأنه ولأنه ولأنه، ولربما صفعوه على قفاه لزوم إتقان اللعبة، ثم يتركونه خرقة متهاوية، فيمضي إلى حال سبيله لا يفتح فمه بأي شيء مما حدث، فإذا فضفض لبعض أصدقائه الحريفة فإنهم سيضحكون، لأن الكثيرين قد حدثت لهم مواقف مشابهة في عهد الغشومية، حدث هذا ليس فحسب مع العامة، بل مع ناس من صفوة المجتمع المثقفين، فساعة الرعب في الواقع يتساوى فيها الأذكياء والأغبياء.

كثرة الحزن تُعلِّم البكاء كما يقول المثل، ومَن قرصته الحية يخاف من ذيلها، وهكذا يعتاد الزبائن المخضرمون على عدم الاهتمام بهؤلاء الأولاد، ومنهم من يكتسب جرأة الدخول معهم في عراك بالمطاوي والبونيات والسنج، ومنهم أيضًا من هو أكثر قدرة على تمثيل دور الحكومة، فيداهم الممثلين قبل أن يدهموه، يهجم عليهم هجمة حكومية متقنة، خاصة إذا كان له بعض الأقارب أو المعارف في جهاز الشرطة، قد ينجح في تجريدهم مما معهم، وقد ينجح فحسب في جعلهم يلوذون بالفرار كالأرانب، وفي هذا

منتهى المتعة له ولمن معه. أما الحكماء من الزبائن فإنهم يتخذون طريقهم إلى ذلك الهديم على ناصية من الجبل، فيتسلقونه، ليصيروا بعد خطوات قليلة جدًّا في قلب أكبر ساحة في حارة الباطلية، وعندئذ فالخيارات أمامهم كثيرة.

المدخل العميم

في هذه الساحة، منذ سنوات قليلة مضت، كانت تتم أكبر وأخطر وأجرأ عملية مزاد في العالم كله. ذلك هو مزاد علني لبيع الحشيش، فارس هذه المزادات التاريخية المهولة كان اسمه «بدر نافع»، أتيح لكاتب هذه السطور أن يطَّلع على ملفه عن طريق أحد سكرتيري النيابة من أصدقائه، فإذا هو ملف يبلغ ارتفاعه ما يقرب من المتر، فإذا ببدر نافع هذا أسطورة من الأساطير لا يُشق له غبار، عدد القضايا المحررة ضده، والمحكوم عليه فيها بالسجن المؤبد، تفوق الحصر، لكن عدد الشهور التي يقضيها في السجن عادة لا تتجاوز أصابع اليد الواحدة، فقدرته على الهرب من السجن قدرة لا تتوفر لعتاة المجرمين، ولا يباريه فيها إلا الصحفي القديم حافظ نجيب الذي اشتهر بلقب «اللص ظريف الشريف».

لبدر نافع حِيَل لا تنفد، ذلك لقدرته على إجادة التنكر بصورة لا يمكن كشفها بسهولة إن لم يكن ذلك مستحيلًا في الواقع، فالسجان الذي تمم عليه في المساء بحضور المفتش لن يجده في الصباح، وهيهات أن يكتشف أن هذا المفتش الذي جاءهم في المساء لم يكن

إلا بدر نافع نفسه، أما كيف حصل على ملابس رسمية فهذه ليست مشكلة بالنسبة له، يستطيع شراء القماش وتخييطه داخل السجن لأن يده سخية، فهو ثري وله أعوان خارج السجن لا حصر لهم لا يقلون ذكاءً عنه. إن ملفه حافل بأحداث من هذا النوع، كما أن آذان من يعرفونه مليئة بأساطير مدهشة، وكثيرًا ما داهم البوليس مسكنه الذي يتغير ويتجدد من يوم إلى يوم، فيستقبلهم هو نفسه، ويشاركهم البحث عنه بكل صدق وثبات ومودة، فهو تارة صاحب المسكن، وتارة زائر عابر. كما أنه يعيش كل يوم في مكان جديد، ببطاقة شخصية مختلفة، ببيانات مختلفة، رغم أنه ـ ويا للعجب ـ لم يكن يعرف القراءة ولا الكتابة.

على اتصال هو بمزارع الحشيش رأسًا في بيروت وإيران وتركيا وكل بلاد العالم المتحشش، شبكة علاقات واسعة، أقامها على فضيلة ربما كانت هي الفضيلة الوحيدة فيه: الأمانة على حقوق الغير. يطمئن إليه المهرب فيسلمه من البضاعة أطنانًا، وهو واثق أن أمواله عائدة إليه لا محالة بعد سويعات قليلة. فالجدير بالذِّكر أن بدر نافع لا يملك شيئًا يدفعه، أو على الأقل ليس لديه رأس مال يكفي لتسديد ثمن عشرة أطنان من الحشيش على الترابيزة، فكل أمواله تجري في دول خارجية بعيدة حتى لا تصادرها الحكومة، ويظهر بمظهر الفقير إلى الله تعالى، فإن صادرت الحكومة بضاعة رغمًا عنه ـ ونادرًا ما حدث ـ فإن أصحابها يعلمون جيدًا أن القدَر هو الذي فعلها، وأنه مظلوم، فلا عليه، وخير لهم أن يشتروا ودَّه ليعوض خسارتهم في صفقات أخرى تالية.

سيارة النقل تدخل إلى الحارة محملة بأطنان الحشيش، تتوقف في هذه الساحة، ليصعد إليها بدر نافع واقفًا فوق الأجولة والكراتين والصفائح، يفتح الربطة، ليستخرج منها كيسًا أو قرصًا أو حفنة حسب نوعية الصنف، يصيح مناديًا ببيان كافٍ عن الصنف ومميزاته وكميته الموجودة، جمع هائل من التجار الكبار واقفون، يفتح أحدهم المزاد، وفيما لا يزيد على ربع ساعة على الأكثر تكون الشحنة كلها قد بيعت واختفت في الحال، وحصَّل بدر نافع نقوده على داير مليم، ثم كأنه فص ملح ذاب.

لم تستطع قوة في البلاد منع قيام هذا المزاد الشهير إلا موت بدر نافع المفاجئ في حادث مشبوه.

على أن الساحة ظلت تشغي بالباعة: سوق بكل معنى الكلمة، ترابيزات فوقها عدد من الأكياس المغلفة بالقماش ومنها المفتوح لإظهار العينة، والصنج والموازين، يجلس خلفها ولدان مخربشون في أيديهم المطاوي قرن الغزال، وبعضهم يحمل الطبنجات في مكان بارز من ملابسه، أمام هؤلاء يقف تجار القطاعي من الأحياء الأخرى والقرى البعيدة لتسويق بضاعة على قدر حالهم، يتفرجون على العينات، يفاصلون، يساومون، يسترحمون، ما بين الترابيزة والأخرى يقف ولدان للبيع بالقطاعي السريع البخس، ابتداء من قطعة بخمسين قرشًا وانتهاء بأوقية.

ثمة غُرز متنقلة يمضي بها أناس متودكون، عبارة عن صندوق كصندوق ماسح الأحذية، فيه حجارة مزودة بالتبغ المعسل، ومنقد نار مشتعلة، وجوزة شكلها رطيب مغرٍ، مصفاة النار جاهزة، ما

عليك إلا أن تناديه وأنت واقف، تمامًا كما تنادي ماسح الأحذية، ففي الحال يتربع تحت قدميك مجهزًا عشرة حجارة تقوم ببصمها بتعميرة الحشيش التي تريد أن تختبر جودتها قبل أن تندب في بيعة كبيرة، البائع نفسه يعزمك على حجرين لإغوائك.

كل شيء يمضي في سلاسة واتساق وبلا ضجيج، صحيح أنك تلمح عمق التوتر الخفي، وتشعر أنك تمشي فوق بركان يتأهب للانفجار بين برهة وأخرى، لكن العمل لا يتوقف لحظة واحدة، لا مجال لكثرة الكلام، فكلمة ورَد غطاها، ونظرة حمراء تحسم أي لجاجة، وزغدة في الجنب توقف أي تطاول، والصلاة على النبي تتدفق في مجريات الحركة تصادر كل النوايا السيئة.

للشيخ علي دبوس بنك خصوصي على ناصية الساحة، عبارة عن دكان مربع يحتوي على بنك عريض من الخشب، ونفر من عياله المتعلمين رابضون خلفه، مهمة بنك الشيخ علي دبوس تجميد الفلوس لناس، وفكها لآخرين، مقابل عمولة قدرها واحد في المائة. صبيان تجار القطاعي يدخل الواحد منهم حاملًا شيكارة منتفخة، يدلقها على البنك، جنيهات وأنصاف جنيهات وشلنات وبرايز. في الحال يتولى العيال مهمة العد في دربة هائلة، ليتولى آخرون تسليم الأوراق الكبيرة المجمدة، يقبل ولدان آخرون بالدراجات، يملأون حقائبهم بالفكة، يتجولون بها في أسواق الخضار حيث تشح الفكة باستمرار، وأسوأ فأل لدى البائع هو انعدام الفكة عنده أو عند زبونه.

نحن طبعًا من الكييفة القراريين، فنحن إذن وجوه مألوفة وربما معروفة، والود قائم والدار أمان، فلنا الحق في التجول كما نشاء،

ولنا بعض الدلال على بعض الباعة: «هات حجرين يا فلان». «وماله يا أخويا، عيني، اقعد اشرب قهوة كمان». عند الشراء لا شأن لنا بالمعروض علنًا في ساحة السوق، قد ندخل يسارًا في عطفة مسدودة فنقف أمام باب عتيق في نهايتها، ساكن الطابق الأول جعل من ردهة البيت ورشة نجارة، نقف صائحين: «سالخير يا أبو صلاح»، فيترك المنشار شاب في حوالي الثلاثين من عمره اسمه منصور، يقبل عليك مُسلِّمًا في حرارة، تستشعر يدك ملمس ورقة السوليفان المبرومة على قرش، فهو لا يبيع أقل من قرش، نوع من الحشيش نصف الممتاز لكنه نقي مضمون النقاء بسعر مستريح. لنا أن نشتري منه، ولنا أن نواصل السير في الساحة مجنحين يمينًا لندخل في جيب سحري على ناصيته دكان كان في الأصل لعتقي يرتق الأحذية، يحتله الآن سيد منفلة، ولد عِترة، في الأربعين من عمره، كان صبيًّا لمصطفى زقزوق ثم استقل بالبيع وحده فأصبح أكبر منافس له، يبيع بالقطعة، القطعة بعشرة جنيهات تكاد تقترب من حجم القرش، من نوع الغبارة الشعبية النقية.

هو ولد مفتح، مؤدب، لسانه حلو، وشيك، سواء في الجلباب أو البدلة، عربته المرسيدس الخنزيرة راكنة على الناصية في انتظار مغادرته الحارة بعد منتصف الليل إلى شقة سكنية فاخرة يمتلكها في مصر الجديدة ضمن عشرات من العمائر. يجيد القراءة والكتابة، ويشتري جميع الصحف والمجلات فيُقلِّبها قراءة، يلم بأخبار جميع الفنانين، وتسعون في المائة منهم أصدقاؤه، ولذلك فإنه يتسبب في ازدحام الساحة بعشرات من سياراتهم الفارهة؛ فالواحد منهم

لا يأخذ ويمشي بسرعة كغيره، إنما لا بد أن يجلس في الدكان المجاور يشرب عدة عشرات من الحجارة وبرشامتين أو ثلاثًا، وربما قطعة أفيون تمسية من المعلم. لاعبو الكرة أيضًا يجيئون له، فهو أهلاوي متعصب، لكنه مع اللعيبة فريق قومي. مفتون بشرائط الشيخ إمام عيسى الذي يسكن على بُعد خطوات منه في حوش آدم (خشقدم) في حارة شق العرسة، ويستطيع أحد ضيوف الشيخ إمام أن يرسل من طرفه مندوبًا في أي لحظة ليجيء بالتمسية المجانية، يستطيع سيد منفلة نفسه أن يفوت على الشيخ إمام قبل مغادرته الحي ليكمل السهرة بين رهط من المثقفين يستمع للشيخ ويشجع بحماسة كبيرة.

إذا لم يعجبنا سيد منفلة فلندخل على مصطفى زقزوق، نغادر الساحة ببضعة أمتار، ثم نحو ديسارًا، لنصير في الحال في ذيل الطابور الذي يمتد من أول التحويد حتى باب البيت المواجه، مسافة طولها نصف كيلومتر، ولا بد أن تقف في طابور أيًّا كانت شخصيتك، فإذا بدرت منك بادرة استعلاء أو تذمر فأنت الجاني على نفسك، قد تُمتهن كرامتك، قد تُضرب فلا يبين لك أصحاب، إلا إذا كنت تريد أن تشتري من البريمو، فحينئذ يُسمح لك بالتوجه مباشرة إلى الولد الواقف بالكيسة بجوار الباب. وذلك أن مصطفى زقزوق يبيع ثلاثة أنواع من الحشيش: الزيت البريمو، وكان القرش منه في أول السبعينيات ثمنه اثنا عشر جنيهًا. والغبارة الشعبية بستة جنيهات للقرش. والكبس المتميز بثلاثة جنيهات. وقد اعتاد الزبون شراء ربع قرش من البريمو للشرب على الجوزة في خلوة، ونصف قرش

من الغبارة الشعبية للشرب مع جماعة، وقرش من الكبس المتميز للف السجائر على عجل.

مصطفى زقزوق يقف على عتبة الباب أحمر الوجه ممتلئ الجسد بالصحة والعافية، يرتدي القميص والبنطلون من أفخر الأنواع، في يده كرة من الحشيش الشعبي يقتطع منها بأسنانه، وأسنانه كالميزان تقتطع القرش دون زيادة أو نقصان، ويزيد فوقه قطعة إكرامية. بجواره ولد ممسك بالغبارة الشعبية، وولد آخر في يده شيكارة يلقي فيها بالفلوس. أمامه صبي يسقيه الجوزة طوال وقفته من أول النهار إلى آخره. يعامل الزبائن بفظاظة لا حد لها، والجميع يتقي شره ويتحاشى شراسته. يبدأ الطابور في التاسعة صباحًا فلا ينفض إلا بعد منتصف الليل. يبيع خمسين أقة على الأقل كل يوم، يبيعها بسعر القطاعي، أي أن الربح في هذه الحالة مضروب في عشرة أو عشرين. إنه ذلك الربح الذي ينفخ أوداج الإنسان، يمنحه الشعور المتضخم بالقوة المطلقة، فيعامل الزبائن ـ أيًا كانت شخصيتهم ـ بفظاظة وغلظة وسوء أدب لا مثيل له، وهو ضامن أنهم سيعودون إليه لا محالة. يحلو له أن يترك الزبون واقفًا مادًّا يده بالفلوس، حتى ينتهي من شرب الحجر، ومسح فمه، وقد ينظر في الزبون بعينيه النذلتين نظرات احتقار متعمَّد، لمجرد أن الزبون نظيف المظهر أو معتد بشخصيته، وقد يصيح فيه قائلًا: «اتعدل يا روح أمك». فيقول هذا الزبون على الفور مبتسمًا: «حاضر يا عم مصطفى». فلقد اعتاد الزبائن تلاشيه.

ذات يوم أصر الكاتب المسرحي علي سالم، على أن أصطحبه لرؤية هذا المشهد، ورغم أنه ليس من شاربي الحشيش، فإنه تطوع

أن يدفع ما نشاء من نقود في سبيل أن يقف هو في الطابور ويشتري، ويمارس متعة هذا العمل، ثم يعطينا ما اشتراه حلالًا علينا. وقد نبهته إلى ما يجب أن يتحلى به من سلوكيات، بهدف أن أخوفه لعله يتراجع، فما زادته تنبيهاتي إلا اشتياقًا للمغامرة. وقفت إلى بعيد أراقبه، وكنت قد لقنته صيغة الطلب وحفظها جيدًا حتى لا يتلجلج فيصير محل شك فتكون واقعته أسود من شعر رأسه: «ربع من البريمو وواحد بستة وواحد بتلاتة». وأوهمته أن الأنواع الثلاثة تعطيه فرصة لمشاهدة الكثير من المعلومات. لسذاجتي بالغت في الصفقة كي أفوز بها ويفوز هو بالتجربة التي تحرَّق شوقًا لممارستها، ورغم معرفتي الجيدة بعلي سالم، إذ إنني الذي اكتشفته في أوائل الستينيات، لم أكن أعرف أنه ابن بلد ملقط، ودمياطي أصيل. عملًا بوصيتي كان قد جهز الفلوس في يده لكنه أطبق عليها، وحينما جاء دوره للوقوف أمام مصطفى مد يده بكل ثبات قائلًا: «واحد بتلاتة جنيه». فلما خرج لم يلمح عمق الصدمة في عيني، بل قال: «سآخذ منه قطعة ألفها سيجارتين لأجربه». فقلت له صادقًا: «حلال عليك بحاله تشربه».

في عصر أنور السادات، في أواخره تقريبًا، تعرَّض مصطفى زقزوق للمصادرة مرة واحدة في حياته ضمن عدد من التجار. والعجيب أن سبب المصادرة هو امتناعهم عن دفع ضرائب، إلا إن ما صودر من مصطفى لم يكن يبلغ عُشر معشار ثروته التي تتحول باستمرار إلى عقارات وأرضٍ وتحويلات في البنوك الأجنبية. الأكثر غرابة أن المصادرة قد ألغيت بعد شهور قليلة بحكم قضائي.

كان مصطفى زقزوق في الأصل مكوجيًا في حارة الباطلية في

أوائل الخمسينيات، لكنه تزوج بنتًا من بنات الحاجة زهرة، التي كانت معروفة بنشاطها في تجارة المخدرات، ومنذ ذلك التاريخ أصبح هو أشهر بائع في البلاد، وأصبح «فرفور» وإخوته من أبناء الحاجة زهرة مجرد معلم يتفاوض مع المصادر البعيدة، ويتجول بسيارته الفاخرة في الملاهي الليلية، واشتهر بأنه من كبار مشجعي فريق النادي الأهلي، وكان يظهر في أفراح اللاعبين، ويتبرع بالكثير عند الفوز في الماتشات المهمة، وله أكثر من محل في الباطلية، فواحد على ناصية العطفة، وواحد في مواجهتها، لا أحد يعرف ما مهمة هذين الدكانين، إلا إنهما مخصصان لجلوس المراقبين.

على من يشتري الحشيش من الباطلية ألا يعود من نفس الطريق الذي دخل منه، هذا ما يؤمن به المتودكون، فخير للشاري أن يواصل السير ليدخل في أي عطفة تقابله لكي يضيع في الزحام ويختفي بأسرع ما يمكن. وما أكثر المخارج للخارج من عطفة مصطفى زقزوق، لكن أسهلها وأقربها ذلك الدرب الذي يُسمى «درب الأتراك»، حيث يوصله إلى حارة الكحكيين، ومنها إلى حوش آدم والغورية أو شارع الأزهر.

المدخل الحكيم

ثمة مدخل آخر من المداخل المهمة للباطلية له زبائنه الأصلاء، لأنه غير مطروق، وغير مبتذل، وهو الآخر من جبل الدرَّاسة، لكنه يبدأ من خلف مستشفى الحسين مباشرة، يمين ثم يسار، فإذا أنت في حارة سد عريضة، وعلى يمينك مقهى برصيف كبير، تليها مباشرة حارة ضيقة جدًا، تليها مقهى أخرى أشبه بالبوفيه تابعة لنفس المقهى، وأما المواجهة التي تسد هذه الحارة فإنها ورشة نجارة كبيرة متخصصة في صنع تُخت المدارس، والساحة الواسعة أمامها محتلة على الدوام بصفوف وتلال من تُخت المدارس المجهزة للدهن بالبوية فور أن يجيء المندوب المعاين ليتأكد من نوعية الخشب.

هذه المقهى يملكها المعلم حودة، وكانت في الأصل مُعدة لتحريق الحشيش، كغرزة متميزة نظيفة المظهر لا يؤمها سوى نخبة من الحريصين على عدم الاحتكاك بنوعيات متدنية من الحشاشين، على شدة يقينهم من أن الحشيش هو المشروب الوحيد الذي يفرض عليهم الصحبة بعبلها، فأنت معرَّض للجلوس مع أحط الناس في بعض الأحيان، جنبًا إلى جنب، إنه يساوي بين البشر في أماكن الشرب

على الأقل، فوكيل الوزارة قد يجد نفسه جالسًا مع أحد فرَّاشي مكتبه دون أن يدري. ومن هنا تنشأ مثل هذه المقاهي المتميزة، يسير العمل فيها بمنهجين متلازمين: رفع أسعار المشروبات بشكل مبالغ فيه مع تميُّز المشروب، والارتفاع بمستوى الخدمة ابتداء من نظافة ولباقة وحسن مظهر الولد الذي يسقيك، وانتهاء بنظافة الحجارة والجِوز ونظافة المكان وأرضه مع تزويده بالمراوح، يلازم ذلك إدارة متشددة تتسم بالغلظة مع الزبائن ذوي المظهر البراق. وبهذه المناسبة فإنهم مدربون جيدًا على اكتشاف الجوهر الحقيقي للشخص تحت ملابسه الأنيقة، يعرفونه من سلوكه، من كلامه، من مستوى الصنف الذي يشربه، وبناء على استنتاجهم سريع البديهة يعاملون الزبون، إما بالإقبال عليه في ترحاب شديد والشروع في خدمته بحمية وحيوية، وإما بإهماله بشكل متعمَّد، فإن أبدى احتجاجه فإن طريقة احتجاجه ستبين ما فاتهم ملاحظته، فقد يقبلون عليه معتذرين بلباقة ذكية، وقد يطردونه طردًا صريحًا.

وفي أوائل الخمسينيات وجد المعلم حودة أن زبائنه من عِلية القوم في أيديهم سخاء، يصرفون على مزاجهم ما لا يمكن صرفه في أي وجه من الوجوه مهما عظم شأنه في حياتهم. وجد كذلك أن معظمهم يأنف من الدخول إلى عمق الباطلية لشراء الصنف، ولا يرضون بأي صنف. قال لشريكه: «لماذا لا نريحهم ونكون من الرابحين؟». إنهما أصلًا من عتاة الحشاشين، ويعرفان المصادر جيدًا. وهكذا أصبح المعلم حودة تاجرًا من وراء ستار، أول الأمر يجيء الزبون ويسأل عن ولد يشتري له، فيقول له هات ونحن نبعث من يشتري لك، ثم

يوافيه بالصنف بعد برهة طويلة. فلما اتسعت تجارته أصبح لا مفر من إعلانها، فالزمار لا يستطيع إخفاء ذقنه. تخصص المعلم حودة في صنف واحد هو البودرة الممتازة، تحدَّد تبعًا لذلك مستوى الزبائن، يطلب أعلى سعر فلا يُناقَش.

كل الناس قد تخفي الأسرار في الصدور إلا الحشاشون؛ لا تتسع صدورهم لأي سر على الإطلاق مهما كانت خطورة إعلانه، لا سيما إذا كانت هذه الأسرار متعلقة بالصنف أو بالمكان، إنهم يجدون متعة كبيرة في ذلك، فأنت إذا اكتشفت مكانًا سريًا جديدًا للشرب ذا ميزات خاصة، فإنك في الحال تحب أن تختلي فيه بأحد أصدقائك الخلَّص، فما تلبث أن تدعوه إليه، ولا تنسى أن تنبهه إلى ضرورة الاحتفاظ بسرية هذا المكان حتى يهنأ لكما الجلوس فيه بعيدًا عن الواغش. صديقك سوف يلتقي في اليوم التالي صديقًا آخر، فأول شيء يبادر به أن يصيح في تشويق: «أمَّا اكتشفتلك حتة مكان خرافي!»، ويصطحبه إليه، ولا ينسى هو الآخر أن ينبهه إلى ضرورة الاحتفاظ بسرية المكان، وسيوافقه الصديق على ذلك بحماسة كبيرة، لكنه ربما في نفس الليلة سيلتقي بشلَّته الدائمة فيصيح في استقبالهم: «مفاجأة! يلَّا بينا». وهكذا، لا تدوم سرية أي مكان حتى ولو كان تحت الأرض. وكذلك الشأن بالنسبة للباعة، ما إن يكتشف أحد الحشاشين بائعًا جديدًا لديه صنف جيد حتى يتولى نشر أخباره في كل مكان. إنها خصلة تحولت إلى جبلة، جزء من سلوك الحشاش لا يتجزأ، طقس من طقوس القعدة أن يتبارى الحشاشون في إظهارهم ما لديهم من

تعميرة ممتازة، فالتعميرة الممتازة هي البطاقة الشخصية لحاملها، هويته، بها يعلو في أنظار الآخرين ويكتسب أهمية ورهبة. لا بد أن يتساءل الشاربون أثناء الشرب: «منين التعميرة دي يا فلان؟»، «من فلان الفلاني»، هكذا يرد وهو يموسق اسم البائع في تفخيم كأنه أحد آلهة الأوليمب. «بكم؟»، هذا هو السؤال التالي، يذكر السعر، ولا بد أن يكون مرتفعًا، فكلما ارتفع سعر التعميرة دل ذلك على جودتها وخصوصيتها، لا سيما أن الحشاشين بطبيعتهم دائمو البحث عن الأكثر جودة، ذلك أن أدمغتهم قد نحست من كثرة الشرب ولم تعد تتأثر بسهولة. ثم إن الحشيش ـ كما أجمع مؤلفو كتاب الحشيش الذي أصدرته اليونيسكو منذ حوالي ثلاثين عامًا بأقلام نخبة من نطُس الأطباء في مختلف التخصصات ـ لا يعتبر مخدرًا كالأفيون بقدر ما هو عقار مبهج. ويؤكد شاربوه ـ بسلوكهم ـ أنه قواد إلى البوح بصورة فائقة، فالحشاش بواح بطبعه. وليس صحيحًا أن شارب الخمر إذا سكر يقول الحقيقة كما هو شائع، هذا ليس صحيحًا على الإطلاق؛ إنما حديث المخمور مركب معقد يحتاج إلى عملية حسابية معقدة بدورها لاستخلاص الحقائق من الادعاءات من الأخلاط الكبيرة. أما الحشاش فإنه لا يفقد وعيه مطلقًا، وحيث يندمج في الحديث فبوعي وتجلٍّ ظاهرين، كما أنه يحجم شاربه، إذ يعرف الحشاش حجمه الحقيقي فلا تتضح شخصيته، كذلك فهو يرقق المشاعر، ولهذا فالموال الشعبي يقول: «يا عم يا اللي بتشرب حشيش، أصلك حسيس وأمير، في الجمع موزون على كل الكيوف وأمير». كل ما في الأمر أنه يفقد الإنسان

إحساسه بالزمن، ويستدرجه إلى استمراء القعدة والتكاسل عن أي مشوار مُلح، والتعود على التأجيل المستمر. كما أنه يستنفد الطاقة الاقتصادية للناس ويجعلهم دائمًا أبدًا في احتياج مهما ارتفعت دخولهم المادية. وهذه أسباب تكفي لمحاربته.

أصبح المعلم حودة تاجرًا كبيرًا يشار إليه بالبنان، تجيء له الزبائن من جميع أنحاء المدينة، فتمتلئ الساحة بسياراتهم. فجمع ثروة طائلة لا يمكن حصرها، وصارت العمارة التي يسكنها من بين أملاكه الكثيرة، وأصبح صاحب معرض للسيارات. وبهذه المناسبة، فإن كل تجار الحشيش لا بد أن يكونوا أصحاب معارض للسيارات، لأن عملية استيراد السيارات تتيح لهم نقل الحشيش داخلها، في إطاراتها، في أماكن سرية فيها.

وكان المعلم حودة حكيمًا، فلما رأى أنه قد أصبح معروفًا، منع الشرب في المقهى، وقصرها على الشاي والقهوة والمعسل، ولا بأس أن يشرب هو وأصدقاؤه في آخر الليل خلف النصبة بعد إنزال الباب إلى نصفه، ذلك أن الحكومة إذا لم تتمكن من القبض عليه متلبسًا ببيع الحشيش فقد تتمكن من القبض عليه متلبسًا بتحريقه في غرزته. أصبحت المقهى مركزًا للبيع، يجلس الزبون ليشرب قهوته هامسًا بطلبه، فما يكاد ينتهي من شرب قهوته حتى يكون أحد الصبيان قد غمزه بالطلب في سرية شديدة دون أن يلحظ أحد، فإن أمسكته الحكومة فصاحب المقهى غير مسؤول لأنه ليس منوطًا بتفتيش الزبائن قبل جلوسهم في مقهاه. أما الصبي الذي يوصل الطلبات فإنه طفل لا قيمة له، من آلاف المشردين في الحواري، الذين لا أهل

لهم ولا مستقبل، لا شيء عنده يضحي به،، وهو يبحث عن الرغيف والهِدمة والسيجارة، فعشرة جنيهات في اليوم له ثروة كبيرة، لأن مثله في أي ورشة أو محل يتقاضاها في الشهر، وهو يستلم الكمية مقطعة ملفوفة، في كيسة كبيرة، يقوم بدفنها في أي هديم أو أي طاقة من طاقات الجدران العتيقة، ثم يعسكر في مراقبتها حتى يناديه الجرسون هامسًا بالطلب الذي يكون قد قبض ثمنه مقدمًا.

فلنترك المقهى وندخل الزقاق المُحاذي لها، الشبيه بجيب سحري ضيق، ولهذا تدهشك كثرة محلات البقالة فيه، وأجولة الفحم المفتوحة بارزة على أبوابها مع معدات الجِوز والنارجيلات وبواكي المعسل. من هذا الجيب الضيق يتفرع على يسارك بعد خطوات قليلة جيب صغير، ضيق قصير مسدود، فلندخله بقلب جامد بشرط أن تكون جيوبنا عامرة، لأننا سنلقى سعيد السني، وما أدراك ما سعيد السني! شاب في حوالي الثلاثين من عمره، اشتهر فجأة في أواسط السبعينيات، وظلت شهرته كبيرة حتى أوائل التسعينيات، وقد نبعت شهرته من طائفة الفنانين على وجه التحديد.

هو في الأصل صاحب محل لبيع الدجاج المذبوح في سوق العتبة خلف لوكاندة البرلمان، ذلك السوق العتيق المبني كوحدة معمارية متكاملة بشوارعها الداخلية لبيع الخضراوات والفواكه واللحوم، في كل جناح من أجنحته أكثر من مقهى، وكل مقاهيه بلا استثناء هي غرز لسقيا الحشيش، فكل العاملين في السوق حشاشون أصلاء، وكذلك زبائنهم. ولما كان سعيد السني في الأصل من سكان حي الباطلية، فإنه قد تربى في قلب الحشيش، ورأى مكاسبه الطائلة، فتجارته

هي الطريق المتاح لكل من يريد تكوين ثروة يبدأ بها مشروع حياته المستقبلية. ولكن بعد أن يتم تجميع الثروة تتحول تجارة الحشيش إلى مزاج شخصي، فهي منبع للثروة لا ينفد. ولقد أصبح سعيد السني صاحب محل في مكان حيوي يُدر عليه دخلًا محترمًا، لكنه في النهاية صاحب مصاريف ضخمة، وإنه حشاش قراري في الأساس، ومتطلع لمجالسة نجوم المجتمع، ويقرأ الصحف ويشاهد التلفزيون والسينما، ويجد لذة كبيرة في أن يكون محل اهتمام من طائفة الفنانين الذين يشاهدهم على الشاشة، ومثلهم يدمن شراب الويسكي بأفخر أنواعه، وهو يحب السهر في الملاهي الليلية كأي بك من البكوات القدامى، ولن تتوفر له هذه المصاريف إلا من مصدر كتجارة الحشيش، فلا بأس أن يمارسها على الهامش. يتخصص هو الآخر في الصنف الذي يهواه: الزيت البريمو؛ مشروب مشاهير الفنانين ولفيف من المثقفين، لأنه فيما يشاع يجلو أمخاخهم فيتوهجون أثناء التمثيل، وربما كان هو السر في أن ممثلي الكوميديا عندنا ينفتحون على المسرح بأي كلام طوال ثلاث ساعات أو أكثر.

لسعيد السني صَبِيَّان كبيران: واحد لفترة الصباح، وآخر للمساء. أما هو فغائب على الدوام، لا يظهر حتى في محله التجاري إلا نادرًا. ولأنه قد أصبح يسكن في أرقى أحياء المدينة، فقد احتفظ بحجرة في بيته القديم في هذه الحارة، فتح لها بابًا على الحارة فصارت أشبه بمندرة فلاحية، فيها كنب بلدي، تتدلى من سقفها مصابيح كهربية مدهونة باللون الأحمر، هي بمثابة غرزة شخصية له في آخر الليل، لا يفتحها إلا لأصدقائه المقربين من طائفة الفنانين الذين أنهوا ﺍﻧِمرهم

في الملاهي، من العازفين والمطربين والكورس، والممثلين الذين يتأهبون للحاق بدخلتهم في المسرحيات التي يمثلون فيها ويلزمهم صبغ دماغهم بلون وردي قبل مواجهة الجمهور.

ولأننا لسنا من الزبائن الخصوصيين ذوي الأموال الكثيرة، فعلينا أن نتجاوز عطفة سعيد السني، ونمضي بضع خطوات، لنحود يسارًا، ثم يسارًا، فيمينًا، لنفاجأ بمهرجان طابور آخر ممتد، ينتهي فوق مصطبة، حيث يجلس في الصدارة شاب ممسك بكرة كبيرة الحجم ككرة القدم من عجينة حشيش ممتاز ورخيص، بجواره فتى ممسك بالميزان، وفتى ممسك بشيكارة الفلوس. يبدأ الطابور قبل الكسرة على اليمين، حيث نرى في المواجهة اليسرى مصطبتين عريضتين بالأسمنت بينهما فاصل عريض يؤدي إلى مدخل مسجد عتيق بين منزلين عتيقين. رجل كبير محترم يجلس باستمرار على إحدى هاتين المصطبتين ومن خلفه المساند والتكآت، وباستمرار معه ضيوف شكلهم محترم جدًّا، جميعهم يلبسون الجلابيب الثمينة والعمائم البيضاء الكبيرة، ودائمًا هناك شاب مُقعٍ أمامهم على الأرض يمد نحوهم بوصة الجوزة ليسقيهم الحجارة من النوع الكبير كأنها مناقد صغيرة، فيها قليل جدًّا من التبغ المعسل القص الحامي، والتعميرة في حجم زرار البالطو، وصينية الشاي داخلة خارجة، تمامًا كدوار العمدة في القرية. إذا كنا في وقت الصلاة والمسجد مفتوح البوابة المرتفعة فوق الأرض بدرجات كثيرة، فإن المسجد يظهر من الداخل في تشكيل بديع للغاية، بعمدانه وإيواناته، إنه مسجد أثري عتيق جدًّا، عمره من عمر القاهرة تقريبًا، ولا بد أن أحد الصالحين قد ابتناه كزاوية

خاصة في الزمن القديم، أو لعله كان مدرسة لتحفيظ القرآن الكريم، لأننا بحثنا عن تاريخه في كل من الخطط المقريزية والخطط التوفيقية فلم نجد له أي أثر. المهم أن هذا المسجد قد أصبح ـ تقريبًا ـ ملكية خاصة لصاحب الدار الملاصقة له، المتصلة به بسراديب خفية تحتية، ثم إن شكله من الخارج يشبه شكل البيت.

تلك هي إمبراطورية أولاد البيطار، وهي عائلة كبيرة متشعبة، مرهوبة الجانب في الباطلية من زمن طويل، فتهامة البيطار وحسن البيطار من أشهر وأكبر عمالقة الباطلية، وملفاتهما لدى الحكومة متخمة بالأوراق والقضايا، وقد أمضى تهامة في السجن سنوات طويلة، وكذلك حسن، وكان السجن بالنسبة لكل منهما أشبه بفندق سياحي فلكلوري المظهر، كل شيء ميسر فيه بشكل ربما أسهل من الخارج: نوم على الحشايا والألحفة الساتان، طعام يومي من البيت فيه لحوم وطيور وفواكه، سجائر مارلبورو طازجة، حشيش وأفيون لعدل المزاج، فلوس بغير حساب غير مقطوعة ولا ممنوعة. المعلم خارج السجن معلم في السجن أيضًا، له من المسجونين خدم وحشم وصبيان يعيشون في خيره وتحت حمايته. كما أن تجارة المخدرات داخل السجن أروج منها خارجه، حيث يتعاقد المعلمون المسجونون مع بعضهم البعض، ويتولى صبيانهم وأولادهم في الخارج تنفيذ الصفقات. وفي داخل السجن يتم تجنيد الصبيان واستقطاب الباعة الجدد. والمفرج عنهم في قضايا التحريات العابرة هم أنشط المراسيل وحلقات الوصل بين السجن وخارجه. ويؤكد الذين زاملوا تهامة البيطار في السجن أن السجن قد خدمه أكثر مما أضر به، ففيه اتسعت

رقعة معارفه، وانتعش نشاطه، وبفضله أصبحت عائلته فوق المنافسة في عالم الباطلية.

ورغم أن العائلة في الأصل من قرية هورين بمحافظة المنوفية، فإن تجذرها في حي الباطلية قد تم بسرعة قياسية، والمؤكد أن للموهبة الذاتية دخلًا كبيرًا في نجاح هؤلاء: الذكاء الاجتماعي، حلاوة اللسان، الشهامة التي تأسر الناس، فعل الخير باستمرار، خدمة من هو محتاج للخدمة، حسن التعامل مع المسؤولين بصفة عامة، اللباقة في حل المنازعات وفض الخناقات، إغاثة الملهوف، الوقوف بجانب الزملاء ـ حتى المنافسون ـ في وقت الشدة، لكل هذا أصبح لأولاد البيطار دولاب كبير شهير في طول البلاد وعرضها، أين منه دولاب مصطفى زقزوق الذي تقف وراءه الحاجة زهرة وأولادها الذين هم مثل الورد. ويبدو أن السيدات في مثل هذه الأعمال لهن باع طويل، فإذا كان وراء كل عظيم امرأة، فإن وراء كل تاجر كبير هنا امرأة أيضًا، والحاجة فتنة أم أولاد البيطار تقف هي الأخرى وراء نجاح أولادها.

للحاجة فتنة أخت، لها هي الأخرى ولد واحد يتفوق على أولاد خالته، رغم أنه شاب صغير السن، ذلك هو سيد الفرماوي، أكبر تاجر أفيون في البلاد، يبيع بالجملة، تشهد بكفاءته ملفاته في سجلات الشرطة، تلميذه وصبيه حسن جابر ـ يرحمه الله ـ كان صديقًا لي، يسهر معي كل ليلة في مخدع اتخذته للكتابة والقراءة في مقابر المجاورين على طريق صلاح سالم، اقتطعه لي صديقي سمكري السيارات حسن وردة من حوشهم، وعن طريق حسن وردة تعرفت

على حسن جابر، الذي كان مغرمًا بشرب الويسكي أثناء تدخين الحشيش على الجوزة، فيحكي عن مغامراته في الموانئ والمرافئ العالمية أثناء قيامه بتنفيذ مخططات سيد الفرماوي لجلب البضاعة، حكايات لها العجب، تكشف عن ذكاء خرافي خارق في عمليات التهريب، والضحك على ذقون الحكومات، كيف خرج من هذا الميناء بخمسين أقة، وكيف دخل هذا المطار بمائتي أقة، وكيف انسلت من الأخطار انسلات الشعرة من العجين!

ذكاء حسن جابر من ذكاء سيد الفرماوي، فالطيور على أشكالها تقع، وكان حسن جابر ضخم الجثة كفِيلٍ، جهير الصوت منطلق السجية، محبًّا للحياة، يعيشها بالطول والعرض، ولا يفيق على الإطلاق، يتمتع بقوة دافقة مبذولة في التحدي لكل القوانين والأعراف. كان يجلس معنا ضابط شرطة شاب حديث التخرج مغرم بالثقافة، ويتجنب حسن جابر بقدر الإمكان، فهو من نفس منطقة الجمالية ويعرفه جيدًا، وهو ضابط حَسن السلوك على خلق قويم، مع ذلك يحلو لحسن جابر أن يتحداه باستمرار. وفي ليلة كان الضابط يجلس معي في العشة، ذات الجدران الخشبية السميكة سمك البوابات العتيقة، في حين جلس حسن جابر وشلته خارجها، وكان سكران، ومُوغَر الصدر من الضابط لشعوره أن الضابط يحتقره، فما كان منه إلا أن راح يهرج وينكت بنكات فيها تلقيح واضح على الشرطة وعلى المثقفين، فلما لم يستجب له أحد ضرب قبضة في الجدار بقوة فنفذت قبضته كلها من الجدار دون أن يصيبها خدش واحد، وكادت أسنان الخشب الممزق تشق جنبي لولا ستر الله.

مات حسن جابر ميتة غاية في السهولة، كان في جولة بسيارته البيجو في المحلة الكبرى وطنطا لتحصيل أموال لمعلمه، وفي شارع في طنطا احتجزته الإشارة الحمراء، فلما وجد أن الانتظار سيطول به في الإشارة وضع رأسه على عجلة القيادة ليريح رأسه من دوار خفيف، لكن الإشارة فتحت ومضت كل السيارات إلا سيارته، فذهب إليه عسكري المرور وهزه برفق، فوجد أن السر الإلهي قد صعد.

أثناء ذلك كانت صورة مرسومة بالألوان على لوحة كبيرة لشاب من أولاد البلد يرتدي الملابس الإفرنجية: البدلة والكرافت، يشوب رأسه الكبير صلع خفيف، يكاد يتطابق في الشبه مع صورة الرئيس السادات لولا أن الوجه يتدفق بالصحة والعافية، وقد علقت هذه الصورة على واجهة مسجد محمد بك أبو الدهب في شارع الأزهر، ذي القبة الجميلة التي تصنع مع مئذنتَي الأزهر منظرًا تشكيليًّا معماريًّا بديعًا جدًّا، وقد كُتب تحت هذه الصورة: «سيد الفرماوي يبايع الرئيس السادات». وكان الكثيرون من ركاب الحافلات يطالعونها كل يوم وهم يتساءلون: «من يكون سيد الفرماوي هذا المهم الكبير؟». وإذ يبدو هذا التساؤل على وجوههم، تنبعث على الفور من وجوه أخرى بسمات لطيفة فيها غمز لطيف، أولئك هم الذين يعرفون أن الساعد الأيمن لسيد الفرماوي قد تم بتره يوم جاء الخبر من طنطا بموت شخص مجهول الهوية يدعى حسن جابر وفي جيبه بضعة ألوف من الجنيهات. ولقد ظلت صورة سيد الفرماوي على الجدار تسفعها الرياح وتلسعها الشمس حتى كلحت وتهرأت وسافرت مزقها مع الهواء خلف الحافلات التي يعج بها شارع الأزهر. ومنذ ذلك التاريخ

شحبت سيرة سيد الفرماوي، وقيل إنه قد دخل السجن، وإن المدعي الاشتراكي قد تحفظ على أمواله.

كان هو الممول الوحيد لتجار الباطلية بالأفيون الخام، وأحد صبيان أولاد خالته، يجلس قرب المسجد سالف الذِّكر بكرة الأفيون صانعًا طابورًا آخر يتقاطع مع طابور الحشيش من التعساء الجربانين الكحيانين، عيونهم نائمة في بحر من العماص المتكلس، لحاهم وشواربهم مهوشة قبيحة المنظر، يتبلد الواحد منهم في وقفته على استعداد لمواصلة الوقوف يومًا كاملًا في سبيل أن يشتري من هذا المصدر الحنون السخي، فما يشتريه من هنا بخمسة جنيهات قد لا يستطيع شراءه من غيره بعشرين جنيهًا.

الطريف، والساحر في نفس الوقت، أن هذه العطفة الضيقة التي تحتشد بكل هذه الجموع الغفيرة في طابورين متقاطعين كالصليب، غير المارة العاديين الذين لا شأن لهم بشيء، والمتوجهين إلى أعمالهم، يمكن في لمح البصر أن يختفي كل هؤلاء كأن الأرض انشقت وابتلعتهم، فكيف يحدث ذلك؟

الناضورجية عند أولاد البيطار أنشط وأكثر من غيرهم عند الآخرين، فبين كل بضعة أمتار يقف ناضورجي ثاقب العينين، بينهم شاب أخرس، ومع ذلك هو أكثرهم خبرة وذكاء في اكتشاف رجل البوليس حتى لو تنكر في زي سيدة. شاهدته بعيني ذات مرة يكتشف شيئًا كهذا، وكنت صديقًا حميمًا له، إذ هو من حي قايتباي الذي أستجدعه، وأجيد التحدث معه بأسلوب الإشارات المدروسة، فلما سألته عن كيفية اكتشافه لضابط المباحث المتنكر في زي سيدة

بملاءة لف، أشار إلى قدميه، شارحًا لي أنه لمح من تحت الملاءة حذاء رجاليًّا، فصرخ صرخته في الحال.

الناضورجي حينما يكتشف رجل البوليس، أو يشم رائحته، أو حتى يتشكك في أحدهم، فما عليه إلا أن يصيح فجأة كأنه يخاطب شخصًا مجهولًا، صيحة واحدة: «ولد». كأنه ينادي على أحد الولدان، وفي أسرع من البرق الخاطف ينزلق حامل الحشيش وحامل الأفيون وحامل الفلوس إلى باب سحري خلف المصطبة، أو يختفي في عطفة يبدو مدخلها كأنه مدخل بيت، في حين يتبعثر الطابوران في موجة دافقة ترتبك لثوانٍ قليلة ثم ما تلبث أن تذوب وتتحول إلى مفردات تمشي هنا وهناك لا تلوي على شيء.

المدخل الحليم

مداخل الباطلية ليست مجرد منافذ للدخول فحسب، وليست تنويعًا في المسالك تتيح للمتعاملين معها فرص الزوغان، إنما هي مستويات في طبقات الذين يتعاطون الحشيش، ذلك أن كل مدخل من مداخل الباطلية يقود إلى نجم من نجوم الصنف له مميزاته الخاصة يقصده زبائن من نوعية خاصة، ذلك هو الأساس وبعده تأتي مسألة تنويع المداخل والمخارج.

نستطيع مثلًا أن ندخل إلى الباطلية من آخر الشارع الذي يحتل ناصيته مبنى مديرية الأمن في باب الخلق، حيث تمضي حتى تتجاوز بوابة المتولي، وجامع الصالح طلائع، وبعد خطوات قليلة نحود في عطفة تؤدي إلى جامع فاطمة النبوية، فنعبرها إلى شارع جامع أصلان الذي يوصلنا بعد بضع ياردات إلى الساحة الشهيرة في قلب حارة الباطلية.

غير أن الهوى لا بد أن يميل بنا إلى حي النبوية، ليس فحسب لهذه الجاذبية الغريبة التي تشدك إلى مقاهيه وأزقته اللولبية المشبعة بدفء الزحام اللطيف المتآلف، وإنما لأن حي النبوية قد أصبح

مرادفًا للمعلم زيدان أبو كرش، أحد أشهر كبار باعة الحشيش في مصر، عدد زبائنه يفوق الحصر، وهم نوعية شديدة الخصوصية من الحشاشين: رجال الأعمال، مساتير التجار، كبار الموظفين، بعض المقاولين، لفيف من الوجهاء الذين يأنفون من الدخول إلى قلب الباطلية، ناهيك عن الوقوف في طوابيرها.

فزيدان أبو كرش رجل في الأربعين من عمره، لا هو بالقصير ولا بالطويل، موفور الصحة، أحمر الوجه، ابن بلد لكنه يرتدي القميص والبنطلون فيبدو كطلاب الجامعة من أبناء الذوات الذين يرسبون سنوات طويلة في الدراسة، لبق في حديثه، مفتح، عترة، سخي، مؤدب، موهوب في اكتساب ثقتك وصداقتك من أول نظرة، حيث يخيل إليك أنك تعرفه منذ زمن طويل، لعله كان زميلك في الدراسة، أو أحد أقاربك، في سحنته شيء يدعوك للسلام عليه، في عينيه دعوة مستمرة تقول لك تفضل الشاي، فإن ألقيت عليه السلام فأهلًا سعادة البيه، تعالَ اشرب قهوة والله! وهو يعنيها بالفعل حتى ولو كان يراك لأول مرة، فألف مقهى حواليه لدرجة أن الكراسي تختلط ببعضها على الأرصفة وفي امتدادات الأزقة لا يميزها عن بعضها سوى أسماء أصحابها المحفورة على مساند ظهورها، يجلسك على أي كرسي، وفي الحال يجيئك النادل التابع للكرسي، تشرب قهوتك ونارجيلتك وبالسلامة، فالمعلم قد دفع الحساب، إلى ذلك فيده في جيبه على الدوام داخلة خارجة بالحسنة لكل من يتوقف أمامه يطلبها، وتبرعاته لفعل الخير في الحارة لا حصر لها، ثم إنه يتكفل بجهود كبيرة في إقامة مولد النبوية كل

عام، يذبح عجلًا أو عجلين لأهل الله. وقد ابتنى عمارتين مهولتين لصق جامع النبوية، جعل في الدور الأرضي فيهما مكتبًا له وحظيرة لسياراته المكتوبة بأسماء زوجه وأولاده، يعرف القراءة والكتابة بالكاد، وجلسته المفضلة على كرسي في مواجهة العمارتين في قلب الحارة، حيث يقعي أمامه ولد يسقيه الحجرين بالجوزة رغم أن زجاجة الويسكي مختفية تحت الكرسي، ناهيك عن سهراته الحافلة في إحدى شقق هاتين العمارتين.

الولد بمبة صبيه ولد سفروت ضئيل الحجم كالممثل عبد السلام محمد بالضبط، عجوز الملامح والنكتة، حكيم، مليء بالخبرة والتجربة، مبحوح الصوت، محترق الشفتين من فرط التدخين المستمر. سواء كنت صديقًا للمعلم أو زبونًا جديدًا فإن بمبة يلتقيك بمجرد وصولك، يلاغيك، يشجعك على أن تتقدم بطلبك دون أن تتلعثم أو ترتبك. إذا كنت زبونًا جديدًا فأنت قادم على حسن سمعة المعلم، إذ إنه يبيع تعميرة واحدة بمستوى واحد لا يتغير مطلقًا، اجتذب بها كل زبائنه في مطلع حياته، أيام كان يجلسك بجواره على إحدى المقاهي ويغيب عنك برهة ثم يعود فيغمزك في الكتمان بالطلب لا من شاف ولا من دري، الأمر الذي شجع هذه النوعيات المتعددة من الزبائن النظفاء على الاستقرار عليه.

أهم خصيصة بنى عليها سُمعته هي الاستقرار على صنف معين لا يحيد عنه، ولا يطمع في رفع سعره مهما تقلبت الأحوال في الباطلية. وإذا كانت بعض المطاعم تشتهر بأكلات معينة لصاحبها نَفَس في طبخها يميزها عن غيرها من المطاعم الأخرى ويجعل

الآكلين يتكالبون عليها، فإن هذه الخصيصة تنطبق على حشيشة زيدان أبو كرش، «فيها نَفَس»، هكذا يقول شاربوها بالحرف.

هي حشيشة لا تتغير ولا تتبدل، وإذا كان معظم التجار يبيعون أصنافًا متعددة، وتتقلب بهم الأحوال بين المستويات الواردة عليهم من السوق، فتارة يبيعونك تعميرة ممتازة وتارة يبيعونك تعميرة رديئة فاسدة، فإن زيدان أبو كرش يقوم بصنع تعميرته بحرفنة دقيقة لا يباريه فيها أحد. إنه خبير في التصنيع والطبخ، شرط ألا يغش، فهو يخلط البريمو على الممتاز على المتميز، فكيسان من الغبارة الشعبية الزاعقة، على نصف كيس من البودرة الهبو، على نصف كيس من الزيت، يضرب ذلك في الخلاط، فتتخلف عجينة ذات نكهة فواحة زاعقة تقول بمجرد فتحها إنها الحشيش الأصلي من أعلى صنف. والزبون الجديد المتشكك المقروص بوجع المبلغ الباهظ الذي يدفعه في ربع قرش لا يصبر حتى يعود إلى بيته، فينزوي في عطفة قريبة ويفك ورق السوليفان ليطمئن، فلا يكاد يرفع الورقة حتى تهب الرائحة الزكية طافحة كاسحة، فيتهلل وجهه بفرح طفولي ويسرع بإعادة لف الورقة غبطة كأنه يخشى عليها من الحسد.

يتوقف نجاح المعلم على قدرته في اختيار صبيه قبل كل شيء، وهو في العادة إما أن يتولى تربيته بنفسه، وفي هذه الحالة يتعين عليه استلقاطه طفلًا صغيرًا جدًّا، ثم يروح يغدق عليه بسخاء، ويحنو عليه حنو الأب على الابن، يطعمه مما يأكل، ويكسوه مما يلبس، يُعوِّده على الأمانة فلا يخونه، فإذا كان في نفس الولد شيء من الأمنيات حققها له،

وألبسه ملابس الرجال مبكرًا، حتى يتشرب الولد طباع سيده وينطبع على الوفاء والولاء له. وإما أن يكون الصبي من لحمه ودمه، وكلما كان طفلًا صغيرًا يكون أفضل، ذلك أن النظام المملوكي هو أعمق الفترات التاريخية تأثيرًا وتجذرًا في الشخصية المصرية، خاصة في الأحياء الشعبية العتيقة المسماة بالأحياء الوطنية، هنا نجد الشخصية المصرية مملوكية صرفة، حتى أبناء هذه الحارات الذين يصيبون قدرًا من التعليم العالي والثقافة ترى أخلاقهم مملوكية، فإذا قُدِّر للواحد منهم أن يكون صاحب منصب حكومي فإنه بشكل تلقائي ينصرف إلى تربية مجموعة من المماليك التابعين له، والألاضيش، ولا بد أن تجد أن بعض مماليكه يحاول هو الآخر أن يكون له ولو مملوك واحد، تتجلى هذه الأخلاق بصورة فاقعة بين تجار المخدرات، ربما لأنها أقرب إلى السلطنة.

بمبة كان مملوكًا بمعنى الكلمة لزيدان أبو كرش، هو الساعي والناضورجي، والمسؤول عن المخزن السري، وعن كل صغيرة وكبيرة في حياة معلمه، حتى مصاريف بيته يتكفل هو بها كل يوم والحساب يجمع في نهاية المساء، ولا غرابة، فزوج المعلم هي نفسها أخت بمبة. كان يحلو لي أن أتفرج على بمبة ونحن جلوس على مقهى نجيب في شارع جامع أصلان، والمقهى عبارة عن هذا الشارع نفسه لأنها مجرد دكان صغير يتسع بالكاد للنصبة، فالكراسي مرصوصة في الشارع على الجانبين، تفصل بينها طقاطيق نحاسية محندقة على قد صينية الشاي، والنارجيلات مرصوصة أمام الجالسين، كل نارجيلة فوق طاستها خمسة حجارة مزودة بالتبغ المعسل، وثمة ولد ممسك

بمصفاة مليئة بفرط النار كحب الرُّمان، يروح ويغدو بها، يغترف منها بملعقة الشاي ويضع فوق الحجارة، ومن حين إلى حين تُقبل سيارة مرسيدس، أو عربة نقل، فيخيل إليك أنها ستحشر، أو ستدوس هذه النارجيلات، لكنها بدُربة شديدة تزحف مارقة. أقول كنت أحب التفرج على بمبة وهو يمارس المَعلمة بدوره على رجال أضخم منه حجمًا، ويحاول استقطابهم بصنعة لطافة ليكونوا من مماليكه. الأكثر طرافة أنه يجد الكثيرين ممن يشعرونه بأنه أستاذهم، وتلك أيضًا من خصائص الشخصية الشعبية المصرية، فتأصُّل النظام المملوكي في المجتمع المصري ـ دون كافة الأنظمة التي مورست عليه ـ زرع في شخصية الأحياء الشعبية هذا الذكاء الاجتماعي المتوارَث، لقد أصبح المواطن في الأحياء الشعبية يدرك أنه لكي يعيش في أمان الله لا بد له من حماية، كالغريق الذي يتوهم أن القشة يمكن أن تكون سندًا، لهذا فما أكثر الذين يوهمونك أنهم رجالك وأتباعك ومحاسيبك إذا كنت في موقع مهم، يفعلون ذلك بإتقان شديد وأحيانًا بموهبة فطرية، حتى إذا ما بطلت أهمية موقعك انفضوا عنك تمامًا ليبحثوا عن سند آخر.

غير أنه إذا كانت هذه خصيصة في الشخصية الشعبية المصرية، فإن كل إنسان مع ذلك ليس بقادر على الاستفادة منها رغم أنها مبذولة، إنما تحتاج لموهبة فطرية أصيلة في الشخص لكي يستطيع الاحتفاظ بمماليكه في لحظات عسره وشدته. وهذا ما لم يكن في طبيعة بمبة، حتى بعد أن تهيأت له الظروف الملائمة بموت زيدان أبو كرش فجأة نتيجة هبوط في الدورة الدموية بعد إدمانه شم الهيروين والكوكايين.

ورغم أن بمبة قد ورث المَعلمة، وزبائن المعلم، وسر الطبخة، فإنه لم يستطع أن يكون معلمًا قطُّ. ذهبت ذات يوم من أواخر الثمانينيات أمارس الصعلكة الحميمة في حي النبوية الحميم، وأقدم واجب العزاء في موت المعلم زيدان الذي كنت أحبه وأستلطف شخصه المريح، فالتقاني بمبة، واصطحبني إلى منزله في نفس الحارة فوق مقهى نجيب، فإذا به قد تزوج من سنيورة ذات جمال مذهل لا يحظى بها أفرس الفرسان، شيء لا يمكن وصفه، فعرفت أنه يحاول استكمال عدة المعلمتية، وأراد أن يغريني بصنف يبيعه لعلني أنبه إليه أصدقائي من الشريبة، فلم يعجبني، كان شكل التعميرة هو نفس شكل تعميرة معلمه، لكنها تفتقد نَفَس المعلم، وكان شكل بمبة مثيرًا للرثاء، صار جلدًا على عظم، صار من الواضح أنه هو الآخر يدمن الشم بفظاعة، وربما ليستكمل أيضًا مقومات شخصية المعلم، ولكن هيهات! بعدها بأيام قليلة كنت أشتري فحمًا من حي الفحامين لكي أستخدمه في نارجيلتي التي تؤنس وحدتي في حوش القرافة، فالتقاني نجيب صاحب المقهى، وأول شيء بادرني به قوله: «البقية في حياتك في بمبة، قتله شم الهيروين». ففزعت، لا حزنًا عليه، بل لطيران قلبي خلف تلك السنيورة الشبيهة بالمهرة الأصيلة، التي لا شك سيحظى بها مملوك ميسور الحال هو في الغالب غير جدير بها.

المدخل الغشيم

لندخل الآن من المدخل الأساسي، المدخل الغشيم، الذي يسلكه كل من جاء إلى الباطلية لأول مرة، أعني به المدخل المُحاذي للجامع الأزهر. ولو أن هذا الممر وحده في بلد آخر على شيء يسير من الوعي الحضاري لأصبح من البقاع الساحرة في البلاد، فعلى يسارك جدار مبنى الأزهر العتيق يمتد في أعماق بعيدة، وعلى يمينك مبنى من نفس الطراز الفاطمي، مساوٍ له في العمر تقريبًا، ومن الواضح أنه كان فيما مضى جزءًا من بناء الجامع الأزهر، لعله أحد أجنحة السكن المعدة للطلبة الغرباء، أو لعله كان خاصًّا بالإدارة، أو ربما كان قصرًا منيفًا لواحد من رجالات الدولة في العصر الفاطمي، مبني بكتل الحجارة المنتزعة من الآثار الفرعونية البائدة، حافل بالبوابات والشرفات والمشربيات، لكنه كالح مغبر، مبقع بالبُطش والرطوبة والعفن، تحتله أُسر من الباعة السريحة والبلطجية.

بانتهاء جدار هذا المبنى العتيق، مع تحويدة إلى اليمين في حارة الباطلية، تصافح وجوهنا على الناصية اليسرى للتحويدة بناية عتيقة كانت فيما مضى آية في الجمال المعماري، قبل أن يجور عليها الزمان

النذل ليوقعها تحت رحمة الدهماء، وقُساة القلوب من حكام غليظي الأكباد. كانت سبيلًا مشهورًا ذا تاريخ حافل، والآن هي بوتيك حقير يبيع ألوانًا من السجائر والعطور والحلويات والخيوط، ولا أحد يعرف كيف يتم لمثل هؤلاء المحظوظين الاستيلاء على مثل هذه التحف المعمارية وامتلاكها وإجراء التعديلات فيها بما يشوهها ويُفقدها معالمها!

دعنا نجتاز هذه البناية القائمة على ناصية عطفة على اليسار، تتخذها المقهى المواجهة مكانًا إضافيًا لها تنشر فيه كراسيها ونارجيلاتها. «وأنا مالي»، تعبير مصري أصيل وعريق، في الأصل كان يتردد على الألسنة بهدف الإدانة والسخرية من سلبيات المسؤولين، لكنه أصبح شعارًا وحكمة يتذرع بها كل من يتخذ موقفًا سلبيًا حقيرًا من الأمور: «وأنا مالي»! بل الأشد خطورة من هذا شعار جديد بدأ يتردد على الألسنة، بهدف السخرية أيضًا: «هيَّ كانت بلد أبونا؟!». ذلك لأن الحكومات المتعاقبة كان جُل همها تحييد الشعب وإغراقه في السلبية، وقد كان.

ومن هنا فأي بلطجي جريء صفيق يستطيع أن يفرض نفسه قيِّمًا على الناس. ولأن الشعب المصري لا يعنيه مطلقًا من يحكمه، فقد بات لا يعنيه من أمر مصيره شيئًا، الدليل على ذلك هذا المدخل المباشر للباطلية، والذي سميناه بـ«الغشيم»، إذ لا يسلكه إلا الذين لا يعرفون جغرافية المنطقة جيدًا، ومعظمهم جاءوا إلى الباطلية مدفوعين بما سمعوه عنها، فنظرًا لخبرتهم الضئيلة في شراء الحشيش، وخوفهم من المغامرة في اقتحام بائع سريح، فإنهم يلجأون إلى

البائع المباشر والقائم علنًا في السوق، حيث البضاعة ملقاة على الترابيزات عارية من الأغلفة. هؤلاء الزبائن يستطيع أي بلطجي أن يلعب، ليس فحسب بأعصابهم، بل وبمصائرهم لو أراد، إنهم من السهل اكتشافهم لأي بلطجي، فهم لشعورهم بالخوف والمغامرة يتلفتون حولهم في كل خطوة، ويبدو عليهم الانزعاج من أي حركة، وجوههم ممتقعة، وخطواتهم غير متماسكة، لا سيما عند الخروج وهم يحملون ما اشتروا، فمشتري الحشيش دائمًا أبدًا يبقيه في قبضته المضمومة حتى يصل إلى شاطئ الأمان، لا يضعه في جيبه أبدًا، تحسبًا لأي مفاجأة، حتى إذا شعر بالبوليس يفتح قبضته تاركًا القطعة تسقط تحت قدميه، فأن يأتي بها الضابط من الأرض غير أن يستخرجها من جيب الزبون، هنالك فرق جوهري عند المحاكمة. البلطجي الذي يراقبهم من مربضه على المقهى يعرف أنهم يفكرون هكذا، وهو ابن حرام يجيد التمثيل، لم يفعل شيئًا صاخبًا، كل ما في الأمر أنه يصطاد عينَي أحدهم فيسلط فيه عينَيه بقوة ذات معنى، بنظرات إرهابية واضحة توحي بأنه في الموقف الأعلى، حتى إذا ما اقتربت الضحية نهض واقفًا في حركة مسرحية متقنة، واتجه نحوها في عزم وتصميم وتهديد، مُسلطًا عينيه الناريتين في عينَي الضحية، ففي الحال تكون الرسالة قد وصلت، وتكون قبضة الضحية قد انفكت تلقائيًا وأسقطت القطعة في الأرض، ثم انخرطت في السير بسرعة، فينحني هذا عليها ويلتقطها ويختفي في الحال. غير أنه لديه من الحِيَل ما يمكن أن يخلصه إذا فوجئ أن ضحيته على درجة من الوعي والقوة والتودك، حينئذ يستخدم موهبته التمثيلية: سرعان

ما تتغير ملامحه حينما يرى الضحية قد توقفت متصدية له، فإذا هو يقول: الأستاذ فلان الفلاني؟ (أي اسم يخطر على باله بالطبع)، وإذ تقول الضحية في تحدٍّ وتهكُّم: «لا والله»، يعتذر هذا بلباقة، موحيًا إليه بشكل ما أن شخصًا ما بهذا الاسم قد نصب عليه ذات يوم فظن أنه هو، ثم يمضي كلٌّ منهما إلى حال سبيله.

في مدخل الحارة الغشيم هذا، بعد اجتياز البناية التي كانت ذات يوم أحد الأسبلة، وعلى ناصية حارة الكحكيين التي تشُق حارة الباطلية بالعرض، دكان غاية في الأناقة، مزخرف الواجهة، مدهون بالزيت الفاخر، وبه مكتب وبضعة مقاعد جلدية وثيرة، ومكتوب على لافتة في أعلى بابه عبارة: «مقاولات أدوات صحية»، إلا إن الدكان لم يسبق له ممارسة هذه المهنة في يوم من الأيام، ولا أي مهنة أخرى، لكنك ترى على الدوام رجلًا بلديًا على درجة عالية من الجمال والأبهة وقوة الشخصية، يلبس الجلباب الصوف الثمين المعتبر، تحته صديري من الحرير الشاهي، وفي قَدميه حذاء أجلاسيه لميع وارد الخارج، وفي معصمه ساعة رادو من الذهب الخالص، وفي بنصره خاتم ذهبي بفص من الياقوت الأحمر المبهج الشفاف، طويل الرقبة، مفتول العنق، وجهه صغير مدور يشبه حبة الكمثرى، لكنه كالبدر في تمامه، أبيض مُشرب بالحمرة، شارب أشقر متسق للغاية فوق شفته العليا مثل كليشيه بتوقيعه، والرأس بلا غطاء، مصفف الشعر القصير، متناسق الفودين بمقص حلاق ماهر من حلاقي وسط المدينة المشهورين، يحلو له الجلوس فوق الرصيف العالي في فتحة الدكان، واضعًا ساقًا على ساق في

عظمة تلقائية فطرية، فيُخيل لمن يراه أنه الملك فاروق متنكرًا في زي بلدي.

ذلك هو الحسيني إبراهيم، أحد ملوك هذه الحارة المتوجين، له عزوة كبيرة تتكون من أولاد شقيقاته البنات، وهم رجال كالورد البلدي، جمالًا وجدعنة وجسارة وشوكًا حادًا، وكذلك أولاد خالته، أصحاب محلات كثيرة للفول والطعمية والكباب، وبعضهم يملك سيارة نقل أو أجرة يقودها بنفسه. وللحسيني إبراهيم أكثر من زوجة، وولدان اثنان من زوجين مختلفتين، وهو إلى جانب ذلك «دون جوان» بمعنى الكلمة، وعلاقاته النسائية وغرامياته تشبه أساطير ألف ليلة وليلة. ويشاع أن الكثيرين من المسؤولين يتحاشونه خوفًا من سطوته الجنسية! ذلك أن قصص غرامياته الكثيرة حكت من بين ما حكت وقوع زوجات بعض المسؤولين في غرامه، ولا يستطيع العقل المجرد رفض هذه الشائعة لأنك أمام جمال أسطوري أين منه جمال سيدنا يوسف بن يعقوب الذي راودته امرأة العزيز عن نفسه. وإذا كان شمشون الجبار يستمد قوته من شعر رأسه فإن الحسيني إبراهيم يستمد قوته من الأساطير التي تحاك حول تأثير جماله على النساء، لا سيما أنه على درجة عالية من الحياء والأدب واللباقة، فرغم أنه لا يعرف القراءة ولا الكتابة فإنه يتحدث بلغة المثقفين، وتشيع على لسانه عبارات فخمة عميقة المغزى منضبطة الإيقاع سليمة المخارج والحروف لا تدري من أين استقاها، بل إن لغته بوجه عام أغنى وأكثر حيوية من لغة الكثيرين من المثقفين، خاصة إذا تكلم في السياسة أو أحوال المجتمع أو أمور الحياة اليومية، فهو مؤهل بموهبة فطرية لأن

يحادث أعظم الشخصيات أيًّا كان مستواها الثقافي، بثبات وثقة وثراء في المفردات والأفكار النيرة الوجيهة والآراء المنطقية المدروسة، لدرجة أن أي نائب عام يحقق معه قد يتلجلج ويرتبك في مواجهة منطقه الحاد المغلف بالحرير الناعم، لهذا لم يحدث مطلقًا أن تطاول عليه مُحقق، على العكس فإن المحقق مهما علا منصبه سيحاول قدر الطاقة أن يتشبه بهذه الرصانة، وأن يكتسب شيئًا من هذا الأدب الجم، وأن يرتقي إلى هذه المرتبة من الاحترام والمهابة. وأما إن تطاول متطاول من ذوي الألسنة الحادة بطبعهم، فإن التطاول سرعان ما ينخسف في مهده، فيظل صاحبه طوال الجلسة يقدم شتى ألوان الاعتذار، لأن الحسيني إبراهيم سيُريه مركزه في التوِّ واللحظة، ربما بكلمة واحدة، ربما بالإشارة، بغمزة، فللحسيني إبراهيم عيون وعسس في كل مكان، يجيء له بالأخبار من لم يزود، جميع المسؤولين بجميع رتبهم ومواقعهم في جميع أنحاء البلاد يعرف كل شيء عن داخلياتهم وحياتهم الخاصة، بل والسرية: أرقام هواتفهم وإن تغيرت كل يوم، ربما أسماء أمهاتهم وزوجاتهم وشقيقاتهم، حتى خلافاتهم العائلية، والجزاءات التي وقعت عليهم كما دُونت في ملفات خدمتهم بالحرف الواحد، والأسباب التي أدت إلى نقل هذا ونفي ذاك.

إلا إن هذه الحصيلة الضخمة من المعلومات، التي ربما تعجز عن استقطاب مثلها وكالة المخابرات الأمريكية، إذا لم يتوفر لها عقل مستنير قوي لاستخدامها جاءت وبالًا على من يملكها، والحسيني إبراهيم يملك هذا العقل، فأبدًا أبدًا لا يشعرك بأنه جاسوس على حياتك الخاصة، إنما هو يسوق إليك هذه المعلومات في الوقت

المناسب باللهجة المناسبة، ربما نكتة، في خبر عابر بريء، في سياق حديث ذي شجون، في دردشة ودية لا تحمل أي قدر من الخبث. وأنت ـ كمسؤول ـ تشعر أنه خبير بحياة رؤسائك، يعرف عن خصوصياتهم ما لا تعرفه أنت رغم التصاقك بمسؤولك، فهو إذن لا بد أن يكون لصيقًا بهم على المستوى العائلي، ثم إنه يتحدث عنهم بود وأريحية وحب، بما يوحي بأن قلبه الكبير قد وسع جميع مشاكلهم، وأنه يرثي لهذا ويأسف لذاك، ويتفطر قلبه على فلان، إلخ. تشعر أنت في الحال بالانكماش، تعرف حدودك، والمرجح أنه سينسيك ما جئت من أجله. فإذا كان من المفروض أنك قادم لإجراء تفتيش في بيته، فإنه وقد احتواك من أول وهلة سوف يظل يمعن في احتوائك، يستقطبك في صفه، ولسوف يستدرجك لأن تحكي له مشاكلك الخاصة، ومتاعبك في الوظيفة، وأزماتك المادية، وحينئذ سيذهلك بسلوكه، ربما سحب دفتر الشيكات وقدم لك واحدًا ببضعة ألوف من الجنيهات تفك بها أزمتك. في طريقة عرضه حسم واحترام ورهبة يصعب عليك تحديها أو مخالفة رغبته، فالصفاء في العينين وصفحة الوجه ينضح بشهامة لا يمكن ردها، وبرغبة حقيقية في ممارسة الأخوة مليئة بالدفء والحيوية يعز عليك مصادرتها.

أي قوة بعد ذلك تستطيع النيل من قوة الحسيني إبراهيم؟ إنه آسرك لا محالة، ولا بد أن يورطك في جميل لا تقوى على رده. تكثر جمائله عليك حتى يُسقط كل الحواجز بينكما بجميع أنواعها، تنتفي الخصومة، قد تفاجأ ـ بعد فوات الأوان عادة ـ أنه فجأة قد أصبح صديقك الصدوق، بل أعز الأصدقاء، في حين أنه من المفترض أنك

خصمه الذي عليه أن يكافحه. فجأة تراه قد أصبح يزورك في بيتك، أصبح نجمًا لامعًا في محيط أسرتك، أليفًا حميمًا. ربما فوجئت أنه حقق لجميع أولادك كل أمنياتهم التي حرموا منها نتيجة لضعف راتبك، فإسورة ذهبية ثمينة لزوجك، وعقد لابنتك، ودراجة لابنك الصغير، وربما سيارة جديدة لسعادتك خالصة الجمارك والرُّخص. بل ربما فوجئت أنه قد أصبح يؤخذ رأيه في العرسان المتقدمين لابنتك، وفي تفاصيل الفرح، واختيار النادي المناسب لإقامته. ربما امتدت خدماته إلى ما هو أبعد من ذلك بكثير، وأبدًا لا تشعر أنه يقدمها لك كرشوة، إنما تشعر أنه أخوك الذي لم تلده أمك، وأنت إذا قدمت له خدمة بسيطة فأنت تنسى أنها خدمة، لأنك تشعر أنه في غير حاجة إليها؛ إذ هو نافذ إلى من هو أعلى وأهم منك بكثير، مع ذلك فإنه سوف يشعر بالخدمة مهما تفه شأنها، ولسوف يقدم لك المقابل ذات لحظة، فضلًا عن كرمه المبذول أصلًا قبل أن تخدمه، فإذا قدم لك الخدمة فإنها لا بد أن ترفع مستواك في العمل وتأتي لك بترقية!

كثيرًا ما كنت أقرأ في الجرائد القومية الثلاث نصف صفحة في ركن الحوادث عن وقوع شحنة ضخمة من المخدرات في أيدي الحكومة نتيجة للجهود الساهرة على الحدود تترصد عصابات التهريب، وأقرأ اسم الحسيني إبراهيم كأحد أفراد هذه العصابة أو تلك وراء هذه الصفقة المضبوطة، وأنه معروض على النيابة، يتصادف في نفس اليوم أن أزور الباطلية لشراء التعميرة أو لمجرد التجوال الحميم في قلب المخاطر بحاسة روائي مفتون بالحياة والناس، فإذا بي أرى الحسيني إبراهيم منجعصًا على كرسيه الجلدي، واضعًا ساقًا

على ساق. «مساء الخير يا حسيني». «تفضَّل». أصعد الدرج فيكون كالعادة قد استعد واقفًا في استقبالي بترحاب وتبجيل عظيمين، شأنه مع كل الناس الذين يرى بحاسته الفطرية أن لهم اعتبارًا ما في المجتمع. «هات كرسي يا ولد». أجلس، يجيء براد الشاي من المقهى المواجهة للدكان، وهي بالمناسبة ملكه، باسم ابنه إبراهيم، يتمركز فيها ابنه الثاني أحمد لبيع الحشيش والأفيون بالقطاعي. يقوم الحسيني بصب الشاي وتقليبه، ثم يبتسم شاربه الجميل وهو يقول في كرم خجول: «تاخد سنة أفيون؟»، ثم يمد أصابعه خلف شحمة أذنه، ليستل من تحت شعره ورقة سوليفان مبرومة، يفتحها، يعطيك بظفر إبهامه لحسة ثمينة، فإن أردت الشراء فإنه يشير لك على المقهى، وفيما أنت ماضٍ يلتقيك ابنه فيغمزك بالأمانة.

بيني وبينه ود حميم، لا أشبع من مجالسته. يسألني عن آخر قصة كتبتها، يقول إنه ينوي أن يحدثني ذات يوم عن حكايات مريعة يجب أن أكتبها ليتعظ بها الناس، يقول إنه فخور بنجيب محفوظ ابن حيه؛ حي الجمالية، وإنه يعرف عنه الكثير، ومن الذكريات الطيبة، وإنه ـ نجيب محفوظ ـ رجل ولا كل الرجال. أتذكر صحف اليوم الملقاة كلها على مكتبه، أسأله في شيء من الإشفاق: «صحيح، ما حكاية ما نُشر اليوم؟»، فإذا هو يبتسم مشوحًا بذراعه الطويلة المليئة بكرات الشعر الأشقر: «إنها قضية قديمة عمرها حوالي ستة أشهر». «فكيف إذن لم نقرأها إلا اليوم؟». يقول: «إنهم يحتفظون في الأدراج بكثير من هذه القضايا، يُظهرونها عند اللزوم». عبر كلمات معدودة أفهم حقيقة الملعوب، فالحسيني إبراهيم هو ـ تقريبًا ـ أكبر وأخطر ممول

لحي الباطلية بكل ما يُباع فيه من حشيش وأفيون، رأيته بعيني ذات مرة يقتحم طابور مصطفى زقزوق مرتديًا الجلباب السكروتة السمني والمركوب الأحمر، دخل على مصطفى، أخرج من سيالته أسطوانة تخينة مغلفة بالقماش، بظفره نزع غرز الخياطة وفك طرفًا من القماشة العبك، حرف الأسطوانة كاشفًا شعرات قلبها، فتأملها مصطفى من بعيد بعين خبيرة ثم قال إنها طيبة، وبحوار لا يفهمه سواهما لم يستغرق أكثر من دقيقة واحدة تم التفاهم على السعر والكمية. أما أنا فقد فهمت أنها صفقة عابرة رمى بها الهوى عليه فلم يشأ كسفها، ذلك أنه لا يتعامل إلا مع الصفقات الكبيرة التي تقدر بالأطنان، ولا يحمل سوى عينات ضئيلة، فابنه يبيع من هذه العينات المجانية فحسب، أما الحسيني فإنه كثير السفر إلى أماكن مجهولة ليتعاقد فحسب، وهناك بعد ذلك من يُسلم ومن يتسلم في أماكن مجهولة أيضًا. ثمة صفقات مضروبة بطبعها يكتشفها قبل وصولها: كانت مخزونة تحت الماء فتعفنت ويريد أصحابها التخلص منها بأي ثمن، أو من صنف رديء أراد أصحابها تسريبها. مثل هذه الصفقات لا خير من ورائها، ولا ينبغي الشفقة بأصحابها الغشاشين، فخير لها وللناس الغلابة أن يقوم بتسليمها للبوليس، ويتم ذلك بمهرجان كبير، ومحاضر البوليس لا يعنيها أن الصفقة مغشوشة أو متعطنة، إنما يعنيها أن القوة المهاجمة ضبطت شحنة سفينة كاملة، أو عشرين طنًا على الجِمال في الصحراء.

وأنت جالس مع الحسيني إبراهيم يعطيك إحساسًا بأنه المسؤول عن الحياة في الباطلية، كأنه الرئيس فيها، إذ من المألوف أن يدخل أفندي محترم فيشكو للحاج سوء عملية الصرف الصحي في العطفة

الفلانية، أو مشكلة انقطاع التيار الكهربائي، أو عدم وصول المياه إلى الأدوار العليا، وهو يستمع ويقرر تبليغ الجهة الفلانية أو مكالمة فلان الفلاني. وقد تدخل امرأة لتشكو له خشونة طبع زوجها واعتداءه عليها بالضرب، فيُطيب خاطرها، ويعدها بأنه سينحل وبره، وربما يقول لها: «قوليله روح كلم الحسيني»، وهكذا.

لا تزال القاهرة تتحدث عن فرح ابنته الشبيه بفرح قطر الندى، في ليلة من ليالي النصف الثاني من الثمانينيات أحيطت جميع الأوساط في القاهرة عِلمًا بموعد زفاف ابنة الحسيني إبراهيم. ولأن صديقي ألف ميم يعرف أنني صديق للحسيني، فقد تعشم في سهرة حافلة من سهرات العمر، فالتقينا في قايتباي في أول المساء لنقوم ــ حسب تعبير صديقنا الشاعر حسن عقل ــ بتوطئة، يعني مجرد تبخير الدماغ بأنفاس خاطفة، مهيئين أنفسنا للدخول في السهرة الثقيلة. كنا مجموعة كبيرة أنهينا التوطئة فاحلو مزاجنا، فقررنا بدء المقدمة التمهيدية، على أن يبدأ الفصل الأول في قلب الفرح، وقدرنا أن ذلك لن يكون قبل الثانية عشرة مساء بعد انتهاء الزفة. شرعنا في التحرك من قايتباي في الحادية عشرة، فإذا بنا نفاجأ بأن شارع الأزهر كله قد تم إغلاقه بالمتاريس على الضفتين ابتداء من تقاطع شارع بورسعيد حتى جبل الدرَّاسة، وهذا أمر لم يكن ليتحقق لمخلوق مهما علا شأنه باستثناء رئيس الجمهورية وفي حالة طوارئ، لأن شارع الأزهر هذا شريان حيوي خطير جدًّا في قلب المدينة، وإغلاقه يعني تشتت جميع السيارات المتجهة إلى مصر الجديدة أو القادمة منها، ناهيك عن مصالح تجار حي الجمالية، ولو أن الحرس الجمهوري هو الذي قام بإغلاق شارع

الأزهر هكذا بالضبة والمفتاح فلربما اخترقه بعض الجمهور وتمرد عليه بعض الخارجين، أما أن يكون مُغلقه هو الحسيني إبراهيم بفرح ابنته، فإن الجميع تقبلوا الأمر عن طيب خاطر، بل إن ركب العروس الذي تتقدمه راقصات من طراز سهير زكي وهياتم ونجوى فؤاد لم يمر أمام محل تجاري إلا واستوقفه أصحابه ونثروا فوق العروسين وعلى أفخاذ الراقصات أطنانًا من الورود وأوراق البنكنوت الخضراء والحمراء، ويتلقى كل محل تحيته الواجبة ردًّا على ما فعل. حوالي الساعة الثانية بعد منتصف الليل، وفيما نحن وقوف أمام مسجد محمد بك أبو الدهب، وصلت طلائع الموكب يتقدمها الحسيني إبراهيم نفسه مرتديًا جلبابًا بسيطًا جدًّا، أغلب الظن أنه جلباب النوم، وطاقية بيضاء، وفي قدميه صندل، وفي يده العصا العوجاية، لا يني يدفع بها جموع الصبية والشباب بعنف وقوة بدوَا غريبين عليه، فلما تقدمنا لتحيته أهملنا، وعاملنا باعتبارنا جمهورًا من الدهماء، فعزونا ذلك إلى شدة لخمته، وتعشمنا أننا في سرادق الفرح ربما نلنا حظنا من الترحيب اللائق، فانزوينا بعيدًا كي لا تدهسنا الأقدام.

وفي حوالي الثالثة صباحًا ذاب الموكب، فتوجهنا إلى السرادق في مدخل الباطلية في ساحة مستطيلة لصق الجامع الأزهر، فإذا نحن إزاء سرادق مهول جدًّا، ولا موضع فيه لقدم، جميع تجار الباطلية احتلوا مدخله بالمسدسات والطبنجات، رغم أن الحسيني لا يني ينبه الجميع يحذرهم من مغبة ضرب النار، ثم فوجئنا بأن جميع فناني مصر بلا استثناء حاضرون في السرادق في مجموعات متقاربة، كل مجموعة لها جوزة خاصة بكامل معداتها فوق ترابيزة، ناهيك عن

القائمين بإحياء الفرح فوق المنصة من مطربين ومطربات وراقصات وعازفين. الحسيني إبراهيم يمر على كل مجموعة فيرمي أمامها بقطعة حشيش كبيرة تقارب الأوقية، ونحن تعساء نبحث عن أي خرم إبرة ننحشر فيه دون جدوى، ظللنا واقفين لساعات طويلة على أمل أن يخلو مكان أو ينتبه إلينا أحد فيضمنا إلى مجلسه، ولكن السرادق يزداد بمرور الوقت ازدحامًا وصخبًا، فانصرفنا مُحبَطين وأقفيتنا تقمر العيش، وألف ميم يسب ديك الحاج وديك معرفته التي تؤخر!

قبل أن يموت الحسيني إبراهيم بأيام قليلة كان ابنه أحمد قد وقع في قبضة الضابط المنتحر، أغلب الظن لتصفية حسابات قديمة.

المدخل الحميم

ملاذنا دائمًا هو مدخل حوش آدم (خشقدم)، فهو الأكثر حميمية وأريحية وإثارة للبهجة، ربما لوجود الشيخ إمام عيسى وأحمد فؤاد نجم باعتبارهما ما يخصنا في هذه المنطقة، فبفضلهما صرنا أصدقاء للحي كله كأننا من أبنائه، ويأمن تجار الحشيش جانبنا، فيتحدثون أمامنا عن أسرارهم وشؤونهم الخاصة، ويبيعون لنا بالآجل أحيانًا، وعلى سبيل الجدعنة أحيانًا أخرى، ويصارحوننا إذا كان الصنف غير مشرف، وحينئذ يخففون عنا وقع الصدمة بأن يجلسوا معنا لبعض الوقت يرصون لنا من تعميرتهم الخاصة، وأهي ليلة وتفوت ولا حد يموت.

في مصر يصعب عليك التفرقة بين التاريخ والأساطير، إذ تبدو حقائق التاريخ ـ من فرط ما فيها من خرق ـ كأنها خيال العامة، كما أن خيال العامة كثيرًا ما يختلط بالحقائق التاريخية، وقد اعتادت العقلية المصرية الشعبية أن تتعامل مع الأساطير باعتبارها حقائق، ومع الحقائق باعتبارها أساطير. التاريخ والأساطير بمعنى واحد، وحركة الجماهير الشعبية في وادٍ آخر، ولهذا كثيرًا ما يموت التاريخ وتبقى الجغرافيا، وتبقى عليها بصمات التاريخ. لكن الجماهير الشعبية

التي لم يكن لها شأن بهذا التاريخ ذات يوم سوى أنها تتحمل أوزاره وتدفع ثمن صراعات دموية بين أمراء وسلاطين ومماليك، سرعان ما تنسى ما كان. فإذا كان الذي كان، لا تزال أسماء رموزه التاريخية محفورة في الجغرافيا، فإن الذاكرة الشعبية تعيد نطق الأسماء على هواها. ولربما بقي جوهر النظام كما هو وإن تغيرت الأسماء. ولكن الأسماء والأماكن والناس تبدو في عصرها الراهن كأنها مجرد نفاية أفرزها التاريخ الأسطوري الأخرق المتلاطم. شارع حوش آدم هذا مثلًا، بقيت فيه الأبنية المملوكية بنفس أسمائها القديمة، مجرد خرائب يحتلها الدهماء والصياع والبلطجية، وتطلق عليها أسماء محرفة، والناس أيضًا خرائب تسكن في خرائب، لأن التاريخ القائم على صراع فردي حول السلطنة لا يفرز على طول المدى إلا خرائب في خرائب، سيان أن يحدث هذا الصراع في العصر المملوكي أو في العصر الملكي أو في العصر الجمهوري، النتيجة واحدة في نهاية الأمر.

وأحمد فؤاد نجم يرسم لهذا الشارع صورة بديعة في واحدة من أجمل أغنياته كلامًا ولحنًا، إذ يقول:

حارتنا

مجاري وناموس

مراية وفانوس

حجارة وكراسي

شباب على النواصي

دقون على الكروش

عَرق على القروش
شقوق في البيوت
بيوت في الشقوق
مساءً تموت
صباحًا تفوق
قديمة وغبية
لبيبة وصبية
في ضيق خُرم إبرة
في غِوط المحيط
على الذل صابرة
دا صبر الغَويط
خسيسة وجبانة
جريحة ومُهانة
أسانس البلادة
مُعسكر وِلادة
ما تسمعش ندهة
رنين الدفوف
بتاكل وِلادها
حتولد ألوف
ما دام ضِعنا فيها
ضروري نلاقيها
٭ ٭ ٭

حارتنا في الحواري
عَلم على الصواري
لو قال فوقها الكناري
تتهز المشربية

* * *

يا حوش آدم يا دارنا
يا ساكن حضن جارنا
سِيدنا الحسين تبارك
شهيد الإنسانية
مدد سيدنا وشهيدنا
يا قايل ومواعدنا
يكون عيدك وعيدنا
يوم طلعة شمس جاية

* * *

يا حارة جوا حارة
يا مجمع السهارى
من كل حي حارة
في الحضرة الآدمية
مدد أنس الحبايب
مدد حاضر وغايب
مدد زين الصحايب
يا سادة يا مُوجية

فيكِ العيدان هزيلة

شايلة الحمول تقيلة

ولا باليد حيلة

ولا الأيام هنية

سيدنا الدردير يا بابا

مدد يا ابو الغلابة

فوق الحواري غابة

بتمص الآدمية

* * *

صبحَك صبايا صاحية

هالِّين من كل ناحية

مدد يا سيدي يحيى

تِوعدنا باللي هيَّ

يا حارتنا يا ام شيلة

هزي الهلال وهيلة

قدامك يوم وليلة

على الفرحة والعيدية

تلك هي حارة حوش آدم، أجمل المداخل إلى حي الباطلية. وحوش آدم هو النطق العامي الشعبي لخشقدم. وخشقدم هو السلطان الملك الظاهر أبو سعيد سيف الدين خشقدم بن عبد الله الناصري المؤيدي، وهو السلطان الثامن والثلاثون من ملوك الترك وأولادهم بالديار المصرية، والأول من الأروام، تسلطن في سنة خمس وستين

وثمانمائة للهجرة. ولا بد أن اللسان الشعبي فيما تلا ذلك من عصور لم يتقبل اسم خشقدم هذا، هو في نظره اسم بلا معنى، والذاكرة الشعبية لا تحب التعامل مع أسماء بلا معنى، فما لا معنى له في نظرها فإنها تقوم بتعديله بحيث يصبح له معنى. إنها مثلًا ترى شارعًا باسم الخواجة الإنجليزي «كفرللي»، فحينما تُقلِّب في الاسم تجده مكونًا من مقطعين: كفر، واللي. فتقوم بتعديل تركيب الاسم ليصبح «اللي كفر»، وبهذا يصبح له معنى. الطريف أن البلدية حينما بدأت ترصد الشوارع لتكتب لكلّ شارع لافتة زرقاء تعلَّق على بابه قامت بتفصيح الاسم فكتبت: «شارع الذي كفر». كذلك الأمر بالنسبة لشارع خشقدم، قامت الذاكرة الشعبية بتعديله فأصبح حوش آدم، وبذلك صار له معنى.

يرتبط حوش آدم في الأذهان بكثير من البهجة بالنسبة لطوائف كثيرة من الناس: فبالنسبة للموسرين من أثرياء الانفتاح ورثة أغنياء الحرب وملاك الأراضي، حينما يزورون حي سيدنا الحسين لا بد أن يعرجوا على حوش آدم لأكل الكباب عند «أبو هاشم»، أشهر محلات الكباب في مصر كلها، وهو في مواجهة حارة حوش آدم، حتى إن القادم من داخلها يبدو له المحل كأنه امتداد للحارة، كما أن ترابيزات المحل وكراسيه تأكل جزءًا من مدخل الحارة. وبسبب هذا المحل يكثر الزحام على الحارة بصورة خانقة، فعلى الرغم من اتساع المحل من الداخل فإن أعداد الواقفين في الانتظار داخل المحل وخارجه يجعل النُّدُل والخدم في ضيق يتصادمون؛ عائلات بكاملها تجشمت مشقة الانتقال، ورائحة كباب أبو هاشم النفاذة

تملأ خياشيمهم، تصيبهم بالجوع إلى الطعام مرتبطًا بالجوع إلى الراحة الروحية المفتقدة، منظرهم جميعًا بألوان ملابسهم الزاهية يثير البهجة. وأما بالنسبة للمثقفين عمومًا، فحوش آدم يرتبط في أذهانهم بالشيخ إمام وأحمد فؤاد نجم. وأما بالنسبة للأرستقراطية الحشاشة، فإن حوش آدم يرتبط في أذهانهم بفاروق عبد الفضيل، بائع الحشيش المتفرد، المتخصص في أعلى وأرفع أنواع الحشيش. فحينما كان قرش الحشيش البريمو العالي في عز الرُّخص بثلاثة جنيهات، كان هو يبيع القرش باثني عشر جنيهًا. وكان صيت هذه التعميرة يلعب بخيال كافة الحشاشين، فتداعبهم الأمنيات في تحشيشة واحدة من هذه التعميرة كل شهر، بشرط أن يشترك مجموعة من الأصدقاء في ربع قرش، ولا بد أن تصيبهم الصدمة مع أول نَفَس، لاكتشافهم أن ما كانوا يشربونه من قبل لم يكن حشيشًا بالقياس إلى هذه النكهة التفاحية التي تخلف في النفس صفاء ومرحًا كبيرين.

نظام البيع عند فاروق عبد الفضيل خصوصي هو الآخر وعمومي في آنٍ، فأنت تذهب إليه في شقته في عمارة حديثة بعض الشيء في حارة خلف منزل الشيخ إمام مباشرة، تصعد إلى الطابق الثاني، تضغط على زر الجرس في الباب المواجه. من العين السحرية سينظر فيراك فيعرف إن كنت معروفًا لديه أم أنك دسيسة. إن تشكك بعض الشيء فيك نظرًا لابتعادك عن زيارته وقتًا طويلًا فإنه يفتح لك الباب مع ذلك، ويرقب تصرفك الذي سيكشف عن حالك، فإن كنت زبونًا حقيقيًّا فإنك بمجرد فتح الباب تدخل محودًا إلى اليسار فتجلس في غرفة الصالون كأن البيت بيتك. عندما يطمئن إليك، فيدخل جالسًا

بجوارك على الكرسي المذهب، ناظرًا إليك بعينين مرحتين واسعتين في وجه كالفطيرة الحمراء برقبة قصيرة على جسد ممتلئ ربعة القوام، تمد يدك بالمبلغ، يفرُّه فيعرف إن كنت تريد قرشًا أو نصف قرش أو ربع قرش، يتركك ويغيب داخل الشقة برهة طويلة، يكون خلالها قد تنقل في جميع الحجرات التي تطل على ثلاث نواصي، فينظر من كل شباك نظرة يستكشف بها الطرقات والمنعطفات ليتأكد مما إذا كان وراءك حكومة في ثياب مدنية، فهو يعرف جميع العاملين في مكتب المكافحة فردًا فردًا، ضباط المباحث والمخبرين في جميع أقسام البوليس. وإذ يتأكد أن الدار أمان، يدخل عليك بالطلب قائلًا «اقعد اشرب قهوة»، بلهجة من يقول «اتكل على الله». في أحيان كثيرة لا يكون هو موجودًا، فتفتح لك زوجه، امرأة جميلة كالبطة، شجاعة كشاطر من الشطار، بنظرة واحدة في عينيك تعرف ما وراءك فتلبي طلبك أو تعتذر بلباقة.

لفاروق عبد الفضيل أخ يُدعى «سالم»، وأخ أصغر يُدعى «توتو»، وكلاهما يبيع تعميرة أقل أرستقراطية، لكنها متميزة بعض الشيء عن بقية التجار. فأما سالم فإنه بقَّال، ودكانه مشهور في حارة حوش آدم. تدخل الدكان، تسأل عن سعر الجبنة والزيتون والحلاوة الطحينية، وخلال ذلك تهمس بطلبك السري: «هات رُبع قرش»، فيفتح درج البنك السفلي، يسحب كيسًا في طول الإصبع محشوًّا باللب أو الفول السوداني، يرميه أمامك على البنك. إن كنت زبونًا حقيقيًّا فأنت ستعرف أن طلبك مدفون في الكيس بين اللب والسوداني، وإن كنت غشيمًا ونظرت له في استنكار، ففي الحال يسحب الكيس

ويقول لك: «معنديش اللي إنت عايزه يا أفندي! حضرتك طلبت إيه؟ هَم؟ آه! لا والله ملناش دعوة بالكلام ده! حد الله ما بينا وبينه»، ثم ينصرف عنك إلى زبون آخر. أما الشقيق الأصغر توتو فإنه يتجول على المقاهي، ويقف على النواصي في انتظار زبائنه المعروفين لديه.

المخرج الذميم

عجزت جميع الحكومات المتعاقبة عن مهاجمة حي الباطلية وإبطال تجارة المخدرات فيه، لدرجة أن وزير الداخلية سيد فهمي بعد حرب أكتوبر في أواخر السبعينيات هاجم حي الباطلية بقوة مسلحة بالمدافع والعربات المصفحة والدبابات، فعاثوا في الحي فسادًا، وقبضوا على عدد هائل من المارة والسابلة، وبعض الباعة الغلابة من سيئي الحظ، وفي الصباح التالي حفلت الصحف بمانشيتات غريبة تركزت كلها في مانشيت واحد بالخط العريض: «العبور الثاني». والمعنى أن الهجوم على حي الباطلية كان في نظر الشرطة مساويًا لعبور القوات المسلحة خط بارليف. على أن العبور الثاني كان من أسف مجرد مانشيتات صحفية، لأن الحياة في الباطلية سرعان ما عادت إلى سابق عهدها بعد أيام قليلة، أقل من أسبوع واحد.

ولكن العصر الذهبي لحي الباطلية كان في أواخر عصر الرئيس السادات، حينما تقدم النبوي إسماعيل وزير الداخلية لعضوية مجلس الشعب، فرشح نفسه عن دائرة الدرب الأحمر، ومنها حي الباطلية. ذلك أن النبوي إسماعيل من حي فاطمة النبوية،

وحي الباطلية يعتبر مسقط رأسه ومرتع صباه. وقد تكفل كبار تجار الحشيش في الباطلية بمهمة الدعاية دون أن يتكلف النبوي إسماعيل مليمًا واحدًا؛ أخذوا على عاتقهم مهمة إنجاحه، ونجح بالفعل، فكان ذلك أزهى عصور الباطلية على طول تاريخها: حيث قام السوق في وضح النهار منتعشًا مزدهرًا، والترابيزات في كل خطوة، وتستطيع أن تقلب في الأصناف براحتك، وأن تخرج من الحي بحقيبة ملآنة بطُرب الحشيش والأفيون دون أن يعترضك أي مخبر، وكانت عساكر الأمن المركزي التي سبق أن زرعها سيد فهمي في أزقة الباطلية لا تزال تأخذ دركاتها بانتظام، وكل عسكري ممسك بسيجارة محشوة بالحشيش، وكل العساكر عيونهم مغشلقة محشوة بزخم الحشيش الرديء. وبعض التجار الأذكياء كانوا يستخدمون هؤلاء العساكر كمخازن متنقلة، يترك كيس الحشيش في جيب العسكري نظير يومية مجزية يدفعها له، بالإضافة إلى قطعة يشربها. ظل السوق قائمًا على قدم وساق إلى أن تم اغتيال أنور السادات، فكان ذلك نذير شؤم على سوق الباطلية. كل التجار والحشاشين كانوا يحبونه، يعتبرونه من أنصار الحشيش والحشاشين، ويشيعون أنه يرحمه الله كان من محبي الصنف. لكن المؤكد أن السادات كان يشجع الكسب بجميع أنواعه، ويحب الأولاد الملحلحين الكسيبة، وأصحاب المشاريع الاستثمارية. وكان يكره الفقر والفقراء كراهية شديدة. فلما رحل بدأت الأوضاع تنقلب. وحينما انتهت عضوية النبوي إسماعيل في مجلس الشعب وخرج من الحقل السياسي تمامًا بدأت المتاعب الحقيقية.

قامت أزمة عنيفة بين التجار ومكتب المكافحة، لعبت فيها المباحث العامة ـ بقيادة الضابط المنتحر ـ دورًا كبيرًا. سبب الأزمة أن الحكومة اكتشفت اختفاء أربعمائة طن حشيش من مخازنها في الإسكندرية كانت مجهزة لتسليمها لوزارة الصحة كي تستخلص من الجيد منها ما يدخل في صناعة الأدوية، وتقوم بحرق الباقي في الصحراء. هذا ما يحدث على الورق بالطبع، وإن كان الحشيش المعد للحرق في الصحراء يأخذ طريقه إلى أماكن مجهولة.

دلت تحريات المباحث على أن الكمية المسروقة تم تصريفها في الباطلية، فقبضت المباحث على جميع الرؤوس الكبيرة في الحي. طالبوها برد الكمية، أو ثمنها، أو السجن المؤبد. لم يشفع للتجار أنهم دفعوا ثمنها بالفعل لمن باعها لهم، وهم مجموعة من الموظفين البسطاء فيما قيل أيامها، إلا إن الموضوع كان محاطًا بغموض شديد. وقد حاول مندوبو الصحف في وزارة الداخلية معرفة أي معلومات عن هذا الموضوع لكن دون جدوى. كل ما هنالك أن اضطرابًا شديدًا قد حدث في حي الباطلية منذ ذلك التاريخ.

ولربما كانت هذه القصة محل شك، ولكن «ألسنة الناس أقلام الحق» كما يقول المثل القديم، والذين يتصلون بحي الباطلية يستمعون إلى القصة في كل خطوة. كما أن أهل التجار وأقاربهم وأصدقاءهم لم يكن لهم من حديث طوال الأزمة إلا هذه القصة، فهي إذن ليست وهمية كما أشاع بعض ضباط المباحث، والأرجح أنهم كانوا يدافعون عن سمعتهم، لكن البعض منهم ـ بدافع الغيرة والحقد على الذين يتكسبون من مثل هذه العمليات ـ كانوا إذا

سئلوا عن حقيقة القصة يجيبون إجابات مدغمة غامضة، أو يكتفون بالصمت.

غير أن كساد سوق الحشيش في الباطلية كان له وجه آخر، هو وقوع بعض السياسيين المحترفين تحت طائلة المدعي الاشتراكي، إذ كان هؤلاء يقومون بتهريب الحشيش ضمن صفقات أخشاب.

لكن ثمة قوة جهنمية نصف مجهولة كان لها مصلحة في ضرب الحشيش لصالح السموم البيضاء التي ما لبثت أن أغرقت البلاد، فانصرف تجار الباطلية إلى تجارة الهيروين والكوكايين والكودايين والريتالين، فهي تجارة أسهل من تجارة الحشيش، وأربح؛ يمكن إخفاء كمية كبيرة تدر الملايين في جيب سري. ثم إن تعاطيها أسهل، فشارب الحشيش الذي لا بد له من غرزة وجوزة ونار وتبغ وخادم يسقي، يستطيع الاستغناء عن كل ذلك بشمة واحدة تنقله في الحال إلى السماء السابعة، في أقل من جزء من الثانية.

وهكذا نجحت الحكومة في تحديد تجارة الحشيش ومحاصرتها، ولكن لصالح تجارة السموم البيضاء التي أصبحت شبه شعبية في كل حي من الأحياء. وقد لعب الإعلام المصري دورًا كبيرًا في التكريس لهذه التجارة من حيث أراد فضحها وكشْف أسرارها، فكانت برامج التلفزيون تجعل من التجار المضبوطين ومن المدمنين نجومًا يتحدثون في البرامج عن أدق تفاصيل تجارتهم في التجارة والتعاطي، فانتشرت بذلك خبراتهم بين الناس. وعبثًا تحاول الحكومة إيقاف هذا التيار، ذلك أن حجم البطالة مذهل وخرافي، ولا بد لهذه الأعداد الوفيرة من العاطلين أن تجد مجالًا تتكسب منه. وفي المقابل فإن

معظم الفنانين يتعاطون هذه السموم البيضاء، والتجار الموسرين، وأصحاب رأس المال الطفيلي، أي أن البلاد مليئة بالأموال الدنسة التي تذهب للرفاهية وعدل المزاج بسهولة. وطالما هناك الكثيرون ممن يبذلون المال الوفير لعدل المزاج فسوف يتزايد عدد المتاجرين في السموم البيضاء.

نجحت الحكومة في إغلاق سوق الحشيش في حي الباطلية، لكنها لا تدري أن سوق السموم البيضاء قائم خلف الجدران، وفي الشقق الفاخرة على النيل، وفي النوادي، والسيارات المرسيدس. لقد تقوض عالم عتيق، ونشأ عالم أكثر حداثة، أغلب الظن أنه لن يتقوض إلا بعد أن تتقوض عقول كافة الأجيال الطالعة، الضائعة بين جحيمين، تغذيهما البطالة وانسحاب الدولة من مجريات الحياة. جحيمان ماثلان: المخدرات، والتطرف الديني الرهيب.

الحي الثالث

سيرة الأزبكية

أينما توجهت في أرض مصر الشاسعة مترامية الأطراف فأنت لا تمشي على أرض بقدر ما تمشي فوق طبقات من الأزمنة التاريخية، حيث تتراكم العصور والأحداث الحافلة، حتى ليبدو تاريخ مصر كجبل شاهق من هديم تنبت فوقه الكائنات مشبعة به وإن لم تعرف كنهه أحيانًا، لكنها تحمله في السويداء كجوهرة ثمينة مكنونة.

كل بقعة من الأرض يمكن أن تغوص فيها، فتشدك الأزمنة الكامنة، فترى ناسًا غير الناس، وأحداثًا غير الأحداث، ومعالم غير المعالم، ترى أممًا وممالك، عروشًا وأباطرة، أنظمة وأنماط حياة مختلفة الألوان والأشكال وأنت بعد لم تغادر مكانك.

لم يكن غريبًا إذن أن ينشأ عندنا علم تاريخ المكان المسمى بـ«الخطط»، ذلك الذي نبغ فيه العالِم المصري تقي الدين المقريزي، فكل متر مربع من أرض الكنانة يستحق كتابًا كاملًا في التاريخ، يلم بكل ما أقيم فوقه من أبنية وما دار فيها من أحداث.

على سبيل المثال، هذه المساحة التي نتجول فيها الآن لنصور بعض معالمها المعاصرة، يمكن أن نملأ مجلدات كاملة دون

أن نقف على كل تاريخها، فكل ملمح معاصر، كل مَعلم من المعالم يقف تحته عشرات، بل مئات، من المعالم الدارسة في الظاهر وإن بقيت راسخة في مكانها رسوخ الجذور الضاربة في أعماق سحيقة.

فهذه المساحة الحميمة، التي تبدأ في ميدان باب الحديد، أو ما كان يُسمى قديمًا بـ«قنطرة الليمون»، مارِّين بشارع إبراهيم باشا حتى مسجد الكخيا، ومن هذا المسجد إلى أول شارع القلعة، مارِّين بشارع عبد العزيز، ومن شارع القلعة إلى أول شارع الأزهر، فأول شارع الجيش، والعودة منه إلى اتجاه قنطرة الليمون مخترقين حي الفجالة الذي كان فيما مضى مزارع للفجل والجرجير، ويُسمى أصحابها بـ«الفجالة».

هذه المساحة يطلق عليها اسم «حي الأزبكية»، وكانت حتى وقت قريب جدًّا تُسمى «وش البِركة» ـ يعني بِركة الأزبكية. وقد حملت في العصور الحديثة أسماء كثيرة: الأزبكية، العتبة، الأوبرا، وش البِركة. ولكن الفضل يرجع لمبنى المسرح القومي الذي بناه طلعت حرب للفرقة القومية، وأطلق عليه المثقفون اسم «مسرح الأزبكية»، لأنه أنشئ داخل بقايا حديقة الأزبكية، وبفضله ظل اسم الأزبكية يتردد حتى اليوم.

وإذا كانت هذه الأسماء: الأزبكية، والعتبة، والأوبرا، ووش البِركة، تطلق كلها على حي واحد هو الأزبكية، فإن لكل اسم فيها قصة وسيرة حياة أين منها سِيَر الشطار والعيارين والأبطال. هو أكثر الأحياء حميمية بالنسبة لجيلنا والأجيال السابقة من

المثقفين، ولقطاعات عريضة جدًّا من الشعب المصري، ففيه تصب عربات النقل ألوفًا من البشر كل يوم، ويخترقه تسعون في المائة من جموع الناس في طريقهم إلى العمل أو المنازل، وليس ثمة خط من خطوط المواصلات لا يمر به أو يتمركز فيه. إنه أكبر حي تجاري في مصر، إضافة إلى أنه منفذ لعدة أحياء تتفرع منه وتصب فيه، فهو بمثابة السُّرة من جسد القاهرة المصرية.

هو حميم بالنسبة لجيلنا من المثقفين، فكل واحد منا ترك من نفسه أبضاعًا كثيرة من الذكريات الحلوة المفعمة بالدفء والأمنيات الخضر في هذا الحي: على مبنى المسرح القومي الذي شاهدنا على خشبته شوامخ الأعمال المسرحية العالمية والمحلية، على أيدي فيالق من عمالقة النص المسرحي والتمثيل والإخراج. لصقه من الخلف ـ مطلًّا على الجانب الآخر من بقايا الحديقة ـ مسرح الأزبكية الصيفي، الذي أعيد ترميمه وتعديله في أواسط الستينيات ليكون مقرًّا لفرقة مسرح الطليعة التي هي في الأصل فرقة مسرح الجيب التي أنشأها وأدارها سعد أردش إبان عودته من بعثته في الستينيات الأولى، لتكون حقلًا للتجارب، أو بمعنى أدق للتجريب المسرحي في ميادين التأليف والإخراج والديكور والتمثيل، وهي المسؤولة عن تعريفنا بمسرح العبث أو اللامعقول، حيث افتتحت أول عروضها بمسرحية «نهاية اللعبة» لصمويل بيكيت وإخراج سعد أردش. وقد اقتطعت من مساحة مسرح الأزبكية الصيفي قطعة أرض أقيم فوقها مسرح للعرائس. أطياف من ذكريات الصبا تركناها على أبواب وفي قاعات المسارح الثلاثة، وأطياف أخرى على سور حديقة الأزبكية.

ما مررت بمكتباته يومًا إلا وطلعت لي صورتي من بين تلال الكتب القديمة التي عشقت التقليب فيها مع الرفاق والأساتذة بحثًا عن كنوز الكتب الثمينة. في مواجهة السور دار الأوبرا المصرية، بواجهتها الحميمة المطلة على ميدانها كبيت العائلة، تقف شامخة زاهرة منذ أن بناها الخديو إسماعيل إبان الاحتفال العالمي بافتتاح قناة السويس، وكانت مؤهلة للبقاء لأجيال طويلة قادمة لولا أن امتدت إليها يد العدوان الآثمة فأحرقتها كتعبير عن سخط أحمق تجاه محاولة أنور السادات لضرب الثقافة المصرية حينما أغلق المجلات الثقافية وشتت الكوادر وأتى بسلطات جديدة قديمة عُرفت بعدائها للثقافة. وصحيح أن الفعل الأحمق المجرم قُيد في المحاضر الرسمية ضد الماس الكهربائي الآثم الذي بات يتربص بنا الدوائر في كل مكان دون مبرر منطقي مفهوم، صحيح هذا، ولكن الإشارة إلى وجود فاعل ساخط أعمى البصيرة والضمير لا يغيب عن فطنة المتابعين. المؤسف حقًا أن حكومة ذاك العهد علقت على الحادث الأليم بقولها «بركة يا جامع»! لقد كانت الدار معدة بشكل مؤقت بعمر افتراضي لا يزيد على ستة أشهر، والحمد لله أنها احترقت لنعيد بناءها من جديد على نحو أفضل! ولكن هيهات أن تختفي دار الأوبرا من أذهان عامة الشعب، فإنهم وإن لم يدخلوها في حياتهم كانوا ينطقون اسمها بألفة وحميمية وسلامة نُطق.

سكبنا الذكريات العزيزة على ذلك المبنى ذي البواكي، الكامن خلف دار الأوبرا مباشرة، والذي لا يزال قائمًا حتى كتابة هذه السطور، إنه مبنى قهوة متاتيا الشهيرة، صاحبة الصيت الذائع في تاريخنا

الحديث، حيث كانت ملتقى الثوار، يجلس فيها السيد جمال الدين الأفغاني مع تلاميذه وعلى رأسهم الإمام محمد عبده: «يوزع الثورة بيمينه والسعوط بيساره»، والسعوط يعني النشوق، وهو مسحوق نباتي من عائلة التبغ يستنشقه المرء فينبه خلايا الأنف والدماغ بالعطس. هي مقهى من الطراز الفرنسي الذي انتشر في القاهرة في أواخر القرن الماضي وأوائل هذا القرن: المناضد عليها المفارش السميكة المزخرفة وحولها المقاعد في صفوف وأركان، والأرض مفروشة بالسجاجيد والمشَّايات، والنُّدُل رجال مهذبون على غاية من الرقة، وفناجين القهوة التركية تلمع فوق الصواني النحاسية الفخمة، والنارجيلات العملاقة. ما وقع بصري على هذه المقهى الآن إلا وشعرت بغصة في الحلق مريرة، لقد أصابها ما يصيب علية القوم حينما يخونهم الحظ فيسلمهم إلى زمن وغد يجهل قيمتهم فيسقيهم الهوان ألوانًا.

فلنُنهِ الآن جلستنا الكئيبة على هذه المقاعد المتخلخلة بمناضدها غير المستقرة ذات المفارش المزينة الكالحة، وننجو من معاملة ذلك النادل الأقرب إلى البلطجي، فلقد انطفأت في جميع أركان المقهى كل الفوانيس المبهجة، ولفظت الذكريات أنفاسها منذ وقت بعيد، فلم يعد أمامنا سوى المرور على كازينو أوبرا، فهو جزء لا يتجزأ من صِبانا وشبابنا الغض، حيث كانت تقام في طابقه العلوي ندوة نجيب محفوظ يوم الجمعة من كل أسبوع، حيث تُجرى المناقشات والحوارات بين مختلف الأجيال والتيارات والعناصر، في قضايا الأدب وإصداراته الجديدة. في هذه الندوة تحسسنا خطواتنا في

الطريق، واكتشفنا أنفسنا، واتصلنا بالأجيال الرائدة اتصالًا وثيقًا مثمرًا، وتبلورت مفاهيمنا، واتسعت رؤانا، ونشطت أخيلتنا. آخر عهدي بهذه الندوة يوم فضها البوليس بالقوة، إذ كنا جلوسًا مندمجين في مناقشة مجموعة قصصية جديدة لأحد الكُتاب الشباب حينما فوجئنا بجنرال بكامل بزته العسكرية يقتحمنا ومن خلفه طائفة من الجنود، أخذ يستجوبنا واحدًا واحدًا ونحن في حيرة من أمرنا نرسل البصر المضطرب إلى أستاذنا صاحب الندوة، فاتجه إليه الجنرال في شيء من البرود والاستخفاف ينجمان عن جهله التام بحقيقة هذا الرجل الذي يستقبله واقفًا في كياسة وهدوء وأدب جم. سأله الجنرال كما يسأل ضابط الشرطة متشردًا: «اسمك إيه؟». بكل أريحية أجاب الأستاذ باسمه الثلاثي: «نجيب محفوظ عبد العزيز». وخُيل إلينا أن في هذا الكفاية، لكن الجنرال سأله: «بتشتغل إيه؟». فبهدوء منقطع النظير أجاب الرجل: «في وزارة الأوقاف»، ثم ابتسم. فتطوع الكورس الغفير وشرح للجنرال حقيقة الرجل ومركزه، وحقيقة الندوة، لكن الجنرال كان باردًا كالثلج وهو يُلقي في وجوهنا بالمادة القانونية التي تُحرم اجتماع أكثر من خمسة أشخاص في مكان واحد، ثم أمرنا بالتفرق والانفضاض. ولم يكن أمام الأستاذ إلا العلو فوق الموقف بمزيد من السخرية الحقيقية، حيث أمر النُّدُل بتفريق المناضد التي كانت مضمومة إلى بعضها في مستطيل كبير، وأن يعود المكان إلى وضعه الطبيعي كمقهى، فجلس كل بضعة أفراد إلى منضدة رُوعي أن تكون بعيدة عن زميلتها بمسافة كافية لإثبات عدم وجود أي صلة بين بقية المناضد وبينها، فما إن استقر الوضع هكذا حتى رفع نجيب

محفوظ يده حول فمه صائحًا في الدكتور عبد المحسن طه بدر الجالس في ركن بعيد: «أيوه يا دكتور عبد المحسن، كنت بتقول البناء النفسي للشخصيات ماله؟!». وانفجرت القاعة كلها بضحكة صاعقة شيعت الجنرال حتى آخر درجة في سلم الهبوط. ثم اتضح أن موكب الرئيس عبد الناصر كان مارًّا من ها هنا، فلزم تمشيط المنطقة لضمان أمنه وسلامته. بعدها حاول الأستاذ استصدار تصريح رسمي بإقامة الندوة دون جدوى، فانتقل إلى مقهى ريش في ميدان طلعت حرب، فلاحقته الأجهزة، فانتقل إلى كازينو قصر النيل.

عطفة زمنية

فلنخرج الآن من كازينو أوبرا الذي حوَّله الفنان محمد صبحي مع زميله الكاتب المسرحي لينين الرملي إلى مسرح تعتليه فرقة من الهواة المدربين بمسرحية «بالعربي الفصيح» التي لفتت الأنظار بصورة فائقة قبل أن ينفصل هذا الثنائي ليذهب كل منهما إلى حال سبيله بمفرده. نترك أيضًا سينما أوبرا، وهي من دور الدرجة الأولى، ونهرب من رؤية هذا البناء الكئيب السمج، ذلك الجراج متعدد الطوابق الذي أقيم في مكان دار الأوبرا. نهرب كذلك من هذا الجسر الكالح المسمى بـ«كوبري الأزهر» الذي تسلق المباني وجثم فوق مبنى البوستة القديم الأثري، ومبنى المطافئ المجاور له. ولكننا سنصطدم بكل ما هو قبيح رث، حتى واجهة المسرح القومي خيم عليها ظِل الكوبري بما يلقيه فوقها من تراب ودخان وعادم تنفثه ألوف السيارات. سنغرق في ميدان العتبة، في بحر من الضجيج والصخب تشعله السيارات وألوف من الباعة الجائلين والحرفيين المتنطعين. ناهيك عن شارع كلوت بك سيئ السمعة.

الأفضل أن نهرب من المكان كله، أقصد أن نهرب من هذا العصر الراهن، إلى أزمنة أخرى بعيدة نتنسم فيها عبق الأيام الحلوة.

من أم دنين إلى المقس

تنطرح الأرض الزراعية شاسعة على امتداد البصر مُحاذية لشاطئ النيل. على الضفة الغربية مدينة منف القديمة ـ البدرشين حاليًا. وعلى الضفة الشرقية، في الموقع الذي تشغله الآن محطة مصر القديمة على خط مترو الأنفاق، يقع قصر الشمع، الذي لا يزال جزء من أحد جدرانه قائمًا حتى اليوم على تخوم المحطة، تلتصق به إحدى الصيدليات المسماة بـ«صيدلية قصر الشمع». وقد سُمي بقصر الشمع لأنه كان يُضاء بالشموع من جميع نواحيه الخارجية حينما تدخل الشمس في برج معين، فمن خلال هذه الشموع المضاءة يعرف الناس أن الشمس قد دخلت في هذا البرج لتبدأ فترة من عنفوانها، وكان القصر على شاطئ النيل مباشرة.

من قصر الشمع ذاك، تنحدر الأرض الزراعية في خلاء لا يشغله سوى عدة كنائس وأديرة للنصارى ومجموعات من البساتين وجبل يشكر، حيث الجامع الطولوني الآن. فإذا مشينا من قصر الشمع في اتجاه عين شمس على شاطئ النيل، فإننا نرى عديدًا من البِرك والقناطر والجسور، مرورًا بأرض اللوق وأرض الطبالة، حتى نصل

إلى هذا المكان الذي نقف فيه، فإذا هو قرية صغيرة تكاد تختفي بين المزارع اليانعة وفي ظل البستان الواقع على شاطئ النيل، واسمها قرية «أم دنين». وفي قصر الشمع المذكور كان يقيم المقوقس، الحاكم الروماني على مصر، أو بتعبيرنا المعاصر: المندوب السامي الروماني وممثل هرقل في الديار المصرية.

ها نحن الآن في حوالي سنة عشرين هجرية، والمقوقس مستلقٍ على الحشايا في قصره محروسًا بطاقم خاص يحيط بقصره، في بُلَهنية من العيش لا يدري أن الجيوش العربية الإسلامية المغيرة على مستعمرته الكبرى قد دخلت الديار المصرية بالفعل، فاخترقت العريش إلى مدينة الفرما، حيث مدينة بورسعيد الحالية، ثم اخترقت كثيرًا من البلدان والقرى دون أن تلقى مقاومة تُذكر، حيث كان القبط قد تلقوا تعليمات من أعيانهم يوصونهم فيها بعدم الاشتراك مع جيوش الحاكم المحتل في مقاومة الجيوش العربية الفاتحة، ذلك أن العرب إخوة لهم في الجنس والملامح، تجمعهم وحدة الأرض ووحدة التراث الوجداني والأسطوري، وقد آنَ الأوان لكي يحرروهم من قبضة هذا الغاصب الروماني.

بوصول الجيوش العربية بقيادة عمرو بن العاص إلى قرية أم دنين، اعتبر عمرو نفسه قد افتتح مصر وانتهى الأمر، فها هو ذا قصر الحاكم على مبعدة خطوات، وهي مسافة تكفي لإجراء المفاوضات وإجراء المناورات بدلًا من الاقتحام الأهوج للقصر. وهكذا ضربت الجيوش العربية خيامها في قرية أم دنين هذه التي نقف فيها الآن، وجعلت تقتسم الغنائم، وتدبر لاقتحام القصر، وتأخذ في نفس الوقت قسطًا من الراحة.

دارت المفاوضات بتبادل الوفود بين القصر وقرية أم دنين، وهي مفاوضات غاية في الطرافة والإثارة لا مجال لذكرها ها هنا، إلى أن تم الاستيلاء على القصر بحيلة سينمائية بارعة لا يُفلح في تنفيذها أعظم مخرجي السينما المعاصرين، وهي الأخرى خطة طويلة لا مجال لذكرها ها هنا، إلا إن قرية أم دنين منذ ذلك التاريخ تغير اسمها وأصبحت تعرف بـ«المقسم»، أو «المقس» على سبيل الاختصار، أو «المقسي» في النطق العامي.

ها هي ذي مصر قد أصبحت إيالة إسلامية، واختطت القبائل العربية مدينة الفسطاط بجوار قصر الشمع، في المكان الذي كانت تقام فيه فسطاط ـ أي خيمة ـ عمرو بن العاص. ثم توالت الحكومات الإسلامية على امتداد الأزمنة، وكل حكومة فاتحة تبني لنفسها ضاحية جديدة متاخمة للفسطاط، فبُنيت مدينة العسكر، ثم مدينة القطائع التي توسطها جامع ابن طولون، إلى أن جاءت الحكومة الفاطمية فاتحة بقيادة جوهر الصقلي فبنت القاهرة فيما بين القطائع والمقس ـ أي أم دنين سابقًا. وجرت إعادة فتح الخليج الذي يربط النيل بالبحر الأحمر ليسهل الاتصال بين مصر ومكة، وبدايته على النيل هي المنطقة المعروفة الآن بـ«فم الخليج»، حيث يوجد مجرى العيون، وقد عُرف باسم «خليج أمير المؤمنين»، ثم «الخليج الناصري»، وخط سيره هو نفسه الآن شارع بورسعيد الذي يمر بمسجد السيدة زينب ـ الذي كان فيما مضى واقعًا على شاطئ الخليج مباشرة ـ وبحي درب الجماميز وباب الخلق، حيث يوجد على جانبيه مبنيان مهمان متقابلان هما مديرية أمن القاهرة ودار الكتب القديمة؛ المتحف الإسلامي حاليًا.

ومنذ أن جرت المياه في خليج أمير المؤمنين، جرت الحياة والحركة في قرية المقس ـ أم دنين سابقًا ـ فاكتسبت القرية أهمية حيوية. ولم يكن أهلها يعرفون أن هذه الأهمية ستكون على حسابهم، إذ إن قريتهم ستُزال من الوجود تمامًا، وتحل محلها أبنية جديدة، ويشهد موقعها الاستراتيجي عصورًا تاريخية جديدة حافلة.

بِركة بطن البقرة

خليج أمير المؤمنين كان يخترق بستانًا هائلًا اسمه «البستان الكافوري»، كان قد أنشأه كافور الإخشيدي في أرض الرملة، أو «الحمراء القصوى» كما كانت تُسمى آنذاك، وهي الأرض التي يطل عليها جبل يشكر. فلما نزل جوهر الصقلي وشرع في بناء ضاحية القاهرة أزال الكثير من أشجار هذا البستان ليقيم في أرضها القصر الشرقي الكبير والجامع الأزهر، ثم جيء بالخليفة الفاطمي المعز لدين الله ليفتتح القصر ويقيم فيه، فأصبح يُسمى بـ«قصر الخلافة» أو «القصر الشرقي الكبير» تمييزًا له عن القصر الغربي الصغير، وكان موقعه على شاطئ الخليج، يكاد يختفي فيما تبقى من البستان الكافوري.

ساحل النيل الأعظم كان آنذاك بالمقس، حيث كانت المقس أشبه بثغر على جانب كبير من الأهمية. ولأنها متاخمة للقصور المعزية فقد اتجهت إليها أنظار الخلفاء الفاطميين كأهم بقعة في ضاحيتهم السعيدة التي سميت بـ«القاهرة»، فأقاموا فيها المنشآت الحيوية العملاقة. من أشهر تلك المنشآت منظرة المقس.

يقول المقريزي: وكانت هذه المنظرة معدة لنزول الخليفة بها عند تجهيز الأسطول إلى غزو الفرنج، فيحضر رؤساء المراكب بالشواني، وهي مزينة بأنواع العدد والسلاح، ويلعبون بها في النيل.

ويقول ابن الطوير: فإذا تكملت النفقة، وتجهزت المراكب وتهيأت للسفر، ركب الخليفة والوزير إلى ساحل المقس، وكان هناك على شاطئ البحر بالجامع منظرة يجلس فيها الخليفة برسم وداع الأسطول، ولقائه إذا عاد. فإذا جلس هو والوزير للوداع، جاءت القُواد بالمراكب من مصر إلى هناك للحركات في البحر بين يديه، وهي مزينة بأسلحتها ولبوسها، وفيها المنجنيقات تلعب، فتنحدر وتقلع بالمجاديف كما يفعل في لقاء العدو بالبحر المالح. ويحضر بين يدي الخليفة المقدم والرئيس فيوصيهما، ويدعو للجماعة بالنصرة والسلامة، ويعطي المقدم مائة دينار، والرئيس عشرين دينارًا، وتنحدر إلى دمياط، وتخرج إلى البحر المالح، فيكون لها ببلاد العدو صيت وهيبة. فإذا وقع لهم مركب لا يسألون عما فيه سوى الصغار والرجال والنساء والسلاح، وما عدا ذلك فللأسطول. واتفق مرة أن قدم على الأسطول سيف الملك الجمل، فكسب بطشة عظيمة فيها ألف وخمسمائة شخص بعد أن بعث عليهم بالقتال، وقتل منهم نحوًا من مائة وعشرين رجلًا، وحضر إلى القاهرة، ففرح الخليفة وركب إلى المقس، وجلس بالمنظرة للقائهم، وأطلقوا الأسرى بين يديه تحت المنظرة من جانب البر. فاستدعيت الجِمال لركوبهم، وشق بهم القاهرة ومصر، وهم كل اثنين على جمل ظهرًا لظهر. وعاد الخليفة إلى القصر فجلس في المنظرة للنظر في جوازهم. فلما عادوا بهم من

مصر، صاروا بهم إلى المناخات، فصح منهم ألف رجل، فانضافوا إلى من في المناخ. وأما النساء والصبيان فإنهم دخلوا بهم إلى القصر، بعد أن حمل منهم للوزير نصيب وافر، وأخذ الجهات والأقارب بقيتهن، فيستخدمونهن ويعلمونهن الصنائع، ويتولى الأستاذون تربية الصبيان وتعليمهم الخط والرماية، ويقال لهم الترابي. ومن استُريب به من الأسرى، ونبه عليه بقوة، أوقع به، والشيخ الذي لا يُنتفع به يمضي فيه حكم السيف بمكان يقال له بئر المنامة في الخراب قريب مصر. ولم يسمع على الدولة قَطُّ أنها فادت أسيرًا بمال ولا بأسير مثله.

وقد خربت هذه المنظرة، وكان موضعَها برج كبير، صار يعرف في الدولة الأيوبية بـ«قلعة المقس»، مشرف على النيل، ثم هُدم هذا البرج على يد الصاحب الوزير شمس الدين عبد الله، وأقيم مكانه جنينة كبيرة.

وفي المقس دار للصناعة، ربما كانت أول دار للصناعة تشهدها مصر بهذا الحجم. ومن المؤكد أن بلاد الفرنجة قلدوا هذه الدار، لا تلك التي أنشأها محمد علي في العصور الحديثة وأطلقوا عليها بلغتهم «ترسانة»، وهو النطق الأعجمي لعبارة «دار صناعة».

قال ابن أبي طي في تاريخه إن المعز لدين الله الفاطمي قد أنشأ هذه الدار قبيل وفاته، وأنشأ بها ستمائة مركب لم يُرَ مثلها في البحر على مينا.

ولكن المسبحي المؤرخ يقول: بل إن العزيز بالله نزار بن المعز هو الذي بنى دار الصناعة التي بالمقس، وعمل المراكب التي لم يُرَ مثلُها فيما تقدم كبرًا ووثاقة وحُسنًا.

وقال في حوادث سنة ست وثمانين وثلاثمائة: وقعت نار في

الأسطول وقت صلاة الجمعة لست بقين من شهر ربيع الآخر، فأحرقت خمس عشاريات، وأتت على جميع ما في الأسطول من العدة والسلاح حتى لم يبقَ منه غير ست مراكب فارغة لا شيء فيها. فحمل البحريون السلاح، واتهموا الروم النصارى ـ وكانوا مقيمين بدار ماتك بجوار الصناعة التي بالمقس ـ وحملوا على الروم، وقتلوا منهم مائة رجل وسبعة رجال، وطرحوا جثثهم في الطرقات، وأُخذ من بقي فحُبس في صناعة المقس. ثم حضر عيسى بن نسطورس، خليفة أمير المؤمنين العزيز بالله في الأموال ووجوهها بديار مصر والشام والحجاز، ومعه يانس الصقلبي وهو يومئذ خليفة العزيز بالله على القاهرة عند مسيره إلى الشام، ومعهما مسعود الصقلبي مُتولي الشرطة. وأحضروا الروم من دار الصناعة، فاعترفوا بأنهم الذين أحرقوا الأسطول. فكتب بذلك إلى العزيز بالله ـ وهو مبرز يريد السفر إلى الشام ـ وذكر له في الكتاب خبر من قُتل من الروم وما نُهب، وأنه ذهب في النهب ما يبلغ تسعين ألف دينار. فطاف أصحاب الشرط في الأسواق بسجل فيه الأمر برد ما نُهب من دار ماتك وغيرها، والتوعد لمن ظهر عنده منه شيء، وتم ضبط الناس. وأمر عيسى بن نسطورس أن يمد للوقت عشرون مركبًا، وطرح الخشب، وطلب الصناع، وبات في الصناعة، وجدَّ الصناع في العمل. وأغلب أحداث الناس وعامتهم يلعبون برؤوس القتلى، ويجرون بأرجلهم في الأسواق والشوارع، ثم قرنوا بعضهم إلى بعض على ساحل النيل بالمقس، وأحرقوا يوم السبت. وضرب بالحرس على البلد ألا يتخلف أحد ممن نهب شيئًا حتى يُحضر ما نهبه ويردَّه، ومن عُلم عليه بشيء أو كتم شيئًا أو

جحده أو أخَّره، حلت به العقوبة الشديدة. وتتبع من نهب، فقبض على عدة، قُتِل منهم عشرون رجلًا، ضربت أعناقهم، وضرب ثلاثة وعشرون رجلًا بالسياط، وطيف بهم وفي عنق كل واحد رأس رجل ممن قتل من الروم، وحبس عدة أناس. وجدَّ عيسى بن نسطورس في عمل الأسطول وطلب الخشب، فلم يدعْ عند أحد خشبًا علم به إلا أخذه منه، وتزايد إخراج النهابة لما نهبوه، فكانوا يطرحونه في الأزقة والشوارع خوفًا من أن يعرفوا به، وحبس كثير من النهابة. فلما كان يوم الخميس ثامن جمادى الأولى ضربت أعناقهم كلهم على يد أبي أحمد جعفر، صاحب يانس، فإنه قدم في عسكر كثير من اليانسية حتى ضربت أعناق الجماعة، وأغلقت الأسواق يومئذ. وطاف متولي الشرطة، وبين يديه أرباب النفط بعددهم، والنار مشتعلة، واليانسية ركاب بالسلاح، وقد ضرب جماعة، وشهرهم بين يديه وهم يُنادى عليهم: هذا جزاء من أثار الفتن، ونهب حريم أمير المؤمنين. فاشتد خوف الناس وعظم فزعهم. فلما كان من الغد نُودي: معاشر الناس قد أمن الله من أخذ شيئًا أو نهب شيئًا على نفسه وماله، فليرد من بقي عنده شيء من النهب. وفي سابع جمادى الآخرة نزل ابن نسطورس إلى الصناعة، وطرح مركبين في غاية الكبر من التي استعملها بعد حريق الأسطول. وفي غرة شعبان نزل أيضًا وطرح بين يديه أربع مراكب كبارًا، من المنشأة بعد الحريق. واتفق موت العزيز بالله وهو سائر إلى الشام، في مدينة بلبيس. فلما قام من بعده ابنه الحاكم بأمر الله في الخلافة، أمر في خامس شوال بحط الذين صلبهم ابن نسطورس، فتسلمهم أهلهم، وأعطى لأهل كل مصلوب عشرة دنانير برسم كفنه

ودفنه. وخلع على عيسى بن نسطورس وأقره في ديوان الخاص، ثم قبض عليه في ليلة الأربعاء سابع المحرم سنة سبع وثمانين وثلاثمائة، واعتقله إلى ليلة الاثنين سابع عشرين. فأخرجه الأستاذ برجوان ـ وهو يومئذ يتولى تدبير الدولة ـ إلى المقس، وضرب عنقه. فقال وهو ماضٍ إلى المقس: كل شيء قد كنت أحسبه إلا موت العزيز بالله، ولكن الله لا يظلم أحدًا. ثم حكى موقفًا أليمًا.

ذلك أنه حينما ألقى السهام للقوم المأخوذين في نهب دار ماتك، وفي بعضها مكتوب «يُقتل» وفي أخرى «يُضرب»، أخذ شاب ممن قبض عليهم رقعة منها فجاء فيها «يقتل»، فأمر به ابن نسطورس إلى القتل. فصاحت أم الشاب ولطمت وجهها، وحلفت أنها وهو ما كانا ليلة النهب في شيء من أعمال مصر، وإنما وردا مصر بعد النهب بثلاثة أيام. وناشدته الله تعالى أن يجعل ابنها من جملة المضروبين بالسوط، وأن يعفيه من القتل، فلم يلتفت إليها، وأمر بضرب عنقه. فقالت أمه: إن كنت لا بد قاتله فاجعله آخر من يُقتل لأتمتع به ساعة. فأمر به فجعله أول من ضُرب عنقه. فلطخت بدمه وجهها، وسبقته ـ وهي منبوشة الشعر ذاهلة العقل ـ إلى القصر. فلما جاء قالت له: أقتلته! كذلك سيقتلك الله. فأمر بها هي الأخرى فضربت حتى سقطت على الأرض ميتة.

هذا ما حكاه ابن نسطورس بنفسه وهو يمد عنقه تحت سيف السياف، فيا لها من حكمة إلهية بالغة!

ومن المنشآت الشهيرة في المقس، جامع المقس، وكان لهذا الجامع نخل كثير. أنشأه الحاكم بأمر الله على شاطئ النيل بالمقس،

وأوقف عليه أحكارًا تُدر عليه نفقة دائمة. وكان يحلو له الجلوس في المنظرة ومشاهدة هذا النخل. وفي سنة سبع وثمانين وخمسمائة انشقت زريبة من هذا الجامع في شهر رمضان لكثرة زيادة ماء النيل، وخيف على الجامع السقوط فأمر بعمارتها. ولما بنى السلطان صلاح الدين يوسف بن أيوب هذا السور الذي على القاهرة، وأراد أن يوصله بسور مصر من خارج باب البحر إلى الكوم الأحمر، وكان المتولي لعمارة ذلك الأمير بهاء الدين قراقوش الأسدي، أنشأ بجوار جامع المقس برجًا كبيرًا عُرف بـ«قلعة المقس»، وهو البرج الذي هدمه الوزير الصاحب شمس الدين عبد الله أيام السلطان الملك الأشرف شعبان بن حسين.

العصر كالمشاعل، والرجال هم زيتها الباعث الضوء فيها، وهم أيضًا نتاج الأمكنة بقدر ما يؤثرون في الأمكنة. والأمكنة كالبشر، تخضع للميلاد والموت، كما تخضع لعوامل التألق وعوامل الاضمحلال حسبما ينطوي عليه باطنها من مواهب وإمكانات. ولا شك أن أرض المقس هذه التي نجول في أزمنتها البعيدة والحديثة والمعاصرة، لديها مواهب طبيعية غزيرة تتيح لها الزهو والازدهار في كل الأزمنة، بحكم موقعها الاستراتيجي من كلٍّ من النيل الأعظم والعاصمة المصرية معًا، ولهذا لم يكن غريبًا أن الشمس لم تغرب عنها قطُّ، ولم تكن تلقى من الإهمال إلا بقدر ما في بعض الرجال من خور أو تخلف أو استبداد، لكنها لم تكن تنزوي في الظل قليلًا إلا لكي تسترد ازدهارها من جديد فتتألق على صدر العاصمة المصرية.

إن الفترات القليلة التي خبت فيها هذه المنطقة كانت نتيجة عوامل انتقامية طبقية، إذ يجيء وقت لا مبرر فيه لإهمالها إلا الرغبة في ازدراء من كانوا ينعمون بها من قبل من الأرستقراطية الحاكمة، فورثة السلطان في بلادنا دائمًا أبدًا مغرمون بمحو آثار السابقين عليهم، سيما وإن كانوا من الغرباء، وما أكثر ما يكونون، وبالأخص لأن السلطان في مصر كان يتداوله المحتلون الغرباء، فكل وافد جديد يبتني لنفسه ضاحية جديدة.

انزوت المقس في الظل بعد رحيل الحكم الفاطمي، ولكن لأنها تحمل في باطنها إمكانات التألق فإنها سرعان ما فرضت تألقها، خاصة عندما حُفرت بها تلك البِركة المسماة بـ«بِركة بطن البقرة».

يحدد المقريزي موقعها وظروفها بأنها كانت فيما بين أرض الطبالة وأرض اللوق، وأرض الطبالة هذه قريبة من أرض الفجالة الحالية، يصل إليها ماء النيل من الخور ــ فم الخليج حاليًا ــ فيعبر في خليج الذكر ــ أو الناصري، أو شارع بورسعيد حاليًا ــ إليها. وكانت تجاه قصر اللؤلؤة ــ من القصور الفاطمية. شارع بين القصرين حاليًا ــ ودار الذهب في بر الخليج الغربي. كانت في الأصل بستانًا كبيرًا، فيما بين المقس وجنان الزهري، عُرف بـ«البستان المقسي» نسبة إلى المقس، ويشرف على بحر النيل من غربيه، وعلى الخليج الكبير من شرقيه.

فلما كان في أيام الخليفة الظاهر لإعزاز دين الله أبي هاشم علي بن الحاكم بأمر الله ــ يقول المقريزي ــ أمر بعد سنة عشر وأربعمائة بإزالة أنشاب هذا البستان، وأن يُعمل بِركة قدام المنظرة التي تُعرف باللؤلؤة. فلما كانت الشدة العظمى في زمن الخليفة المستنصر

بالله، هُجرت البِركة، وبُني في موضعها عدة أماكن عُرفت بـ«حارة اللصوص» إذ ذاك. فلما كان في أيام الخليفة الآمر بأحكام الله، ووزارة الأجل المأمون محمد بن فاتك البطائحي، أزيلت الأبنية، وعمق حفر الأرض، وسلط عليها ماء النيل من خليج الذكر، فصارت بِركة عُرفت بـ«بِركة بطن البقرة»، وما برحت إلى ما بعد سنة سبعمائة. وكان قد تلاشى أمرها منذ كانت الغلوة في زمن الملك العادل كتبغا سنة سبع وتسعين وستمائة، فكان من خرج من باب القنطرة يجد عن يمينه أرض الطبالة من جانب الخليج الغربي إلى حد المقس، ويجد بِركة بطن البقرة عن يساره من جانب الخليج الغربي إلى حد المقس. وبحر النيل الأعظم يجري في غربي بطن البقرة على حافة المقس إلى غربي أرض الطبالة، ويمر من حيث الموضع المعروف بالجرف إلى غربي البعل، ويجري إلى منية الشيرج، فكان خارج القاهرة أحسن منتزه في مصر من الأمصار.

وكما يحدث في مصر دائمًا، لا مانع لدى أي نفر من المتسللين إلى دست الحكم من ردم نهر النيل نفسه في سبيل مكاسب شخصية، ففي عصرنا الراهن يسعى الكثيرون منهم لردم أجزاء من شاطئ النيل لإدخالها فيما يُسمى بـ«طرح النيل» للاستيلاء عليها بوضع اليد واستثمارها في الزرع أو البناء أو إقامة الملاهي والمشاريع التجارية. أمثال هؤلاء تعقبوا هذا النهر الصبور الأصيل طوال تاريخ احتلاله، فجعل يتراجع تحت ضرباتهم حتى آبَ إلى مجرى شرياني، وغدًا أو بعد غد يتم خنقه بعد أن تم إخصاؤه؛ ما لم يتهيأ له فراعين جُدد يدركون قيمته ويُقدرونها حق قدرها.

أقول كما يحدث في مصر دائمًا، خاصة لنهر النيل، أُهمل شأن البِركة، ثم بدأت التعديات عليها. ذلك أن سكان القاهرة بالذات كانوا من جنسيات مختلفة، جاءوا مع الجيوش الغازية واستوطنوا، فلم يكن يعنيهم من مصير مصر كلها سوى ما ينتزعونه لأنفسهم من مكاسب شخصية. أصبح الماء يفيض في البِركة شيئًا فشيئًا فلا تجد من يطهرها من الطمي والشوائب والترسبات، لا تجد إلا أكوام القمامة تلقى فيها بغزارة، حتى آبت إلى كوم عُرف في بعض العصور المملوكية بـ«كوم الجاكي»، تتفرع منه الكِيمان والخرائب حتى باب اللوق، ولكن غربي الخليج كله ظل يُعرف باسم «منطقة بطن البقرة». ثم إن الخليج نفسه تم ردمه على امتداد الزمن بفعل الإهمال تارة، وبقرار سياسي تارة أخرى، حتى تحول في عصرنا إلى شارع بورسعيد الممتد من السيدة زينب حتى شارع الجيش والعباسية.

جامع أولاد عنان

بحثت في تجوالي المعاصر في هذه المنطقة العريضة المزدحمة بكثافة من البيوت والبشر والحافلات على صورة يعجب الإنسان كيف تحتملها الأرض، بله أن تحتملها أعصاب المواطنين. أقول بحثت في هذا الكرنفال المتناقض المضطرم المضطرب عن مَعلم واحد بقي في الزمن الحاضر من عصور المقس أو بِركة بطن البقرة فلم أجد، وكنت لا أزال أمارس هوايتي في التسكع بين بقايا أكشاك الكتب القديمة على سور الأزبكية، فوقعت يدي على جزء من «الخطط التوفيقية» لمؤلفها علي مبارك باشا، وكان دليلي المكتوب في هذه الرحلة في الزمكان كتابًا صغيرًا وغاية في الطرافة عنوانه «في ربوع الأزبكية» لمؤلفه الأستاذ محمد سيد كيلاني، وهو الكاتب المصري الوحيد الذي انتبه إلى حيوية تاريخ هذه المنطقة الحميمة التي هي بمثابة السرة من جسد القاهرة، وقد صدر هذا الكتاب عام ١٩٥٩م، وكنت مفتونًا به، إلى أن قرأت خطط المقريزي وتواريخ ابن إياس وابن تغري بردي، فراجعت المعلومات الواردة في هذا الكتاب على هذه المصادر، ففوجئت بالكثير من الالتباسات التي

لا بد من توضيحها، خاصة أن عامة القراء يمكن لهم الاطلاع على كتاب كهذا بسهولة، في حين لا تُمكِّنهم ظروفهم من الاطلاع على المصادر التاريخية الكبرى.

فحسب دليل الأستاذ كيلاني، فإن كل معالم المقس القديمة قد اندثرت، أما الأثر الوحيد الباقي فقد نسبه إلى غير صاحبه، هذا الأثر هو بناء قام في عصر ازدهار المقس، ذلك هو جامع المقس الذي بناه الحاكم بأمر الله وبجواره المنظرة الشهيرة والبرج المسمى بـ«قلعة المقس». قادتني «الخطط التوفيقية» من يدي في شارع الجمهورية في اتجاه ميدان رمسيس أو باب الحديد. أوقفتني أمام جامع تحفة فنية غاية في الفتنة المعمارية.

قالت الخطط التوفيقية:

ـ هذا هو جامع المقس، أو الجامع المقسي كما يسميه العامة في زماننا.

قلت في استغراب ودهشة:

ـ ولكن الجامع اسمه «جامع أولاد عنان»، طول عمرنا نعرفه بهذا الاسم من قديم الأزل!

قالت الخطط التوفيقية:

ـ نعم، هو يُسمى الآن بـ«جامع أولاد عنان»، ولذلك قصة يمكن أن أرويها لكم.

قلت للخطط التوفيقية:

ـ ومع ذلك فإن دليلي الأستاذ محمد سيد كيلاني يقول إنه في الأصل «جامع أزبك».

قالت الخطط التوفيقية:

ـ جامع أزبك هُدم مع قصوره الزاهرة، وسيأتي بيان ذلك بعد قليل، ولكن إليك الآن قصة تحوُّل جامع المقس إلى جامع أولاد عنان.

قلت:

ـ هاتي.

قالت:

ـ إذا كنت تمتدح جماله هذا الظاهري، فاعلم أن جماله القديم لم يكن له نظير من ناحية جمال الموقع، فقد كان واقعًا على حافة الخليج الناصري، الذي حفره الناصر محمد بن قلاوون مخترقًا هذه الأرض التي كانت تُسمى بـ«أرض الطبالة»، متجهًا إلى سرياقوس، وكان محاطًا ببستان من النخيل.

قلت:

ـ يقول الجبرتي إن الفرنساوية لما دخلوا مصر هدموا عدة مساجد ومن بينها هذا الجامع.

قالت:

ـ لقد تعرض للهدم والتجديد على مدار الزمان عدة مرات، المهم أن في هذا الجامع ضريح محمد بن عنان، ويجمل بي أن أحيلك إلى الطبقات للإمام الشعراني ليحيطك علمًا بقصته. قال الشعراني: كان رضي الله تعالى عنه من الزهاد العُباد، وما كنت أمثله إلا بطاووس اليماني أو سفيان الثوري. وكان مشايخ العصر إذا حضروا عنده كالأطفال في حجر مُربيهم. وكان يُضرب به المثل في قيام الليل وفي العفة والصيانة. وكانت له كرامات

عظيمة. وكان وقته مضبوطًا، لا يتفرغ للكلام اللغو، ولا لشيء من أخبار الناس، ويقول: «كل نَفَسٍ ـ من التنفس ـ مقوم عليَّ بسنة». وكنا ونحن شباب في ليالي الشتاء نحفظ ألواحنا، ونكتب بالليل ونقرأ ماضينا وهو قائم يصلي على سطح جامع الغمري، ثم ننام ونقوم فنجده يصلي وهو متلفع بحرامه، والناس تحت اللحف لا يستطيعون خروج شيء من أعضائهم. وكان يحب الإقامة في الأسطحة، كل جامع أقام فيه عمل له فوق سطوحه خصًا أو خيمة. أقام في بدء أمره ثلاث سنين في سطح جامع عمرو لا ينزل إلا لصلاة الجماعة أو لحضور درس الشيخ يحيى المناوي. وكان يقول: «حفظت القرآن وأنا رجل»، ويقول: «منذ وعيت على نفسي لا أقدر على جلوسي بغير طهارة قَطُّ، وكانت تصيبني الجنابة فلا أجد للغسل إلا بِركة على باب دارنا في ليالي الشتاء، فأفرق الثلج عن وجهها ثم أغطس فيها، فأجد الماء من الهمة ساخنًا فيها». وكان رضي الله عنه يقول: «مجالسة الأكابر تحتاج إلى الطهارة». وقال الشيخ عبد الدايم ابن أخيه: «بعت مركب قلقاس من زرع عمي، وجئته بثمنها أربعين دينارًا، فصاح فيَّ فرفعتها من بين يديه». وجاء شخص وهو في جامع المقسم أوائل مجيئه من بلاد الأرياف بالشرقية وقال له: «إن جماعة يقولون هذه الخلاوي التي فيها الفقراء لنا»، فأمر بنقل دسوت الطعام إلى الساحة التي بجوار سيدي محمد الجبروني وكمل طبخ الطعام هناك. وكان مدة إقامته في مصر لا يكاد يصلي الجمعة مرتين في مكان واحد، خوف الشهرة.

وكان يكره للفقير أن يغتسل عريانًا ولو في خلوة، ويشدد في ذلك ويقول: «طريق الله ما بنيت إلا على الأدب مع الله تعالى».

وكان لا يركب قَطُّ إلى أي مكان إلا ويحمل معه الخبز والدقة، ويقول: «إن الرجل إن حمل معه خبزًا استشرفت نفسه للطعام، فإذا وجده أكله بعد استشراف النفس، وقد نهى الشارع عن ذلك». ومناقبه رضي الله عنه لا تُحصى. ولما حضرته الوفاة ومات نصفه الأسفل حضرتْ صلاة العصر فأحرم جالسًا خلف الإمام لا يستطيع السجود، ثم اضطجع والسبحة في يده فوجدناه ميتًا. وذلك في ربيع الأول سنة اثنتين وعشرين وتسعمائة، عن مائة وعشرين سنة، ودُفن بجامع المقسم، وصلى عليه الأئمة والسلطان طومان باي، وصار يكشف رِجْل الشيخ ويُمرغ خدوده عليها، وكان يومًا مشهودًا. انتهى.

وهكذا تؤول ملكية الأشياء في مصر إلى ناس ما فكروا أبدًا في امتلاك شيء، فهل كان الحاكم بأمر الله الذي بناه، أو الشيخ عبد الله المقسي الذي جدَّده وبيَّضه، أو بهاء الدين قراقوش الذي بنى بُرجه، يعرفون أن هذا الجامع سوف يكون ضريحًا لصوفي على باب الله اسمه محمد بن عنان، فيحمل اسمه قرونًا طويلة، بل يكون دفنُه فيه من أقوى أسباب استمراره قائمًا كل هذه القرون؟!

من مؤسس الأزبكية
إلى مظاهرة البغايا

نحن الآن في عصر السلطان قايتباي، على وجه التحديد حوالي سنة ٨٨١هـ (الموافق سنة ١٤٧٦م)، الرجال حول السلطان كثيرون، من مماليكه ومماليك المماليك المشاركين في جهاز الحكم، والذين تولوا السلطنة من قبله، لكن الوجوه اللامعة قليلة بين هؤلاء وأولئك، والوجوه تلمع آنذاك لسببين: الاشتهار بالمجد والسؤدد والشجاعة والعدل والإنصاف، أو بالفسق والضلال والجور.

من ألمع وجوه ذلك الزمان الأتابكي أزبك بن ططخ، أو يزبك في بعض الكتابات، وهو الأمير الذي أخذت الأزبكية اسمه، من تاريخه حتى اليوم.

سألنا عنه الخطط التوفيقية فقالت: الأزبكية المذكورة منسوبة للأمير أزبك الذي ترجمه ابن إياس فقال: كان أزبك هذا من أجلِّ الأمراء قدرًا، وأعظمهم ذِكرًا، وكان وافر الحرمة، نافذ الكلمة، في سعة من المال، وكان أصله من معاتيق الظاهر جقمق، ويقال إن أصله من كتابية الأشرف برسباي، واشتراه الظاهر جقمق من

بيت المال، وأعتقه، فصار من معاتيقه، وصاهره مرتين في ابنتيه. وتولى عدة وظائف جليلة بمصر، منها حجوبية الحجاب، ورأس نوبة كبيرة، ثم بقي نائب الشام في دولة الظاهر بلباي، ثم عاد إلى مصر وولي الأتابكية في دولة الأشرف قايتباي سنة ثلاث وسبعين وثمانمائة وأقام بها مدة، ثم قاسى شدائد ومحنًا، ونُفي نحو أربع مرات، وسُجن بالإسكندرية مرتين. وكان كفؤًا للمهمات السلطانية والتجاريد، وقد سافر في عدة تجاريد، وكان يطلب الطلبات الحافلة، وصرف على التجاريد من ماله ما لا ينحصر. وكان مسعود الحركات في سائر أفعاله، ذا شهامة وعلو همة، وأظهر العزم الشديد في قتال عسكر ابن عثمان، ولم يجئ في الأتابكية بعده مثله. ومات وله من العمر نحو خمس وثمانين سنة، وخلَّف من الأولاد ولده الناصري محمد، الذي من بنت الظاهر جقمق، وولده يحيى، وصاهر الأشرف قانصوه خمسمائة في إحدى بناته وماتت معه. فلما مات ترافع محمد ويحيى بين يدَي السلطان، فوضع السلطان يده على تركته من صامت وناطق. قيل وجد له من الذهب العين سبعمائة ألف دينار، خارجًا عن البرك والخيول والقماش والتحف، وخارجًا عن جهاز ابنته التي ماتت مع قانصوه خمسمائة، وقد قوِّم ذلك بنحو مائة ألف دينار، فحمل ذلك جميعه إلى الخزائن الشريفة، ولولا الذي صرفه الأمير أزبك على التجاريد وعمارة الأزبكية ما كان ماله ينحصر، وكانت تركته تعادل تركة سيلار نائب السلطنة، ومن أراد أن يعلم علو همة الأتابكي أزبك فلينظر ما صنعه من عمارة الأزبكية. وقد أنشأها في سنة إحدى وثمانين وثمانمائة.

ثم قال ـ يعني ابن إياس : ومما عُد من مساويه أنه كان شديد الخلق، صعب المراس، إذا سجن أحدًا لا يُطلقه أبدًا، وكان عنده حدَّة زائدة وشُح في نفسه، جريء اللسان مع تكبُّر وبطش، وقد فاتته السلطنة عدة مرات، ولما مات نزل السلطان وصلى عليه في سبيل المؤمنين ـ وكان محله بجوار جامع المحمودية الكائن بالرميلة من الجهة الغربية للجامع ـ ودُفن عند أستاذه الملك الظاهر جقمق، وكان يقال له أزبك الخازندار، أو ناظر الخاص.

كان إذن ـ كما هو واضح ـ من كبار اللصوص، مع احترامنا لنُبله وشجاعته في الحرب مع عساكر ابن عثمان، فقد انحصرت شجاعته في البناء لنفسه، ومن بنى لنفسه حصد الهشيم في النهاية. لقد أراد أن ينعم بشيخوخة رافلة في النعيم بعد أن اعتزل العمل السياسي، فقرر أن يعيش كالسلاطين في قصور زاهرة، فنشَّن على منطقة المقس هذه، وقرر أن يبني فوقها قصوره بشرط أن يُعيد حفر بِركة بطن البقرة التي كانت قد تم ردمها تمامًا وصارت أرضًا مليئة بأكوام القمامة.

قلنا من قبل إن البستان المقسي الكبير ـ غربي الخليج ـ كان يمتد فيما بين المقس وجنان الزهري، يعني من جامع أولاد عنان إلى قنطرة باب الخلق، التي محلها الآن حارة النصارى المار بها شارع كلوت بك، فلما هُجرت البِركة في زمن الشدة المستنصرية ـ زمن الخليفة المستنصر بالله ـ بُنيت على حافة الخليج أماكن عُرفت بحارة اللصوص آنذاك، فجاء المأمون البطائحي وأزال هذه المباني وأعاد حفر البِركة، ثم تلاشى أمرها في زمن الملك العادل كتبغا في سنة سبع وتسعين وستمائة، ليجيء الأمير أزبك

بعد ما يربو على قرنين من الزمان ليعيد خلقها من جديد على صورة حضارية رائعة.

تُعلق الخطط بقولها: ومن يتأمل في عظم بستان المقس وتحديدات المقريزي له، يجد أنه لم يُحفر كله بِركة، إذ مساحته كانت تزيد على أربعمائة فدان، ولا يتصور حفر جميع ذلك بِركة، بل الذي حُفر هو الجزء القريب من منظرة اللؤلؤة فقط، وبقي بعضه إلى أيامنا، وباقية محله الآن المباني الموجودة على حافة الخليج الغربية ما بين قنطرة الموسكي وباب القنطرة، ويدخل في ذلك شارع ميدان القطن وشارع القنطرة وغيرهما. وأما باقي البستان فقد بقي على أصله إلى أن ضاقت مصر بالسكان، فصار يحكر شيئًا فشيئًا حتى آلت البِركة إلى القطعة التي بقيت في زماننا هذا، وكانت مساحتها تبلغ نحو ستين فدانًا.

وذكر ابن أبي السرور البكري في خططه أن هذه البقعة استمرت خرابًا إلى سنة ثمانين وثمانمائة في دولة الأشرف قايتباي، فحسن ببال الأتابكي أزبك أن يعمر هناك مناخًا لجماله، وكان سكنه قريبًا منها، فلما أن عمر المناخ حلت له العمارة، فبنى القاعات الجليلة والدور والمقاعد وغير ذلك، ثم إنه أحضر أبقارًا ومحاريث، وجرف ما احتاج إلى جرفه من الكِيمان، ومهَّدها وصارت بِركة، وبنى حولها رصيفًا محيطًا بها ـ يقصد كورنيشًا بتعبيرنا المعاصر ـ وتعب في ذلك تعبًا شديدًا حتى تم له ما أراد، وصرف عليها أموالًا عديدة نحو مائتَي ألف دينار، ثم إن الناس شرعوا في البناء عليها ـ يعني حول البِركة ـ فبُنيت القصور النفيسة الفاخرة، والأماكن الجليلة، وتزايدت العمائر إلى سنة إحدى وتسعمائة، وصارت بلدة بانفرادها، وأنشأ بها الأتابكي

أزبك الجامع الكبير بخطة ومنارة عظيمة، وأتقنه حتى صار في غاية الحُسن والزخرفة، ثم أنشأ حول الجامع البناء والربوع والحمامات والقياسر، وما يحتاج إليه من الطواحين والأفران، وغير ذلك من المنافع، ثم سكن أزبك في تلك القصور إلى أن مات. وكان عند فتح سد البِركة يجتمع عنده الأمراء المتقدمون، وتأتي إليها الناس للفرجة أفواجًا أفواجًا، وكان لها يوم مشهود، وكان في كل سنة تُضرب حول البِركة خيام، ويقع من القصف والفرجة ما لا مزيد عليه.

الجزء الخلفي لجامع أولاد عنان، وباب الحديد ـ أو ميدان رمسيس حاليًا ـ وهو جزء مما عرف بأرض الطبالة، أصبح يُسمى بـ«وش البِركة»، ثم أصبح الاسم يطلق على المنطقة كلها عند بعض العامة.

وثمة أرض فضاء كانت قريبة من الرويعي على تخوم البِركة، وكانت تستخدم في حرق الجير، فأطلق عليها العامة «وسعاية الجير»، ثم إن اللسان الشعبي يميل إلى الاختصار دائمًا، فأصبح يكتفي بكلمة «الوسعة»، وكانت كذلك تطلق على المنطقة كلها، إلا إن الاسمين، وش البِركة والوسعة، اكتسبا في العصور الحديثة شيئًا من سوء السمعة حتى باتت كلٌّ منهما قرينة للدعارة، وسيأتي بيان هذا بعد قليل.

إلا إن سوء السمعة كانت بذرته قد ألقيت في المنطقة مع بداية الترف الذي أضفاه عليها الأمير أزبك، حيث كان يدعو الأمراء والأعيان إلى سرادقات ينصبها لهم، ويقدم فيها الطعام والشراب والألعاب، احتفالًا سنويًا بفتح السد عند مدخل البِركة على الخليج الناصري كل عام حينما يرتفع النيل. فبعد الطعام والشراب يجلس

السادة لمشاهدة الرقص الشرقي الجماعي والفردي تؤديه راقصات محترفات وهاويات، ويستمعون إلى غناء الجواري، وكان عامة الشعب الفقراء يرون أن من حقهم الحصول على نصيب من هذه الأفراح، فينصبون خيامهم بين الأشجار على شواطئ البِركة، ويقيمون مراقصهم وغناءهم. يظل الاحتفال الجماعي الصاخب قائمًا حتى مطلع الصبح، تُمارَس فيه كافة أنواع الموبقات من سُكْر وعربدة ولعب وقمار واختلاط جنسي بجميع أنواعه الطبيعية والشاذة.

إذا عبرنا بِركة الأزبكية إلى الخليج الناصري إلى أرض الطبالة، وجدنا بِركة أخرى لا تقل أهمية ولا شهرة عن بِركة الأزبكية، وتدخل في موضوعنا موضوعيًّا وجغرافيًّا، باعتبارها جزءًا من تخوم المنطقة من ناحية، ومتصلة بالموضوع من ناحية أخرى.

سألنا خطط المقريزي عنها، فقالت: هذه البِركة من جملة أرض الطبالة، عُرِفت بـ«بِركة الطوابين»، من أجل أنه كان يُعمل فيها الطوب، فلما حفر الملك الناصر محمد بن قلاوون الخليج الناصري، التمس الأمير بكتمر الحاجب من المهندسين أن يجعلوا حفر الخليج على الجرف إلى أن يمر بجانب بِركة الطوابين هذه، ويصب من بحري أرض الطبالة في الخليج الكبير، فوافقوه على ذلك، ومر الخليج من ظاهر هذه البِركة، فلما جرى ماء النيل فيه روى أرض البِركة، فعرفت بـ«بِركة الحاجب»، فإنها كانت بيد الأمير بكتمر الحاجب المذكور.

وكان في شرقي هذه البِركة زاوية بها نخل كثير، وفيها شخص يصنع الأرطال الحديد التي تزن بها الباعة، فسماها الناس «بِركة الرطلي»، نسبة لصانع الأرطال، وبقيت نخيل الزاوية قائمة بالبِركة إلى ما بعد

سنة تسعين وسبعمائة. فلما جرى الماء في الخليج الناصري، ودخل منه إلى هذه البِركة، عُمِل الجسر بين البِركة والخليج، فحكره الناس، وبنوا فوقه الدور، ثم تتابعوا في البناء حول البِركة حتى لم يبقَ بدائرها خلو، وصارت المراكب تعبر إليها من الخليج الناصري، فتدور فيها تحت البيوت وهي مشحونة بالناس، فتمر هنالك للناس أحوال من اللهو يقصر عنها الوصف. وتظاهر الناس في المراكب بأنواع المنكرات، من شُرب المُسكرات وتبرُّج النساء الفاجرات واختلاطهن بالرجال من غير إنكار، فإذا نضب ماء النيل زُرعت هذه البِركة بالقرط وغيره، فيجتمع فيها من الناس في يومَي الأحد والجمعة عالَم لا يُحصى له عدد، ثم لما تكدر جو المسرات، وتقلص ظل الرفاهية، وانهلت سحائب المِحَن من سنة ست وثمانمائة، تلاشى أمرها.

وفيها إلى الآن ـ تقول الخطط المقريزية، والآن يعني عصر كتابة الخطط ـ بقية صبابة، ومعالم أُنس، وآثار تنبئ عن حُسن عهد، ولله در القائل:

في أرض طبالتنا بِركة	مدهشة للعين والعقل
ترجع في ميزان عقلي على	كل بحار الأرض بالرطل

وفي مؤلفه التاريخي الكبير «بدائع الزهور في وقائع الدهور» يشير ابن إياس إلى أن منطقة بِركة الرطلي هذه أصبحت ـ تقريبًا ـ حي البغاء غير الرسمي، وغير المستتر في نفس الوقت، في مدينة القاهرة.

وكان للسلطان الغوري عدد هائل من الجواري، بعضهن لم يأتِ عليهن الدور كي يعاشرهن، وبعضهن لا يشبعن أبدًا، فكُنّ يذهبن سرًّا إلى بِركة الرطلي هذه ليمارسن الفسق على هواهن،

وكان لا بد أن ينكشف أمرهن، فجُن جنون السلطان الغوري، فأصدر أوامره المشددة بإزالة جميع المباني القائمة حول بِركة الرطلي، مع تحريم السكنى في تلك الجهة. أزيلت دور اللهو من مراقص ومغانٍ وغُرز للحشيش ومطاعم وحانات واستراحات، مما جعل أهل اللهو والفرفشة يترحمون عليها بحسرة.

وينقل ابن إياس بعض ما قيل في نعيها من قصائد شعرية، من قبيل:

على بِركة الرطلي نُوحوا وعدِّدوا   لما حل فيها من نكال ومن خسر

وكان بها السكير في غاية الهنا   يُدير كؤوس الراح في ليلة القدر

ومثلما حدث في عصرنا الحديث حينما انتقلت دور اللهو والكباريهات من شارع عماد الدين ـ وهو جزء من بِركة الأزبكية ـ إلى شارع الهرم، انتقلت دور اللهو من بركة الرطلي إلى بِركة الأزبكية، وكان هذا طبيعيًّا، إذ إن بِركة الأزبكية أصبحت موطن الأرستقراطية المرفهة المنحلة المتمتعة بقدر غير قليل من الحصانة، والقادرة على الصرف والإنفاق. إن اللهو كاحتياج إنساني، وإن أمكن ترشيده بالعمل الثقافي، فإنه لا يمكن محاربته بأي قوة غاشمة، إذن لا بد أن يحتل مكانًا على الخريطة.

وهكذا انتقلت بيوت البغاء إلى بِركة الأزبكية، البغاء المقنع الذي يتخذ صورًا وأشكالًا عديدة.

أثمرت بذرة الفساد في الأزبكية، فظلت تنمو وتتضخم، حتى إذا ما جاء العصر العثماني كانت هي قد أصبحت بؤرة فساد حقيقية، أصبحت دارًا للبغاء بعد أن كانت مسكنًا للأرستقراطية، فالفساد يأتي دائمًا من أعلى لينتشر في بقية أنحاء الجسد.

تصبح أخبار البغاء والفسوق مادة للمؤرخين في ذلك العصر، فجُل هؤلاء المؤرخين كانوا على يقين من أن مصر القاهرة إن هي إلا مسكن للأرستقراطيات الحاكمة على امتداد العصور، وأي فساد ينتشر فيها فإن أهل مصر الأصلاء أبرياء منه براءة الذئب من دم ابن يعقوب. حتى أحط المومسات اللاتي يتقلبن بالأجر في أحضان الطبقات الفقيرة كانوا كلهن من الجواري الحبشيات والأرمنيات والشركسيات والأتراك، ومن مختلف الطبقات، جئن إلى أرض مصر من النخاسين أو كأسرى الحروب.

في حوادث سنة ٩٢٥هـ/ ١٥١٩م، يورد ابن إياس خبرًا من أخبار يوم الثلاثاء من مستهل شهر رجب يقول: ثم إن الوالي قبض على امرأة يقال لها «أنس» في الأزبكية، تجمَّع عندها بنات الخطا اللاتي يعملن الفاحشة، وكان عليها مبلغ مقرر تورده كل شهر للوالي، وكان أمرها مشهورًا، فرسم ملك الأمراء بتغريقها هي وامرأة أخرى يقال لها «بدرية»، زوجة أحد من الناس يقال له «البغيضي»، كانت ماشية على طريقة أنس هذه في جمعها لبنات الخطا، فلما قبض الوالي على أنس توجه بها إلى قصر ابن العيني الذي في المنشية وغرقها هناك بعد العصر، فاجتمع الجم الكثير من الناس بسبب الفرجة عليها، وكان يومًا مشهودًا، فغرقت على النداء والإجهار، وأراح الله تعالى المسلمين وطهرت الأرض منها.

والواضح من سياق ابن إياس أن الوالي أمر بإغراق المرأة ليس لكونها تنشر الفسق والفجور، إنما لأنها ـ لا بد ـ قد تراخت في دفع الضريبة المقررة عليها، وإلا فلماذا لم يغرق بدرية هي الأخرى؟!

في شهر جمادى الآخرة من العام المذكور أرسل السلطان سليمان جماعة من العسكر بصحبتهم شخص من العثمانية يزعم أنه قاضٍ من قضاة ابن عثمان، وعلى يده مراسيم من عند السلطان سليمان بأن يستقر في وظيفة يقال لها «القسام»، وموضوع هذه الوظيفة أن يكون متحدثًا على جميع الترك قاطبة، الأهلية وغير الأهلية، ولا يعارضه أحد من الناس في ذلك، ويأخذ مما يتحصل من كل تركة العُشر لبيت المال، الأهلية وغير الأهلية، ومن مضمون مراسيمه ألَّا أحد من المماليك الجراكسة وأولاد الأتراك قاطبة وأرباب الدولة والأصباهية والإنكشارية يعقد عقدًا على بِكر أو ثيب إلا عند القسام، ويأخذ على عقد البنت ستين نصفًا، والثيب ثلاثين نصفًا، فأخذ قسائم على قضاة القضاة بذلك، فاضطربت أحوال الناس، ولم يتعصب أحد من قضاة القضاة لمنع ذلك عن المسلمين، وقد خافوا على مناصبهم من العزل، وتغافلوا حتى ضعفت شوكة الإسلام في أيامهم، واستطالت قضاة الروم عليهم. وفي أواخر هذا الشهر حضر أولاق من إسطنبول في البحر المالح إلى الإسكندرية، ثم قدم إلى مصر وطلع إلى ملك الأمراء وعلى يده مرسوم من عند السلطان ابن عثمان، فكان من مضمونه أن الواصل إلى الديار المصرية الذي يُسمى «سيدي جلبي» هو أعظم قضاة السلطان سليمان وأكبرهم، وأن السلطان سليمان رسم بإبطال القضاة الأربعة الذين بمصر، ويصير قاضي العسكر الذي هو قادم يتصرف في الأحكام الشرعية على المذاهب الأربعة، إلخ إلخ.

ويبدو أن قاضي العسكر هذا كان مشغولًا بأمر نساء مصر انشغالًا

شاذًا، فقد أُشيع عنه قوله: «قصدي أمشي نساء مصر على قاعدة نساء إسطنبول مع أزواجهن، فإن عادتنا إذا دخل الرجل على زوجته تعطيه نصف المهر الذي أعطاه لها، وأن الرجل لا يقرر لزوجته لا كسوة ولا نفقة، بل يكسوها في كل سنة جوخًا وقميصًا، ويطعمها في كل يوم على ما يختار من قليل وكثير، وتغزل وتكسو زوجها كل سنة». فلما سمع العوام ذلك فرحوا ودعوا لقاضي العسكر بسبب هذه الواقعة، واغتم النساء بذلك.

وفي يوم الخميس من شهر رجب من نفس العام نُودي في القاهرة على لسان ملك الأمراء وقاضي العسكر، بأنْ لا امرأة تخرج إلى الأسواق إلا العجائز، وكل من خالف بعد ذلك من النساء تضرب، وتربط من شعرها بذَنَب أكديش، ويطاف بها في القاهرة.

بعد ذلك بأيام اتفق أن قاضي العسكر طلع إلى القلعة، فوجد نسوة يتحدثن مع جماعة من الأصباهية في وسط السوق، فعز ذلك عليه، فلما طلع إلى القلعة قال لملك الأمراء إن نساء مصر أفسدت عسكر الخنكار، ولا بقوا ينفعون لقتال قَطُّ، وقص عليه قصة النسوة مع الأصباهية، فتغير خاطر ملك الأمراء على النساء قاطبة، ورسم للوالي بأنْ لا امرأة تخرج من بيتها مطلقًا، ولا تركب على حمار مكاري مطلقًا، وكل مكاري أركب امرأة شُنق يومه من غير مُعاودة في ذلك، فباعت المكارية حميرها قاطبة واشتروا عوضًا عنها أكاديش.

ولم يكتفِ بذلك، بل حَرَّم على صُناع الأحذية صنع أحذية الحريم، وكان فيما يصفه ابن إياس أعورَ العين، طاعنًا في السن،

أجهل من حمار. إلا إن أيامه في القاهرة لم تَطُل، فسرعان ما انتقل إلى مكة.

ويوم سفره شهدت الأزبكية أبشع وأبهج وأخطر يوم في حياتها على الإطلاق: خرجت نساء الأزبكية جميعهن شبه عاريات حافيات، مضين في شوارع القاهرة في مظاهرة تستقطب النساء في كل خطوة، وهن يرقصن ويغنين في تبرج وخلاعة:

قوموا بنا نقحب ونسكر

قد خرج عنا قاضي العسكر

صارت المظاهرة النسائية السافرة تخترق الشوارع والطرقات والحواري في صخب هائل يصل فيه اللهو إلى صورة جنونية مطلقة، نساء الأزبكية المحترفات لهن أنداد محترفات، وثمة أخريات لديهن الرغبة في الفجور ويمنعهن الحياء من إعلانها، هؤلاء وأولئك انضممن إلى المظاهرة العارمة وسط الرجال والشبان والصبيان. يبدأ العري برقصة مشهورة من رقصات الغوازي اسمها «رقصة النحلة»، حيث تتمثل الراقصة وجود نحلة تحت ثيابها تقرصها، فترد بتأوهات ناعمة مثيرة «النحلة أوه.. النحلة أيوه»، ثم تبدأ في خلع الثياب متقصعة لدى كل قرصة مُفترَضة، إلى أن تتعرى تمامًا. طافت المظاهرة بشوارع القاهرة، ثم انتهت إلى بِركة الأزبكية، حيث أبيح لكل واحد أن يفعل ما يشاء وهو موقن أن الجميع لاهٍ عنه في فعله هو الآخر.

وبات الجميع لَيلتهم تلك على هذا النحو حتى الصباح، قيل إنها استمرت بضع ليالٍ حمراء قانية.

ومن المعروف أن نساء الأزبكية هؤلاء كُنَّ من جنسيات مختلفة تم جلبهن خصيصًا لمزاولة هذه المهنة.

وطوال العصر العثماني ظلت الأزبكية عَلَمًا على الفسق والدعارة، واشتهرت فيها بيوت وعاملات دخلت ودخلن في أدبيات تلك الفترة في شعر الهجاء والأغنيات الشعبية الانتقادية، ومن أشهر البيوت بيت كويك، ومن أشهر العاملات: شعيرا، وسعودا، وأم خزام، وغيرهن كثيرات.

وحتى في الأزمنة الحديثة، أيام الاحتلالين الفرنسي والإنجليزي، استمرت منطقة الأزبكية على حالها، ولكن في انكماش ومن وراء ستار، خاصة في درب طياب. غير أن بعض الشباب الوطنيين كانوا يستخدمون بيوت هذه المنطقة وعاملاتها للإيقاع بجنود الاحتلال الباحثين عن المتعة.

وعلى الرغم من زوال كل هذه الأزمنة البغيضة بأفاعيلها التي رفضها الشعب المصري، فإن منطقة الأزبكية، أو ما يُسمى بـ«وش البِركة»، ظلت موصومة بالعار حتى يومنا هذا، فإنْ تَذْكُر اسم «شارع كلوت بك» أو اسم «وش البِركة» أو «الوسعة»، فإن المستمع ـ من جيلنا على الأقل ـ لا بد أن يقشعر بدنه من هول ما كان يسمع عن هذه المنطقة في الأزمنة الخسيسة.

المجد للمجاذيب وأهل الهوى

لعل من أهم المنشآت الباقية في حي الأزبكية، جامع الرويعي، وتجاهه ضريح الشيخ أحمد الرويعي. نفر كبير من العامة يتبركون بهذا الضريح ويلتمسون وساطته في حل ما تعقَّد من أمورهم، مع أن السيد أحمد الرويعي ـ وإن لُقِّب بـ«الشيخ» ـ لم يكن في يوم من الأيام وليًّا، إنما كان رئيس التجار بمصر في القرن التاسع الهجري، لهذا كان ميسور الحال، وأي رجل ميسور الحال في مصر كان يتجه نظره إلى بناء مسجد يلحق به ضريح له يستفيد من كثرة الصلاة حوله باستمرار. ولكن من المفارقات المؤلمة أن الفرنسيين أثناء الاحتلال حولوا مسجده إلى خمارة.

رغم سوء سُمعة وجه البِركة فإن عائلات الطبقة الأرستقراطية لم تكن لتتخلى عن هذا الموقع البديع ليستقل به رهط من الرعاع والأوباش وتجار الأعراض من كل ملة، فظلت القصور الضخمة ذات الحدائق المورقة الوارفة تحيط ببِركة الأزبكية من جميع الجهات، وخاصة من جهة البِركة، يقيم فيها عائلات لهم احترامهم ومكانتهم الاجتماعية والعلمية والحكومية.

من هذه العائلات عائلة الشرايبي، وكان قصرها في وجه البِركة من أفخم وأضخم القصور في زمنه. وشأن معظم وجوه القوم في ذلك الزمان قام ابن محمد داده الشرايبي ببناء مسجد في شارع الرويعي، يُعرف الآن ومنذ وقت طويل بـ«جامع البكري»، فلماذا سُمي بهذا الاسم؟

تم بناء هذا المسجد عام ١٧٢٦م ـ في قول ـ وسنة خمس وأربعين ومائة وألف للهجرة في قول آخر لعلي مبارك في خططه التوفيقية.

وفي أوائل التسعينيات من ذلك القرن شاع ذِكر رجل مجذوب تمامًا يُدعى «علي البكري».

يقول الجبرتي: أقام سنين متجردًا، ويمشي في الأسواق عريانًا كما ولدته أمه، ويخلط في كلامه، وبيده نبوت طويل يصحبه معه في غالب أوقاته، وكان يحلق لحيته، وللناس فيه اعتقاد عظيم، وينصتون إلى تخليطاته، ويوجهون ألفاظه، ويؤولونها على حسب أغراضهم ومقتضيات أحوالهم ووقائعهم، وكان له أخ من مساتير الناس، فحجر عليه ومنعه من الخروج. ألبسه ثيابًا، ورغب الناس في زيارته، وذكر خوارق كراماته ومكاشفاته، فأقبل الناس عليه من كل ناحية، وترددوا لزيارته من كل جهة، وأتوا إليه بالهدايا والنذور، وجروا على عوائدهم في التقليد، وازدحم عليه الخلائق وخصوصًا النساء، فراج بذلك أمر أخيه واتسعت دنياه، ونصبه شبكة لصيده ومنعه من حلق لحيته فنبتت وعظمت، وسمن بدنه، وعظم جسمه من كثرة الأكل والراحة، وقد كان قبل ذلك عريانًا شقيانًا يبيت غالب لياليه بالجوع طاويًا من غير أكل بالأزقة في الشتاء والصيف، وقيد به من يخدمه ويراعيه في منامه ويقظته وقضاء حاجته، ولا يزال يُحدث نفسه، ويخلط في

ألفاظه وكلامه، وتارة يضحك، وتارة يشتم، ولا بد من مصادفة بعض الألفاظ، لما في نفوس بعض الزائرين وذوي الحاجات، فيَعُدون ذلك كشفًا واطلاعًا على ما في أنفسهم وخطرات قلوبهم، وسبب نسبتهم هذه ـ البكرية ـ أنهم كانوا يسكنون سويقة البكرية، لا أنهم من البكرية، ولم يزل هذا حاله إلى أن تُوفِّي سنة سبع ومائتين وألف للهجرة، واجتمع الناس لمشهده من كل ناحية، ودفنوه بمسجد الشرايبي بالقرب من جامع الرويعي في قطعة سن المسجد، وعملوا على قبره مقصورة ومقامًا يُقصد للزيارة، واجتمعوا عند مدفنه في ليالٍ وميعادات مع قُراء ومنشدين، وتزدحم عنده أصناف الخلائق ويختلط النساء بالرجال، ومات أخوه أيضًا بعده بنحو سنتين.

وهكذا الحال دائمًا في بلادنا العربية: الأبنية العظيمة يُشيدها الصفوة الأجلاء، ويرث أمجادها المجاذيب والتافهون والدخلاء!

ومن مشاهير سكان وجه البركة ذوي القصور الفخمة، الشيخ عبد الله الشبراوي، المتوفَّى سنة خمس وخمسين وسبعمائة وألف للميلاد، والذي تولى مشيخة الأزهر في عصره. كان قد ورث عن والده ثروة ضخمة، فابتنى لنفسه قصرًا فخمًا بالقرب من جامع الرويعي، زوده بجميع ألوان العز والترف كأكابر الأمراء والأثرياء.

في عصره سقطت هيبة العلم بوجه عام، ولعله ذلك العصر الذي هجاه وهاجم علماءه الشيخ يوسف الشربيني في كتابه الهزلي الفذ «هز القحوف في شرح قصيدة أبي شادوف»، حيث انصرف جانب كبير منهم إلى اللهو والترف، فتخلفوا في مجالات العلم، واقتصر دورهم على شرح المعلقات القديمة بألفاظ عتيقة، وقد أخذ عليهم

الشربيني غيبوبتهم في بلهنية من العيش فيما ترزح الشعوب العربية تحت نير الحكم العثماني والمملوكي والفرنسي.

ولم يكن الشيخ الشربيني متجنيًا في هجائه رغم قسوته النارية، فالجبرتي مؤرخ ذلك العصر ـ إبان الاحتلال الفرنسي ـ يدين رجال الأزهر الشريف لهذا السبب نفسه، بل يدينهم أخلاقيًا، إذ يقول بالنص في صفحة ٦٩ من الجزء الرابع: «وارتكابهم ـ يعني رجال الأزهر ـ الأمور المُخلة بالمروءة، المُسقطة للعدالة، كالاجتماع في سماع الملاهي والأغاني والقيان والآلات المطربة، وإعطاء الجوائز والنقوط بمناداة الخلبوص، وقوله «واعلاماه» في السامر، وهو يقول في سامر الجمع بمسمع من النساء والرجال وعوام الناس وخواصهم برفع الصوت الذي يسمعه القاصي والداني، وهو يخاطب رئيسة المغاني: يا ستي حضرة شيخ الإسلام والمسلمين، مفيد الطالبين، الشيخ العلامة فلان، منه كذا وكذا من النصيفات الذهب، قدر مُسماه كثير وجرمه قليل، نتيجة التفاخر الكاذب، والازدراء بمقام العلم بين العوام وأوباش الناس الذين اقتدوا بهم في فعل المحرمات الواجب عليهم النهي عنها، كل ذلك من غير احتشام ولا مبالاة مع التضاحك والقهقهة المسموعة من البعد في كل مجمع، ومواظبتهم على الهزليات والمضحكات».

ولما كان عبد الله الشبراوي في ريعان الشباب، فإنه دائم التجوال بين ملاهي الأزبكية ومراقصها، ولم يكن يتورع من الاضطجاع على الحشائش بين الحِسان والقيان، وفي الليالي المقمرة، فيما يذكر محمد سيد كيلاني، يجد مع أترابه جوًّا ساحرًا فاتنًا للهو والمرح واللعب.

وللشبراوي ديوان شعر كامل ينضح بالانحلال، ويعده المؤرخون على قائمة من يسمونهم بـ«أدباء وجه البِركة».

من شعر الشبراوي:

ألا إن ديني فاعلموه هو الهوى — وموتي شهيدًا في الصبابة مذهبي

ومنه أيضًا:

وأصبو إلى الوجه الجميل إذا بدا

وأسخط من ذِكر السلو وأغضب

وعشق القدود الهيف عندي عقيدة

وطبـع عليـه قـد ربيـت ومذهب

قضى الله أن الحب أعلى فضيلة

وأن الهوى أحلى نعيمًا وأعذب

ومنه كذلك:

هي بلوتي واحمرت الوجنات — عانقته فاسودت المُقل التي

قـد عجلـت لذاتهـا الجنـات — وضممت قامته فخلت كأنها

في الحسن يوجد مثله قل هاتوا — يا قلب إن زعم العوازل أنه

تحفًا لها مـن طيبـه نفحـات — ما زلت أجني من لذيذ خطابه

هـذا الغـزال ورقت الأوقـات — وبلغت قصدي حيث جاء لمنزلي

بقيت لـدى التوديـع فيَّ حياة — ودنـا يودعني فـلا وأبيـك مـا

المصيبة أن هذا الشعر قد وجد سبيله إلى المغنين والمنشدين في ذلك العصر، فذاع على حناجرهم ذيوعًا مدهشًا، قبل أن يُطبع في ديوان يُنشر على الناس، ويورد المؤرخون نصوصًا كاملة منه، للتدليل على ما وصل إليه الحال من تَهتُّك.

يصل الشبراوي إلى قمة الفجور والفسق حين يجاهر في إحدى قصائده بما يلي:

أبدلــت فيـه تنسُّـكي بتهتُّكـي   وأخذت من قول العدو بضده

ولم يكن الشبراوي فريد عصره في ذلك، بل هناك أزهري آخر من أدباء وجه البِركة يُدعى «إسماعيل الظهوري» المُتوفَّى سنة ١٧٥٩م، يقول في إحدى قصائده:

هل العيش إلا في ارتكاب مآثم

أو العُمْـر إلا في اقتنـاء محـارم

أو الغنم إلا في ارتكاب كبيرة

أو السُّـكْر إلا في ارتشـاف مباسم

سـقى اللـه أيـام البطالـة أدمُعًـا

من العين تجري كالغيوث السواحم

ويشير الأديب محمد سيد كيلاني إلى انتشار نفر ممن يدَّعون التصوف والدروشة في حدائق وجه البِركة، يرتكبون المعاصي جهارًا نهارًا، ولم يستطع أحد أن يتعرض لهم بسوء، إذ كانوا قوة خُشي بأسها، بل كانوا يجدون مَن يُدافع عنهم من ذوي النفوذ الديني، مثل الشيخ الشعراني، المُتوفَّى حوالي سنة تسع وستين وخمسمائة وألف، حيث قال في معرض الدفاع عن سلوكهم إنه لا بد للمعاصي من فاعل، وإنه يجب السكوت عن مفاسدهم وعدم التعرض لهم بالنقد، لأن نقدهم والتعرض لهم باللسان حرام وجالب لغضب الله!

ويذكر الجبرتي أن عبد الله جاك مينو، القائد الفرنسي الشهير، خرج ذات يوم متجولًا في شوارع الأزبكية، فرأى أحد الدراويش

يسير متجردًا من ملابسه، فوجَّه سؤالًا إلى شيوخ الأزهر عن حكم الإسلام فيمن يسيرون في الأسواق ويكشفون عوراتهم ويصيحون ويصرخون ويدَّعون الولاية وتعتقدهم العامة ولا يُصلون صلاة المسلمين ولا يصومون، فأجابوه بأنه حرام ومخالف للدين والشرع والسنة، فأمر مينو بمنع هؤلاء الناس من السير على ما اعتادوا، وإلقاء القبض على كل من يخالف هذا الأمر ووضعه في المارستان إن كان مجنونًا، أو إخراجه من القاهرة إن كان عاقلًا.

وكان بعض هؤلاء الدراويش ـ يقول كيلاني ـ مُخنثين، يخضبون أيديهم وأرجلهم بالحناء، ويلبسون الثياب زاهية الألوان، ويُكحلون عيونهم بالكحل الأسود، ويمضغون اللبان، ويتعرضون للناس ويمسكونهم من مواضع حساسة من أجسامهم، ويختَلُون بهم في أماكن مظلمة في وجه البِركة، وفي الأزقة والخرائب والحدائق، سيما وأن الشوارع لم تكن تضاء في ذاك الزمن.

ومن طريف ما يرويه سيد كيلاني أن الصوفية الذين أدخلوا مادة الحشيش المخدر إلى مصر في القرن الثالث عشر الميلادي، وأشاعوا استعمالها بين المصريين، هم كذلك أول من أدخل شراب القهوة إلى مصر في القرن الخامس عشر الميلادي، وكان أول مكتشف لها هو أبو بكر بن عبد الله المعروف بـ«العيدروس»، حيث مر في إحدى سبحاته بشجر البُن فأكل من ثمره فوجد فيه تجفيفًا للدماغ واجتلابًا للسهر وتنشيطًا للعبادة، فاتخذه قوتًا ونصح به أتباعه، فانتشر في اليمن والحجاز ومصر. وقد جاء العيدروس إلى مصر حوالي سنة ست وثمانين وأربعمائة وألف للميلاد. ومثلما اختلفوا في أمر الحشيش

هل هو حرام أم حلال، اختلفوا في أمر القهوة، ودارت مجادلات حامية بين المؤيدين والمعارضين استمرت زمنًا طويلًا دون أن يخفت لها أوار، كأنها من كبريات المسائل الفقهية، وساهم الأدباء والشعراء في المعركة. قال أحدهم:

يـا عائبًا لشـراب قهوتنـا التـي   تشفي شفاء النفس من أمراضها
أَوَمـا تراهـا وهي فـي فنجانهـا   تحكي سواد العين وسط بياضها

وقال غيره:

للبُـن سـر مـا حكتـه شيـوخنا   يـا نعـم منـه كلهـم أقطـاب
فيهـم نقـول وقد تكامـل وصفه   فـي أكلـه نفـع وفيـه ثـواب

وقال آخر:

وقهوة بُن تورث اللب قوة   ومن عجب والقشر أصل وعنبر
ومهما أرادت عصبة منع شربها   ترى أمرهـا يعلو يقـوى ويظهر
وأعجب منها قول من ضل رأيه   بلى عرف الحق الصراح وينكر
يكابـر فيهـا الحـق والله شـاهد   فيزعـم فيهـا أنها الحس تسكر
تحقق فيهـا النفع لا سـيما لمن   عن الجـد في فعل العبـادة يفتر

وفي نهاية القرن السادس عشر الميلادي انعقد الإجماع على تحليلها، وكانت وجه البِركة أول منطقة تُفتتح فيها المقاهي، فجميع الأحياء قد أنف سكانها من فتح مثل هذه المحلات كأنها بيوت الدعارة. وقد اتخذت مقاهي وجه البِركة أساليب لجذب الرواد، كاستئجار الفتيات الجميلات من بنات الهوى يرقصن رقصة هز البطن، عاريات. وكان كل هؤلاء ـ أصحاب المقاهي والفتيات ـ

من طائفة الغجر والجعيدية المنتشرة في وجه البِركة. وهذه المقاهي لها السبق في الاستعانة برواة القصص وشعراء الربابة لتسلية الرواد. ولأن الأثمان كانت ضئيلة فقد اجتذبت هذه المقاهي معظم الطبقات الشعبية. وفي ذلك الوقت نشأت ملحمة الظاهر بيبرس البالغة ـ بعد التدوين ـ سبعة آلاف صفحة، كما نشأت ملاحم شعبية وحكايات كثيرة عن مصارع العشاق. انتشر كذلك شرب التبغ، الذي دخل مصر لأول مرة سنة ١٠٢٠هـ/ ١٦١١م، كما ذكر الإسحاقي في تاريخه، وبانتشاره قامت معركة حامية الوطيس بين مؤيد ومعارض، وصدرت بشأنه أوامر المنع والتحريم، لكن الأمر الواقع ـ دائمًا ـ هو القانون البات الحاسم. ظلت المقاهي والحانات ومحلات البوظة تسهر حتى الصباح، بل انتشرت مصانع الخمر في شارع القبيلة بوجه البِركة، غير أن أصحابها ومُروِّجيها كانوا من اليونانيين والقبارصة المعروفين في مصر بـ«الأروام».

من قصر العتبة الخضراء
إلى البقر السارح

في أواسط القرن الثامن عشر الميلادي كان الأمير رضوان كتخدا الجلفي وجهًا بارزًا من وجوه الحكم ورجال السياسة والمجتمع.

يُعرفه الجبرتي بأنه مملوك من مماليك علي كتخدا الجلفي، تقلَّد كتخدائية باب عزبان بعد قتل أستاذه، بعناية عثمان بك ذي الفقار، ولم يزل يراعي لعثمان بك حقه وجميله حتى أوقع بينهما إبراهيم كتخدا، ولما استقرت الأمور له ولقسيمه ترك له الرئاسة في الأحكام، واعتكف رضوان على لذاته وفسوقه وخلاعاته ونزهاته، وأنشأ عدة قصور وأماكن بالغ في زخرفتها وتأنيقها، وخصوصًا داره التي أنشأها على بِركة الأزبكية، وأصلها بيت الدادة الشرايبي، وهي التي على بابها العمودان الملتفان المعروفة عند أولاد البلد بـ«ثلاثة وليه»، وعقد على مجالسها العالية قبابًا عجيبة الصنعة، منقوشة بالذهب المحلول واللازورد والزجاج الملون والألوان المفرحة والصنائع الدقيقة، ووسع قطعة الخليج بظاهر قنطرة الدكة، بحيث جعلها بِركة عظيمة، وبنى عليها قصرًا مطلًّا عليها وعلى الخليج الناصري من الجهة الأخرى، وكذلك أنشأ في صدر البِركة مجلسًا

خارجًا بعضه على عدة قناطر لطيفة، وبعضه داخل الغيط المعروف بـ«غيط المعدية»، وبوسطه بحيرة تمتلئ بالماء من أعلى ويصب منها إلى حوض في أسفل ويجري إلى البستان لسقي الأشجار، وبنى قصرًا آخر بداخل البستان مطلًّا على الخليج وعلى الأملاق من ظاهره، فكان يتنقل في تلك القصور وخصوصًا في أيام النيل، ويجاهر بالمعاصي والراح والوجوه المِلاح وتبرُّج النساء ومخاليع أولاد البلد. وخرجوا عن الحد في تلك الأيام، ومنع أصحاب الشرطة من التعرض للناس في أفاعيلهم، فكانت مصر في تلك الأيام مراتع غزلان ومواطن حور وولدان، كأنما أهلها خلصوا من الحساب ورفع عنهم التكليف والخطاب. وهو الذي عمر باب القلعة الذي بالرميلة، المعروف بـ«باب العزب»، وعمل حوله هاتين البدنتين العظيمتين والزلاقة على هذه الصورة الموجودة الآن. وقصدته الشعراء ومدحوه بالقصائد والمقامات والتواشيح، وأعطاهم الجوائز السنية، وداعب بعضهم بعضًا، فكان يغري هذا بهذا ويضحك منهم ويباسطهم، واتخذ له جُلساء ونُدماء، منهم الشيخ علي جبريل والسيد سليمان والسيد حمودة السديدي والشيخ معروف، والشيخ مصطفى اللقيمي الدمياطي صاحب «المدامة الأرجوانية في المدائح الرضوانية»، ومحمد أفندي المدني. وامتدحه العلامة الشيخ يوسف الحفني بقصائد طنانة، وللشيخ عمار القروي فيه مقامة. ولم يزل رضوان كتخدا وقسيمه على إمارة مصر ورئاستها حتى مات إبراهيم كتخدا، فتداعى بموته ركن رضوان، ورفعت النيام رؤوسها، وتحركت حفائظها ونفوسها، وظهر شأن عبد الرحمن كتخدا القازدغلي وراج سوق نفاقه، وأخذ يعضد مماليك إبراهيم كتخدا ويغريهم ويحرضهم على الجلفية،

وبالفعل نجحت المؤامرة وتم اغتيال رضوان كتخدا، إذ مات متأثرًا بجراحه وهو في طريق الهرب إلى الصعيد، فدفن بشرق أولاد يحيى، وكان ذلك عام ١٧٥٥م.

أحد قصور الأمير رضوان كتخدا كان يحتل ميدان العتبة كله، وبعد موته تم نهب قصوره كلها، حتى المباني أصبحت ملكيتها تنتقل من يد إلى يد، حتى دخل هذا القصر المذكور في حوزة الخديو عباس باشا الأول، فأعاد بناءه، وسماه «قصر العتبة الخضراء»، فحظي الاسم بشهرة كبيرة في جميع أنحاء البلاد، فكان كل ذاهب إلى هذه المنطقة يقول إنه متوجه نحو العتبة الخضراء، ورغم أن الزمن قد جار على قصر العتبة الخضراء فأزيل كما أزيلت عشرات القصور، فإن مكانه تحول إلى ميدان كبير عُرف بميدان العتبة الخضراء.

وحي الأزبكية من الأحياء القليلة التي تجاور فيها الفسق والفجور مع الصلاح والتقوى، فعل الرغم من سوء سمعته بسبب استفحال خطر الطبقات المرفهة التي حرصت على توفير شتى ألوان المُتع لنفسها على حساب كل القيم والتقاليد، فإنه شهد قيام عدد كبير من المساجد ودور البر والإحسان. وإلى جوار الطبقات المرفهة ذات الذيول النجسة التي سكنت حي الأزبكية، هناك العائلات المحترمة المؤمنة الحريصة على طُهرها، مثل عائلة الشرايبي وعائلة الرويعي، والعائلة البكرية المنسوبة إلى أبي بكر الصديق رضي الله عنه وأرضاه. يذكر محمد سيد كيلاني أنها كانت لها عدة قصور ضخمة على البِركة، فكان الأدباء والشعراء المصريون والأجانب يسعون إليها ويقفون بعتباتها، حيث يجدون من كرم أصحابها الشيء الكثير. وممن زاروا البكريين ونزلوا في ضيافتهم

عبد الغني النابلسي من رجالات القرن السابع عشر، حيث قال: «ولم نزل سائرين إلى أن وصلنا إلى منزل الهمام بركة الأنام الشيخ زين العابدين البكري الصديقي، فتلقانا بصدره الرحيب، وجلست عند حضرته حصة من الزمان في مجلسه المطل على بِركة الأزبكية ذات الروح والريحان، التي فيها نفحة من نفحات الجنان، وتذاكرنا معه في بعض المسائل العلمية والمطارحات الأدبية، وقد أنزلَنا الشيخ في دار لصق داره بحيث لم نخرج من ظله وجواره». وقال: «كان الشيخ زين العابدين قد دعانا في ذلك اليوم إلى ضيافته، وكان المجلس حافلًا بأفاضل العلماء وأعيان الكبراء، وحضر السماع وتحركت الآلات، وسكنت النفوس والأصوات، ولم نزل في ابتهاج وسرور، ومؤانسة وحضور، حتى مُدت الموائد وجرت العوائد، وكان ذلك في المجلس المطل على بِركة الأزبكية، ثم بعد صلاة المغرب بالجماعة فتح باب هاتيك القاعة، فدخلنا من دهليز مفروش بأنواع الأحجار، وقد أُوقدت الشموع حتى كان ذلك الليل كأنه النهار، فوصلنا إلى ميدان مفروش بالرخام والمرمر في ألوان كأنه قلائد العقيان، وهناك إيوان يقابله آخر أوسع من صدر الكرام، وأجمل من صفحات الوجوه، وأعطر من الزهر في الأكمام، ورأينا الثريات من القناديل المشغولة، ما تبقى ببهجته النفوس والعيون مشغولة، وأُطلقت مباخر العود، وقامت مراسم الشهود، إلى أن قطعنا حصة من مسافة الليل، وتقلص ضوء الثريا فشمر للمغيب الذيل، فقُدمت المآكل السكريات، والحلاوات الشهيات، ثم قُدم العود والعنبر المشهور، وانهل مطر ماء الورد من تحت غيم النجم، وقد تفرق الجمع ووقف نور اللمع».

الأزبكية إذن كانت حقلًا فنيًا بمعنى الكلمة، فثمة صلة تاريخية بينها

وبين الفن من وقت ضارب في القدم، أي أن شارع عماد الدين ـ هو جزء أصيل من حي الأزبكية ـ حينما أصبح شارع الفن في القاهرة في العصر الحديث لم يكن ذلك نابعًا من فراغ. وقيام مسرح الأزبكية جاء اختيار موقعه من ذلك الرباط التاريخي بين الأزبكية وازدهار الفنون، خاصة فن الغناء والموسيقى على وجه التحديد. ففي هذا الحي نشأ ونما وترعرع كثيرون من المغنين والعازفين والشعراء، بسبب ما أسبغته بِركة الأزبكية على الحي من أجواء ملائمة للسمر والأنس.

وفي كتابه الجميل عن هذه المنطقة يشير الأستاذ محمد سيد كيلاني إلى معلومة مهمة جدًّا، نقلها عن مصادر تاريخية موثوقة، تقول إن نهضة الغناء المصري ترجع إلى نهاية القرن السابع عشر، حينما جاء إلى القاهرة الملحن الشامي المشهور شاكر الحلبي، فهو الذي علَّم المصريين فن التلحين، وكانوا يجهلونه جهلًا تامًّا، ويقول إن المصريين رحبوا بالشيخ شاكر وأكرموا مثواه ونقلوا عنه هذا الفن بشغف كبير، ولكن الذي ساهم في انتشار فن الغناء بحق هو كثرة الموالد في مصر، وظهور فئة الموالدية والمنشدين، وانتشارهم في القرى لإحياء حلقات الذِّكر والأفراح، إضافة إلى مقاهي الأزبكية التي ازدادت كثافتها، وكان الغناء عنصرًا أساسيًّا فيها، وثمة أغنيات وموشحات من عصر الأزبكية لا تزال مشهورة حتى اليوم كلامًا وألحانًا. ولعل الجدير بالذِّكر هنا هو أن الموشح الشهير «وحقك أنت المنى والطلب»، الذي غنى عبد الحليم حافظ صورة عصرية منه، قد ألفه الشيخ عبد الله الشبراوي المذكور آنفًا، من بين أغنيات وموشحات كثيرة ألفها لملحني ومطربي عصره، وأصل كلماته التي كتبها الشبراوي يقول:

وحقــك أنــت المنــى والطلــب   وأنــت المــراد وأنــت الأرب

ولــي فيــك يــا هاجــري صبــوة   تَحيَّــر فــي وصفهــا كل صــب

أبيــت أســامر نجــم الســما   إذا لاح لــي في الدجى أو غرب

وهذه لا شك كلمات في غاية الرقة والجمال، تعتبر بالقياس إلى ما نسمعه اليوم من غثاء مثلًا رفيعًا يعجز دونه شعراء الأغاني.

ولم يكن الشيخ الشبراوي، الأزهري المُعمم، يكتب أغنياته بالفصحى فحسب، بل كتبها إلى جانب ذلك بالعامية الراقية، مثل أغنية:

والله مليح وجميل وكامل الأوصاف

وأنا أحبه ملو قلبي وأهواه

لطيف ظريف الشكل ملوش مثيل

في رقته أما كلامه ما أحلاه

ومن أغنياته أيضًا:

شفته على غفلة قوي حبيته

أسمر ومن طبعي أحب الأسمر

ميَّلت ناغشته لقيتله رقة

ولُطف زايد والبشاشة أكثر

يا أهل الأدب والله وحق المختار

ما شفت عمري في الجمال مثله

قمر مصور ما نظرتش حسنه

في حد من بعده ولا من قبله

ومن الواضح الآن أن الشيخ عبد الله الشبراوي هو رائد هذا اللون من الأغنيات الذي اقتفاه من بعده أحمد رامي وأضرابه.

ويضيف كيلاني أن فن خيال الظل ظهر لأول مرة، أو لعله تمركز في مقاهي الأزبكية، ثم أصبح فنًّا شعبيًّا شهيرًا، وكان يقدم مسرحيات هزلية في بداية ظهوره، تُخاطب الغرائز السفلى، كانت تُسمى «البابات»، مفردها بابة، ثم تطور بعد ذلك فصار يقدم بابات تتضمن الوعظ والإرشاد والتوجيه والتحريض، ومن مؤلفيه المشهورين ابن دانيال المصري.

وحيث تنتشر دور اللهو والمطاعم والمقاهي، ينشأ حولها الباعة الجائلون من مختلف الأنواع، وتقوم المحلات لتجذب جمهور الرواد للشراء، فقام البقالون والزياتون والعطارون والقصابون والفطايريون والحدادون والسمكرية والفرانون والفاكهيون والكبابجية، أصبحت الأزبكية سوقًا صاخبًا يثير البهجة والونس. وحيث يوجد كل هذا، ينتشر كذلك اللصوص والمحتالون والنصابون، ولقد تمركز في الأزبكية عدد كبير من كل هؤلاء.

وقد اشتهرت عصابات الأزبكية شهرة فائقة، ورددت الأخبار في يوميات وحوليات المؤرخين ألاعيبَهم وفنونهم. أما ملحمة الظاهر بيبرس وملحمة علي الزيبق المصري فقد صوَّرتا هذه البيئة اللصوصية الاحتيالية أبدع تصوير.

في ملحمة الظاهر بيبرس يأمر رئيس طائفة اللصوص وقُطاع الطرق ـ واسمه مقلد ـ بأن يأتي له بهذه الطائفة بين يديه. قال الراوي: فقال مقلد: هات يا عثمان طائفة طائفة. فعرض عليه النساء أرباب الحبر. فقال بيبرس: ما هؤلاء يا أبي؟ قال: هذا بقر الوحش، لهم بيوت في الحارات، تطلع الواحدة منهن تحط عينها على الرجل الذي تراه

مليان بالمال والملابس، فتسايره حتى يروح معها إلى بيتها، وتسقيه الخمر حتى يغيب، فيطلع خديمها ويضع على فمه مخدة ويقعد عليه حتى تخمد أنفاسه، وبعدها يواروه بحفرة في بيتها. قال بيبرس: خذهم يا عثمان وأحضر غيرهم. فأحضر أرباب الملايا. فقال: وهؤلاء؟ قال مقلد: هذا البقر السارح، تسرح الواحدة منهن حتى يقع بها واحد منحوس يدخلها بيته، فتشرب الخمر هي وإياه وتضع له مع الخمر أفيونًا أو ما شابه ذلك حتى لا يعود يعي، فتأخذ كل ما قدرت عليه من البيت وتطلع وتتركه مرميًا. قال بيبرس: خذهم يا عثمان وهات غيرهم. فأحضر ربات الأزر البيض. فقال بيبرس: ما هؤلاء؟ فقال مقلد: هذا بقر الحليب، وهؤلاء يخرجون أيام الأعياد وينحشرون في الازدحام، ويأخذون ما في جيوب الناس، ويمرون على التجار في صورة مشترين، البعض يقلب والبعض يساوم، حتى يجدوا فرصة ويسرقوا ما قدروا عليه. فقال بيبرس: خذهم يا عثمان وهات غيرهم. فأحضر الفتيان المرد، فلما رآهم بيبرس قال: وهؤلاء؟ قال مقلد: هؤلاء علوق وحرامية. قال: خذهم وهات غيرهم. فأحضر عثمان الأولاد الصغار. فقال بيبرس: وهؤلاء؟ قال مقلد: أولاد كار، يعني ابن الكار يأخذ واحدًا من هؤلاء الأولاد ويمشي في الطريق حتى ينظر مَن في جيبه صرة، فيضرب الولد كفًّا، فيجري الولد ويدخل في حضن الرجل ويقول أنا في عرضك يا عم، فيتشفع به ويخلصه من يد الرجل، وتكون قد طارت فلوسه. قال بيبرس: خذهم يا عثمان وهات غيرهم. فأحضر النساء العجائز. فقال بيبرس: وهؤلاء؟ فقال مقلد: هؤلاء يدخلون البيوت في صفة مشيخة وهم يسرقون مع اعتقاد

النساء فيهن أنهن من أهل الفضل والبركات. وبعدهم أحضر دقاقين العملة المزيفة، ولعّابي القمار، وآكلي الربا، وغيرهم. ولما عُرضت هذه الطوائف على الأمير بيبرس قال لعثمان: اعرض على الجميع التوبة، فالذي يتوب لا بأس، والذي لا يتوب ضع في رجله قيد حديد.

الطريف أنهم بعد توبتهم أمر بيبرس بختمهم جميعًا، بواسطة الكي بالنار على أيديهم، ليكون الختم علامة مميزة لهم، بحيث إذا ضُبط أحد منهم متلبسًا بفعل إجرامي بعد التوبة يقطع السيف عنقه.

وشارع العتبة الخضراء فيما تحدده الخطط التوفيقية طوله مائتان وأربعون مترًا، ويبتدئ من آخر شارع الموسكي وينتهي بشارع البكري. أما دار العتبة الخضراء نفسها، التي سبق أن تملكها من بعد صاحبها محمد بك أبو الدهب الذي تزوج بمحظية رضوان كتخدا، ثم تملكها غيره، إلى أن آبت إلى عباس باشا، فإن بقاياها لا تزال موجودة إلى اليوم مُمثلة في قصر عظيم احتلته المحكمة المختلطة، والمقهى الملاصقة لقهوة متاتيا، والتي يبتدئ من أمامها كوبري الأزهر فيفصل بينها وبين مبنى البوستة، فقد سُميت بـ(قهوة المختلط)، نسبة إلى المحكمة المختلطة. وحتى وقت قريب جدًّا ـ ربما من سنوات قليلة ـ كانت هذه المقهى تحتل ناصية بديعة، وتطل برصيفها العريض على ميدان العتبة، ويرتادها لفيف من رجال الأعمال وبقايا الباشوات وجمهور دار الأوبرا. أما اليوم فإنها باتت شيئًا زريًّا للغاية، تحتلها طوائف من تجار الشنطة وسائقي سيارات الأجرة الشغالة على خط مصر ليبيا، ولا يطيق المحترمون الجلوس فيها دقائق لسوء مستوى الرواد ومستوى المعاملة.

الألفي بِك وساري عسكر
والقصر المنحوس

شارع الألفي جزء لا يتجزأ من حي الأزبكية ومن خططها، فإذا كان جامع أولاد عنان مطلًّا على بِركة الأزبكية زمن إنشائها، فإن قصر الألفي بك الذي أقيم في العصر الحديث كان على نفس الشاطئ، وقد سُمي شارع الألفي بهذا الاسم نسبة إلى قصر الألفي. فمن هو الألفي؟

إنه محمد بك الألفي، يُعرفه الجبرتي بأنه الأمير الكبير والضرغام الشهير، جلبه بعض التجار إلى مصر في سنة تسع وثمانين ومائة وألف للهجرة، فاشتراه أحمد جاويش المعروف بـ«المجنون»، فأقام ببيته أيامًا، فلم تُعجبه أوضاعه، لكونه كان مُماجنًا سفيهًا مُمازحًا، فطلب منه بيع نفسه، فباعه لسليم آغا الغزاوي المعروف بـ«تمرلنك»، فأقام عنده شهورًا، ثم أهداه إلى مراد بك، فأعطاه في نظيره ألف إردب من الغلال، فلذلك سُمي بـ«الألفي». وكان جميل الصورة، فأحبه مراد بك وجعله جوخداره، ثم أعتقه وجعله كاشفًا بالشرقية. وعمَّر دارًا بجهة الخطة المعروفة بـ«الشيخ ضلام»، وأنشأ هناك

حمَّامًا بتلك الخطة عرفت به. وكان صعب المراس، قوي الشكيمة، وكان بجواره علي آغا المعروف بـ«التوكلي»، فدخل عنده يومًا وتشفع في أمر فقبل رجاءه، ثم نكث، فحنق منه واحتد، ودخل عليه داره يعاتبه، فرد عليه بغلظة، فأمر الخدم بضربه فضربوه وبطحوه، فتألم لذلك ومات بعد يومين، فشكوه إلى أستاذه مراد بك فنفاه إلى بحري، فعسف بالبلاد مثل فوه ومطوبس وبرنبال ورشيد، وأخذ من أهلها أموالًا، فتشكوا منه إلى أستاذه، وكان يعجبه ذلك. وفي أثناء ذلك وقع خلاف بمصر بين الأمراء، ونفوا سليمان بك الآغا وأخاه إبراهيم بك ومصطفى بك، فأرسل إليه أستاذه أن يتعين على مصطفى بك ويذهب به إلى الإسكندرية منفيًّا ثم يعود هو إلى مصر، ففعل، فعند ذلك قلده الصنجقية، وذلك في سنة اثنتين وتسعين ومائة وألف للهجرة. واشتهر بالفجور، فخافته الناس وتحاموا شدته. وسكن أيضًا بدار بناحية قيصون، وهدم داره القديمة، ووسعها وأنشأها إنشاء جديدًا، واشترى المماليك الكثيرة، وأمر منهم أمراء وكشافًا، فنشأوا على طبيعته في التعدي والعسف والفجور، والتزم بإقطاع فرشوط وغيرها من البلاد القِبلية والبحرية، وتقلد كشوفية شرقية بلبيس، ونزل إليها، وكان يغير على ما بتلك الناحية من إقطاعات وغيرها. وأخاف عربان تلك الجهة، ومنعهم من التعدي والجور على الفلاحين بتلك النواحي، حتى خافه الكثير من القبائل، وفرض عليهم المغارم. ولم يزل على حالته وسطوته إلى أن حضر حسن باشا الجزائرلي إلى مصر، فخرج الألفي مع عشيرته إلى ناحية قِبلي، ثم رجع في أواخر سنة خمس ومائتين وألف، وذلك

بعد إقامتهم بالصعيد زيادة عن أربع سنوات، ففي تلك المدة ترزن عقله، وانهضمت نفسه، وتعلق قلبه بمطالعة الكتب، والنظر في جزئيات العلوم والفلكيات والهندسيات وأشكال الرمل والزايرجات والأحكام النجومية والتقاويم، ومنازل القمر وأنوائها، ويَسأل عمن له إلمام بذلك فيطلبه ليستفيد منه، واقتنى كتبًا في أنواع العلوم والتواريخ، واعتكف بداره القديمة، ورغب في الانفراد وترك الحالة التي كان عليها قبل ذلك، واقتصر على مماليكه، والإقطاعات التي بيده، واستمر على ذلك مدة من الزمان، فثقل هذا الأمر على أهل دائرته، وبدأ يصغر في أعين خشداشيه، ويضعف جانبه، وطفقوا يباكتونه، وتجاسروا عليه، وطمعوا فيما لديه، فلم يسهل به ذلك، واستعمل الأمر الأوسط، وسكن بدار أحمد جاويش المجنون بدرب سعادة، وعمَّر القصر الكبير بمصر القديمة تجاه المقياس، وأنشأ أيضًا قصرًا فيما بين باب النصر والدمرداش، وجعل غالب إقامته فيهما. وأكثر من شراء المماليك، حتى اجتمع عنده نحو ألف مملوك خلاف الذي كان عند كشافه، وهم نحو الأربعين كاشفًا، وبنى له قصرًا خارج بلبيس، وآخر بالدماميين. وكان له داران بالأزبكية، إحداهما كانت لرضوان بك يلبغا، والأخرى للسيد أحمد بن عبد السلام، فبدا له في سنة اثنتي عشرة ومائتين وألف أن ينشئ دارًا عظيمة خلاف ذلك بالأزبكية، فاشترى قصر ابن السيد سعودي الذي بخطة الساكن فيما بينه وبين قنطرة الدكة، وهدمه وبناه، وصرف عليه الأموال الجسيمة، وازدحمت خيول الأمراء ببابه. كان يتألف من طابقين، وله أبواب ضخمة من الخشب الهندي مصفحة بالنحاس الأصفر، وأرضه مبلطة

بالرخام الملون، ونوافذه مُعدة بالزجاج الملون ومشغولة بالحديد، وللخدم قسم خاص، وللحريم جناح منفرد، والقصر كله مفروش بالسجاد الفاخر، والقناديل معلقة في كل مكان، وبه عدد كبير من الشمعدانات الواردة من بلاد الإفرنج، وكل شمعدان يتسع لمائة شمعة، وبه مخازن خاصة للمأكولات والأدوات المنزلية والأثاث والملابس، ومخازن للسلاح وأدوات القتال. ولما انتهى إعداد القصر أقام صاحبه احتفالًا عظيمًا بمناسبة انتقاله إليه، فدعا الأمراء والأعيان، ومد لهم سماطًا هائلًا حوى كل ما لذ وطاب، وأشعلت القناديل والشمعدانات، فلما فرغوا من الأكل انتقلوا إلى بهو متسع لمشاهدة الراقصات وسماع المغنيات. وكان ذلك في أواخر شهر شعبان من السنة المذكورة، وأقام به إلى منتصف شهر رمضان، فكانت المدة كلها ستة عشر يومًا، ثم بدا له السفر إلى جهة الشرقية.

القصر كان منحوسًا منذ البداية، ويبدو أن شقاء وعرق الفلاحين المصريين كان باتع السر في إفساد طالعه، ففي الأصل أنشأه واحد من فقهاء الحنفية يُدعى السيد إبراهيم ابن السيد سعودي إسكندر، وجعل في أسفله قناطر وبوائك من ناحية البِركة، وجعلها برسم النزهة لعامة الناس، فكان يجتمع بها الكثير من أجناس الناس وأولاد البلد، وكان بها قهاوٍ ومغانٍ، وعدة من الباعة وغيرها، وكان يقف عندها مراكب وقوارب بها من تلك الأجناس فكان يقع بها وبالجسر المقابل لها من عصر النهار إلى آخر الليل من الحظ والنزاهة ما لا يُوصف.

وتقول الخطط التوفيقية: ثم تداول هذا القصر أيدي المُلاك،

وظهر علي بك وقساوة حكمه، فسدوا تلك البوائك ومنعوا عنها الناس، لما كان يقع بها في بعض الأحيان من اجتماع أهل الفسوق والحشاشين، ثم اشترى ذلك القصر الأمير أحمد آغا شويكار وباعه بعد مدة، فاشتراه الأمير محمد بِك الألفي في سنة إحدى عشرة ومائتين وألف، وشرع في هدمه وتعميره على الصورة التي كان عليها، وكان وقتئذ غائبًا في جهة الشرقية، فرسم لكتخدائه ذي الفقار صورته في كاغد، وبيَّن له كيفية وضعه، فحضر ذو الفقار وهدم ذلك القصر وحفر الجدران ووضع الأساس وأقام الدعائم، ووضع سقوف الدور السفلي، فحضر عند ذلك مخدومه فلم يجده على الرسم الذي حدده له، فهدمه ثانيًا وأقام دعائمه على مراده، واجتهد في عمارته، وطلب له الصناع والمؤن من الأحجار والأخشاب المتنوعة حتى شحت المؤن في ذلك الوقت، وأوقف أربعة من أمرائه على أربع جهاته، وعمل على ذمة العمارة طواحين للجبس، وقمن الجير، وأحضر البلاط من الجبل قِطعًا كبارًا، ونشرها على قياس مطلوبه، وكذلك الرخام، وذلك خلاف أنقاض رخام المكان وأنقاض الأماكن التي اشتراها وهدمها وأخذ أنقاضها، ومنها البيت الكبير الذي كان أنشأه حسن كتخدا الشعراوي على بِركة الرطلي، وكان به شيء كثير من الأنقاض والأخشاب والشبابيك والرواشن، نُقلت جميعها إلى العمارة، فصار كل من الأمراء المشيدين يبني وينقل ويبيع ويفرق على من أحب، حتى بنوا دورًا من جانب تلك العمارة، والطلب مستمر، حتى أتموه في مدة يسيرة، وركَّب على جميع الشبابيك شرائح الزجاج وهو شيء كثير جدًّا، وفي المخادع المختصة به ألواح

الزجاج البلور الكبار التي يساوي الواحد منها خمسمائة درهم، ثم فرشه جميعه بالبسط الرومي والفرش الفاخر، وعلقوا به الستائر، ووضعوا به الوسائد المزركشة، وبنى حمَّامين، إلى غير ذلك. على أنه ما إن أتمه وأقام به نحو عشرين يومًا حتى خرج إلى الشرقية فأقام هناك، وكان ذلك من سوء طالعه، لأن الفرنسيين قد حضروا، فاختار ساري عسكر بونابرت هذا المقر ليقيم فيه، وعمَّر فيه هو الآخر، فلما سافر أقام فيه كليبر، وعمَّر فيه كذلك ـ يعني أضاف إلى عمارته. فلما قُتل كليبر وتولى مكانه عبد الله مينو غيَّر معالم القصر، وأدخل فيه المسجد، وبنى الباب على الوضع الذي كان عليه، وعقد فوقه القبة المحكمة، وأقام في أركانها الأعمدة، وعمل السلالم العراض التي يصعد عليها إلى الدور العلوي والسفلي على يمين الداخل، وجعل مساكنه كلها تنفذ إلى بعضها على طريقة وضع مساكنهم، واستمر يبني فيه ويعمر مدة إقامته إلى أن خرج من مصر.

فلما حضر العثمانية ـ تقول الخطط التوفيقية ـ وتولى على مصر محمد علي باشا، رغب في سكنى هذا المكان وشرع في تعميره هذه العمارة العظيمة، حتى إنه رتب لإحراق الجير فقط اثني عشر قمينًا تشتعل على الدوام، والجِمال التي تنقل الحجر من الجبل ثلاثة قطارات، كل قطار سبعون جملًا، وقس على ذلك بقية اللوازم، ورموا جميع الأتربة في البِركة، حتى ردموا منها جانبًا كبيرًا ردمًا غير معتدل، وصارت كلها كِيمانًا وأتربة، وبقيت تلك السراية سكن المرحوم محمد علي باشا مدة، ثم أعطاها لكريمته زينب هانم، فعُرفت بها.

بجوار تلك السراية، التي كانت قصر محمد بك الألفي، والذي كان يمتد من حديقة الأزبكية حتى أرض شبرد، أنشأ محمد علي باشا مدرسة عُرفت بـ«مدرسة الألسن».

يقول علي مبارك إنها كانت تدرس بها اللغات العربية والفرنجية والأدبية، وخرج منها كثير من المترجمين والشعراء، وفيها تُرجمت كتب كثيرة أدبية من اللغة الفرنجية إلى العربية، ثم أبطلها محمد علي، وجعلها لوكاندة للإنجليز عُرفت بـ«لوكاندة شبت».

بمجيء الحملة الفرنسية، واستقرار ساري عسكر بونابرت في قصر محمد بك الألفي، أصبحت الأزبكية هي العاصمة السياسية للبلاد، واضمحل شأن الضواحي التي بناها الحُكّام والسلاطين من قبل لسكانهم، لم تعد موطن الأبهة ولا الفخامة، إنما صارت الأزبكية مركز إشعاع يتألق بكل جديد ومثير مما لم يعرفه مستوطنو مصر من المماليك والجلبان والغزاة السابقين: عني الفرنسيون بكنس الشوارع، ورشها بالماء، وحرَّموا إلقاء القمامة أمام الدور والدكاكين. فرضوا على كل شخص أن يضع على واجهة منزله أو دكانه مصباحًا. قاموا بتوسيع الشوارع، وصنع الميادين، وإزالة بعض المنازل التي تعترض خطة التنظيم. شقوا طريقًا حيويًّا يبدأ من قصر الألفي، مارًّا بباب الحديد، مخترقًا حي الفجالة فحي الظاهر فجامع الظاهر، منتهيًا بميدان الحسينية، ليبقى على خريطة القاهرة حتى اليوم. وقد انبهر المصريون، وخاصة الجبرتي، بالنظام الذي اتبعه الفرنسيون في شق هذا الطريق، وبأدوات العمل التي كانت على بساطتها تعتبر من مفاخر التكنولوجيا بالنسبة للمتمصرين الذين لم يألفوا رصف

الطرق ولا الميكنة في العمل اليدوي الشاق. ثم زرعوا الأشجار على الجانبين، فأصبح الطريق صالحًا لمرور العربات الكبيرة حاملة المدافع والذخائر والمؤن والجنود. ثم فتحوا طريقًا آخر يبدأ من قصر الألفي أيضًا متجهًا إلى أبي العلاء في بولاق، وهو كذلك لا يزال موجودًا إلى الآن. شيدوا مسرحًا ضخمًا في أرض غيط النوبي لتمثل عليه المسرحيات الفرنسية التي اعتاد الفرنسيون مشاهدتها في بلادهم. يدخله الجنود بعائلاتهم ـ كما يقول الجبرتي ـ «بورقة معلومة» ـ يعني تذكرة الدخول ـ «وهيئة مخصوصة» ـ يعني بالملابس الرسمية. شيدوا كذلك مدرستين بالقرب من ميدان الخازندار لتعليم أبنائهم وبناتهم. أقاموا عددًا من ورش النجارة والحدادة والسمكرة وإصلاح العدد والآلات. أنشأوا الأندية والملاعب للترفيه عن جنودهم. أنشأوا الثكنات والمخازن للجيش.

هذا ما يذكره محمد سيد كيلاني نقلًا عن الجبرتي والخطط التوفيقية لعلي مبارك. لأن منطقة وجه البِركة كانت محل إقامتهم فقد عاملوا جميع سكانها معاملة طيبة للغاية، يشترون منهم المأكولات بأكثر من سعرها، يدفعون بسخاء بدرجة ساهمت في إثراء الكثيرين بصورة فاحشة، حتى قام سباق رهيب بين المواطنين للسكنى في هذه المنطقة بأي ثمن، خاصة الأروام والطليان. كذلك تسابق الجميع في الحصول على شغل في الجيش الفرنسي والأعمال المدنية الخاصة بالإدارة الفرنسية، فانتشر العمران في كلٍّ من حي الفجالة وحي الظاهر. ولأن الفرنسيين والفرنسيات كانوا مغرمين بركوب الحمير فقد انتشر المكاريون في وجه البِركة، يفتنهم منظر

الفرنسيات المرحات وهن يركبن الحمير بشغف. وأصبح الانتماء إلى الفرنسيين مفخرة المتمصرين الذين دانوا بالإسلام. في المقابل شغف الجنود الفرنسيون بنساء مصر جميعًا، فكان الجندي الفرنسي يذهب إلى البيت المصري فيقابل صاحبه فيُعلن الشهادتين بين يديه دلالة على دخوله في الإسلام، ثم يطلب يد ابنته، فيلقى ترحيبًا كبيرًا، بل إن الفتيات المصريات كن يتمنين الزواج من الفرنسيين لأنهن سينتقلن إلى حياة مرفهة مدللة، سيما وأن الفرنسيين يتعاملون مع المرأة باحترام باعتبارها نصف المجتمع، لا باعتبارها أداة متعة يمتلكها الرجل.

على أن معظم الجنود فضلوا حياة العزوبية لما فيها من حرية في معاشرة ألوان كثيرة من النساء، فنظمت الإدارة الفرنسية بيوت الدعارة تنظيمًا قانونيًا معترفًا به رسميًا، بفرض الرقابة الصحية على المومسات، وتسجيل أسمائهن في كشوف معلومة، ومنحهن رخصًا لمزاولة المهنة، بحيث لا يذهب الجندي الفرنسي إلا إلى أصحاب التراخيص الرسمية ليضمن أمرين جوهريين: عدم انتقال الأمراض إليه، وعدم التعرض للعدوان من جانب الفتوات والبلطجية الذين كانوا يستخدمون العاهرات في استدراج الجنود لكمائن، لا بدافع وطني، بل لنهب ما معهم من أموال. القوادون أيضًا خضعوا للتنظيم، فكانوا هم المسؤولين أمام الإدارة الفرنسية عن أي عدوان يقع في دائرة إشراف أيٍّ من القوادين. الطريف ــ فيما يذكر كيلاني ــ أن الجندي الفرنسي كان يتوجس من البيوت الواسعة، ففرضت الإدارة على كل بغي أن تقيم ما يشبه الدكان المطل على الشارع، ليتمكن

الجندي من الهرب أو الاستغاثة إذا استشعر أي عدوان، كما فرضوا على كل بغي أن تحدد لنفسها أجرًا معينًا، وأن تكتب التسعيرة على واجهة مقرها، وأن تضع على باب المقر مصباحًا مضيئًا. الأكثر طرافة أن البغايا اللاتي لا يعرفن الكتابة كانت الواحدة منهن تغمس كفها في بوية حمراء لتطبعها على واجهة الباب، فيعرف الجندي أن ثمنها خمسة أنصاف من الفضة، فإن طبعت كفيها أدرك أن ثمنها عشرة أنصاف، هذا بخلاف أجرة الخلبوص الذي يتولى الترحيب والقيام بالخدمة.

ومثلما شهد قصر الألفي بك بالأزبكية مقتل كليبر على يد سليمان الحلبي، شهدت الأزبكية احتفال الفرنسيين بعيد الحرية سنة ١٧٩٨م، حيث عرفت القاهرة لأول مرة عواميد المصابيح في الشوارع والميادين، ورسموا على أقواس النصر مواقفهم الحربية ضد المماليك إذ يفرون هاربين أو مجندلين تحت سنابك الخيل. وفوق منصة عالية وقف نابليون يستعرض وحدات جيشه بملابسهم النظيفة وكامل معداتهم، في مشهد كبير حضره جميع كُبراء مصر وأعيانها، حيث انطلقت الصواريخ، ولعلعت أصوات الجنود بالأناشيد الوطنية، ثم أمضوا بقية الليل في سُكْر ورقص وغناء وعربدة، فبدت شواطئ بِركة الأزبكية وحدائقها كَسَماء مُرصعة بالنجوم تضج بالحيوية والمرح والجنون. افتُتن الفرنسيون برقصات هز البطن التي ابتدعتها الجواري الحبشيات والشركسيات والروميات ممن تمصرن بحكم الإقامة. في ذلك الحين كان الشيخ حسن العطار ـ قبل أن يتولى مشيخة الأزهر ـ يسكن في حجرة بالقرب من الرويعي، إذ هو في الأصل من

أسيوط، وجاء يطلب العلم في القاهرة، فاختلط بالفرنسيين، وخلب الجمال الفرنسي لُبه. هو الرجل الصعيدي الذي أمضى صِباه وشطرًا من شبابه في كبت وحرمان، ما كاد يرى الجَمال الفرنسي وأسلوب الحياة المتحررة حتى انهارت في دخيلته كل الحواجز والتحفظات، فاندفع يعب من الحياة قدر الطاقة.

الرأي عندي أنه فنان حقيقي، بوهيمي بالسليقة، يتفوق على قرينه الشيخ الشبراوي في القريحة الشعرية والاستعداد للانطلاق، كان يتغزل في الذكور وفي الإناث على السواء، وفي تقديري أن شعره ليس يصلح دليلًا على سلوكه المنحرف، بقدر ما هو دليل صحيح على اشتعال قريحته الشعرية واتصالها بالتراث العربي الشعري، حيث الغزل باب رئيسي في أغراض الشعر. له رصيد هائل من النتاج الشعري يقتات عليه كافة الشعراء المحدثين مع إضافة لمساتهم العصرية. يقول الشيخ حسن العطار في بعض غزلياته في المُذكر الفرنسي ـ الذي ليس شرطًا بالضرورة أن يكون ذَكَرًا، فقد درج الشعر العربي على مخاطبة المؤنث بضمير المُذكر هاربًا من رقابة التحريم، وليس شرطًا كذلك أن تكون هناك علاقة فعلية بين الشاعر ومَن يتغزل فيه:

أقـول وصـلًا يقول نـو نو   أقول هجرًا يقول سي سي

و«سي» يعني «نعم» بالإيطالية، كما أن «نو» يعني «لا» بالإنجليزية، فهكذا نرى الشيخ حسن العطار ـ من أجل الواقعية والصدق في التعبير ـ يضع المفردات الأعجمية مع المفردات العربية دون غضاضة أو حرج، ومن أين يأتيه الحرج إذا كان هو قد كسر كل التقاليد

٢٤٣

الاجتماعية، لا من أجل شهوة الحياة فحسب، بل رضوخًا لجنون الفنان المنطلق.

للشيخ حسن العطار ـ يقول نفس المصدر ـ صديق صدوق، هو الشاعر المشهور إسماعيل الخشَّاب ـ وكان من أدباء وجه البِركة. قامت بينهما علاقة حميمة جدًّا، يقضيان معًا كل وقتهما تقريبًا، ويتبادلان مطارحات شعرية، ويتنافسان في حب غلام فرنسي اسمه «ريج» جميل، قال فيه الشيخ العطار:

أما فؤادي فعنك ما انتقلا

فلم تخيرت في الهوى بدلا

فاعجب

يا معرضًا عن محبة الدنف

ومغرمًا بالجَمال والصلف

ومن به زاد في الهوى شغفي

أما كفى يا ظلوم ما حصلا

حتى جعلت الصدود والمللا

مَذْهَب

فيعارضه الشاعر إسماعيل الخشاب بقوله:

يهتز كالغصن مائلًا معتدلا

أطلع بدرًا عليه قد سدلا

غَيْهَب

يزري بسمر الرماح إن خطرا

ساحر جفن لمهجتي سَحَرا

علم عيني البكاء والسهرا
فكيف أبغي بحبه بدلا
وليس لي عنه جار أو عدلا
مَهْرَب

وهكذا نرى التجديد في شكل القصيد الشعري الغنائي في مصر في هذا الوقت المبكر، ولعله من تأثيرات الموشحات الأندلسية التي كَانت ذائعة حينذاك في كل الثقافة العربية مكتوبة أو شفاهية.

يقول الجبرتي عن العطار والخشاب: يترنمان بمحاسن الغزلان، وما وقع لهما من صد وهجران، ووصل وإحسان، فكانت تجري بينهما منادمات أرق من زهر الرياض، وأفتك بالعقول من الحدائق المراض. هما حينئذ فريدا وقتهما، ووحيدا عصرهما. لم يعززا في ذلك الوقت بثالث، إذ ليس من يدانيهما، فضلًا عن مساواتهما في تلك الشؤون التي أربت على المثاني والمثالث. واستمرت صحبتهما، وتزايدت على طول الأيام مودتهما. وبعد أن رجع الشيخ العطار من سباحته مازج المذكور وخالطه ورافقه ولازمه، فكانا كثيرًا ما يبيتان معًا، ويقطعان الليل بأحاديث أرق من نسيم السحر وألطف من اتساق نظم الدرر.

ويشهد الشيخ حسن العطار على بِركة الأزبكية شهادة مُعايش من أهلها، فهي مسكن الأمراء، ومواطن الرؤساء، قد أحدقت بها البساتين الوارفة الظلال العديمة المثال، فترى الخضرة في خلال تلك القصور المبيضة كثياب سندس خضر على أثواب من فضة، يوقد بها كثير من السرج والشموع، فالأنس بها غير مقطوع ولا ممنوع، وجمالها يُدخل على القلب السرور، ويذهل العقل حتى كأنه من النشوة مخمور،

ولطالما بدت لي بالمسرة فيها أيام وليالٍ هن في سمط الأيام من يتيم اللآلئ، وأنا أنظر إلى انطباع صورة البدر في وجناتها، وفيضان لجين نوره على حافاتها وساحاتها، والنسيم بأذيال ثوب مائها الفضي لعاب، وقد سل على حافاتها من تلاعب الأمواج كل قرضاب ـ كل سيف يعني ـ وقام على منابر أدواحها في ساحة أفراحها مغردات الطيور، وجالبات السرور، فلذيذ العيش بها موصول، وفيها أقول:

بـالأزبكيـة طابـت لـي مسـرات

ولـذ لي فـي بديـع الأنـس أوقات

حيث المياه بها والفلك سابحة

كأنهـا الزهـر تحويها السـماوات

مدت عليها الروابي خضر سندسها

وغـردت فـي نواحيهـا حمامات

وللرفـاق بهـا جمـع ومفتـرق

لما غدت وهي للندمان حانات

ويصف العطار علاقة أهل الأزبكية بالفرنسيين بقوله: أهل هذه الجهة للفرنسيين مسالمون، ولكثير منهم مخالطون، لم يقع منهم نزاع ولا شر، ولا كر في مقاتلتهم ولا فر.

ثم يصف الفرنسيين أنفسهم قائلًا: قد أشربوا في قلوبهم حب العلوم الفلسفية، وحرصوا على اقتناء كتبها، وإعمال الفكرة فيها والروية، يبحثون عمن له بها إلمام، ويتجاذبون معه أطراف الكلام، ثم لما استقرت بالأزبكية، وتخلصت من هذه البلية، ذهبت إلى دار صاحب تسرني رؤيته، وتنشرح لمخالطتي له رؤيتي ورؤيته، قد أحرز قصب السبق في ميدان

هذه العلوم، وصار هو المشار إليه من مصرنا بين أرباب هذه الفهوم، فصادفت بالحارة التي فيها مثواه، وبجانب داره التي بها مأواه، فتية منهم برزنَ كالشموس، وهن يتمايلن تمايل العروس، بوجوه سدل الحُسن عليها جلبابه، وقد صير رماح القدود أعلامًا حين أرخى عليها ذؤابه، فهن راية تتبعها من العشاق أجناد، وتميل معها حيث مالت مع الهوى في كل واد، فتطلعت عليهن تطلع الهائم إلى الورود، ووقفت أنظر إلى حُسن تثنِّي هاتيك القدود، ففطنَّ مني إلى ما رمته، وعرفن المعنى الذي قصدته، فمال الجميع إليَّ، وابتدأن بالتحية عليَّ، وأراني فتى منهم كتابًا، وجدد معي كلامًا وخطابًا، فإذا عربيته خالصة من اللكنة، وألفاظه مُعراة من وصمة الهجنة، وأخذ يُعرف ببعض كتب للأفاضل الأكابر، وذكر ما تحويه يده من الكتب والدفاتر، وشرع في التعداد والتعريف حتى ذكر تذكرة الطوسي والشفاء معبرًا عنه بالشفاء الشريف، فخالطني من ذلك العجب، ورنحتني إليه نشوة الأدب، وزاد إعجابي به، أني حين قلت له إني ضيف بجاركم ألمَّ، أنشدني على الفور: «أمن تذكر جيران بذي سلم»، وأخبرني أنه نقلها من العربية إلى لغته، وهي من جملة ما استقر بمحفظته، ثم لما أخذ الحديث مني ما أخذ، وغلب شيطان المحبة عليَّ واستحوذ، عولت على الانصراف، وقد خالط تعجبي منه الشغاف، سألني في البكور إلى داره لأرى ما اجتمع عنده من كتبه وأسفاره، فذهبت للمكان الذي أعددته للمبيت، وعلمت أني بحُسنه دهيت، فتحركت مني صبوة تقادم عهدها، وتقوت عندي نشوة أدب كان قد ضعف أودها، وطفقت طول ليلي سهران، وأنا برؤية الصباح كالولهان، وحملني عدم الصبر والثبات على أن أنظم فيه هذه الأبيات:

من الفرنسيس ظبي سحر مقلته

عند المحب له في القلب تأنيس

قد لاح في حلل سود فخلت سنا

صبح عليه من الأستار حنديس

روض من الحُسن لا تدنو إليه يد

ومطلب بظبا الألحاظ محروس

مهفهف القد قد أرخى ذوائبه

كأنه غصن في الروض مغروس

رأى المحبة من عيني فخاطبني

بـدُرِّ لفـظ بـه لطـف وتأنيـس

تجانس الحسن في مرآه حين غدا

بين الكلام وبين الثغر تجنيس

وصاد عقلي بلفتات فوا عجبًا

حتى على العقل قد تسطو الفرنسيس

ثم لما سطع صارم الصبح ـ يقول العطار ـ وتقلص ذيل الليل جنحًا بعد جنح، أسفرت الأماني عن مرآه، وتبسم وجه الزمان لي بلقاه، فاجتمعت معه في عصر ذلك اليوم، وهو مع فتية من هؤلاء القوم، كل يعاني غوامض المعارف ويقتفيها، ويجيل ذهنه في تحصيل دقائق الأدب ويعتنيها. فلما استقر بي الجلوس، أخذن يدرن من المنادمة على سمعي محيا الكؤوس، وأرينني من الكتب الصغير والكبير، والنكير عندي والشهير، وكلها في العلوم الرياضية والأدبية، وأطلعوني على آلات فلكية وهندسية، وتحادثن معي في مسائل

تلك العلوم، وكتبن عني بعض هاتيك الفهوم. وسألنني عن حل بعض أبيات البردة، وهي بأيديهن مكتوبة بالعربي في نسخ عدة، ثم أريني من أبيات الشعر نتفًا، وسألنني عما دق منها واختفى، وأخبرني بعضهم أن ببلادهم ديوان المعلقات السبع، وأن عندهم من دواوين الشعر بلغتهم ما يطرب السمع، وكانوا كلما سألوني عن تفسير كلمة لغوية، راجعوها في سفر نفيس، ألف في اللغة على طريقة الجمهرة باللفظ العربي وترجم بالفرنسيس، وكتبت لهم ببعض المجامع بعض أبيات، وفسرت لهم بعض كلمات، فمن ذلك بيتان كنت نظمتهما سابقًا، زمن أن كنت في أحاسن الملاح شائقًا، ثم عززتهما بقصيدة بها البديهة سمحت، وعلى بعض لغتهم اشتملت، وهي مما اقترحوه عليَّ لإدارة اختبار ما لديَّ، فأخذهم من ذلك الطرب، وتعجبوا مني غاية العجب، وطفقوا في بث المديح فيَّ، والإفراط في الثناء عليَّ، وحثوني على الملازمة عندهم، وأروني أن هذا طلبتهم وقصدهم، فسوَّفت في الإجابة، وأضمرت على عدم الإنابة، علمًا مني بأن هذا الأمر تفوق عليَّ منه سهام الملام، وترمقني بالعداوة والاحتقار لأجله كافة الأنام، فرجعت لرشدي أقتفيه، واستغفرت الله مما كنت فيه.

انتهى كلام العطار، وواضح من شهادته فداحة البون الشاسع بين ثقافتين: واحدة شاخت وتحجرت، والأخرى فتية عفية ناهضة. ففي الوقت الذي يهتم فيه فتيات الفرنسيس وفتيانهم بمحاولة الغوص في أسرار الثقافة العربية العتيقة، وفهم طبائع الشخصية العربية، إذا بواحد من صفوة هذه الثقافة، ووجه من وجوه هذه الشخصية، لا يشغله من الأمر سوى الغزل في الغلمان قبل الفتيات، ولا يدرك

عمق المأساة حتى وهو يكتب ما كتب! وفي الوقت الذي تتدنى فيه اهتمامات رجل كهذا، وتتيبس مشاعره القومية، نرى بونابرت يصر على إقامة الاحتفال بالمولد النبوي الشريف عندما يحين موعده، فأقيم الاحتفال في منزل السيد خليل البكري بالأزبكية، وأقيمت الزينات والمصابيح والمشاعل، وأرسل بونابرت فرقته الموسيقية الخاصة إلى منزل البكري فأحيت الحفل على أكمل وجه.

ويحكي الجبرتي أن ثورة القاهرة الثانية حينما نشبت عام ١٧٩٩م، وفي عهد كليبر، تمترس المصريون بقيادة إسماعيل كاشف بجوار جامع الكخيا، وتمترست قوة أخرى بقيادة حسن بك الجداوي في جهة الرويعي، وكان المصريون الأصلاء جد حاقدين على السيد خليل البكري لأنه في نظرهم يوالي الفرنسيين ويجاملهم ويتعاون معهم، فهجم العامة على منزله بقيادة جنود من المماليك، فنهبوه وجرحوا البكري مع أولاده. ضربوه ضربًا مبرحًا، وجردوه من ثيابه، وسلموه إلى عثمان كتخدا في حي الجمالية. وكان الفرنسيون قد وضعوا لغمًا في بيت أحمد آغا شويكار الذي تمترس فيه إسماعيل كاشف ورجاله بجوار جامع الكخيا، فانفجر، وطارت الأبنية والناس في الهواء محترقين، وتهدمت جميع البيوت المتاخمة لجامع الكخيا وقنطرة الدكة، كذلك احترقت جهة الرويعي كلها، كما انهدم جامع الكخيا، وتحول جامع الرويعي إلى خمارة، وجامع أزبك ـ مقره الآن تمثال إبراهيم باشا ـ إلى سوق تجارية.

وكانت الجماهير المصرية مُحقة في قسوتها على السيد خليل البكري، فإنه حقًّا كان يستحق ذلك، لقد تعاون بالفعل مع الفرنسيين

بشكل علني ملحوظ، فحينما هرب السيد عمر مكرم نقيب الأشراف من الغزو الفرنسي عينوا مكانه السيد خليل البكري نقيبًا للأشراف، ومن ساعتها وهو يختلط بالفرنسيين ويمدهم بالطعام وبكل الخدمات التي تتيح لهم إقامة هانئة.

يصفه الجبرتي بقوله: وصار له قبول عند الفرنساوية، وجعلوه من أعاظم رؤساء الديوان الذي كانوا نظموه لإجراء الأحكام بين المسلمين، فكان وافر الحرمة، مسموع الكلمة، مقبول الشفاعة عندهم، فإن أوامره نافذة عند ولاة أعمالهم، فراج أمره حتى أصبح يمشي في موكب حراسة من المتطوعين، وازداد ثراؤه إذ ضم إلى أملاكه كثيرًا من القرى والبلاد، وأقامه الفرنسيون وكيلًا عنهم في أشياء كثيرة أهمها الخراج، فكان يقوم بتسليم الحكومة ما يخصها دون أن يراجعه أحد، وقد تمكن من تأمين الخائفين، وإدخال الطمأنينة على جميع الهاربين، إذ تولى حماية نسائهم ودورهم أثناء غيابهم، يدفع المرتبات الشهرية للمحتاجين من الأسر التي أضيرت لسبب أو لآخر.

الجنرال يعقوب

لا يصح الحديث عن الأزبكية بدون الكلام عن الكنيسة المرقسية، أو كنيسة الأزبكية، أو دار البطريركية الأرثوذكسية، إنها معروفة لدى المؤرخين المسلمين باسم كنيسة الأزبكية، ويتكلمون عنها وعن رجالها باحترام شديد، فمتى بنيت؟ وكيف أقيمت؟

يقول محمد سيد كيلاني: حوالي سنة ١٧٩٠م اشترى المعلم إبراهيم الجوهري قطعة أرض بوجه البِركة ليبنيها كنيسة. وحدث أن جاءت إلى القاهرة إحدى أميرات البيت العثماني المالك في طريقها إلى الحجاز، فقابلها المعلم إبراهيم وقدم لها الهدايا النفيسة، والتمس منها أن تساعده في الحصول على فرمان لإنشاء كنيسة الأزبكية. وقد حققت أمله، وجاء الفرمان بذلك، ولكن المنية عاجلته قبل أن يشرع في البناء. وقد ترك إبراهيم ثروة طائلة، فقام أخوه جرجس ببناء الكنيسة، واشترى مساحة من الأرض بجوارها وأوقفها عليها.

وحينما احترقت كنيسة حارة الروم حوالي سنة أربع وتسعين وسبعمائة وألف للميلاد، وأتى الحريق عليها تمامًا، وانتقل البطريرك

مرقس إلى كنيسة الأزبكية هذه، وسُميت منذ ذلك الحين على اسم مار مرقس، ثم عرفت بالمرقسية. وعند موت مرقس الثامن عام عشرة وثمانمائة وألف للميلاد تم دفنه فيها، وكان أول من دفن فيها من البابوات. أما أول بطريرك تم انتخابه في كنيسة الأزبكية، فهو بطرس التاسع، وكان ذلك في نفس العام الذي توفي فيه مرقس الثامن. وبعد موت مرقس الثامن بأربع سنوات تم هدم الكنيسة وإعادة بنائها بشكل أحدث، وشيدت بها المدرسة القبطية. ثم أقيمت الدور الكثيرة فوق الأرض الموقوفة على الكنيسة، فأصبحت الأزبكية مسكنًا لطائفة كبيرة من القبط أخذت أعدادها تتزايد بكثرة، فلما دخل الفرنسيون إلى مصر واستقروا في الأزبكية سارع أحد القبط ويُدعى «المعلم يعقوب» بالانضمام إليهم، فكوَّن فرقة عسكرية من شباب القبط، وأطلق عليه الفرنسيون لقب «الجنرال يعقوب»، فالتبسه الدور جيدًا، فأنشأ قلعة حصينة في شارع الجامع الأحمر بوجه البِركة، جمع فيها الأقباط وتولى حمايتهم من هجمات الجيش العثماني، وقد نجحت هذه القلعة في المقاومة إلى أن حان وقت جلاء الفرنسيين عن البلاد، فسافر الجنرال يعقوب مع الحملة الفرنسية إلى باريس فبقي فيها حتى مات ودفن هناك.

وقد اختلف المؤرخون المعاصرون في هوية الجنرال يعقوب: البعض منهم يراه خائنًا لوطنه، والبعض الآخر يرى فيه وطنيًا مثاليًا، مثل الدكتور لويس عوض. ولكن الواقع ينفي عنه تهمة الخيانة الوطنية، فمن الواضح أنه ـ كممثل لأقلية مستضعفة ـ تصور أنه يمكن أن يستعين بالفرنسيين لوقف خطر التعصب العثماني الأعمى

ضد طائفته، فإذا علمنا أن طائفته ترى نفسها أصل الشعب المصري أدركنا أنه كان في سلوكه ذلك ــ من وجهة نظره ــ بطلًا قوميًّا، سيما أن الاضطهاد كان يأتيهم من الخارج، من محتل على درجة مهولة من الصلف والغطرسة والتعصب. أما في داخل مصر، فكان القبط أصحاب ديار بالفعل، بل كانوا يشغلون أكبر المناصب، فإبراهيم الجوهري مثلًا كان رئيس كتاب الأمير إبراهيم بك، ويتمتع بمكانة عالية في جهاز الحكم، ونفوذ واسع النطاق يتمتع في ظله كل أبناء طائفته، فلما مات، تبوأ أخوه جرجس نفس المكانة وشغل المنصب وابتنى لنفسه عددًا من القصور الفاخرة في وجه البِركة، وكان مرهوب الجانب، نافذ الكلمة في الأمور المالية الخاصة بالدولة من إيرادات ومصروفات وما إلى ذلك. وقد احترمه الولاة وقدروه وقربوه من مجالسهم الخاصة، لأنه كان على درجة عظيمة من الكفاءة والكرم والأريحية واتساع الثقافة والأفق، ومثالًا للسماحة. ففي شهر رمضان مثلًا يقوم بتوزيع كميات هائلة من العسل والسكر والشمع والأرز والياميش والبُن والملابس، ويعطف على عامة الشعب المصري، ويعاملهم بلطف شديد، ويتبنى قضاياهم وشكاواهم حتى يدفع عنهم المظالم. وكان حريًّا بأن يبقى نجمًا ساطعًا في دست الحكم في مصر طوال عصر محمد علي باشا، لولا أن ظهر له في الأفق عفريت يدعى «المعلم غالي»، يحسده على هذه المكانة الرفيعة ويتمناها لنفسه، فاحتال على محمد علي باشا بحِيَل جهنمية خبيثة: لقد أدرك حاجة محمد علي إلى الأموال الكثيرة ليُرسي بها دعائم حكمه، فاخترع له طرقًا وأساليب شيطانية يبتز بها دم الفلاحين وعامة الشعب.

ولم يكن ضمير جرجس أفندي ليسمح له بالموافقة على شيء من هذا، فاعترض، ونصح الوالي بأن يرفع ثقله الشديد عن كاهل الشعب المسكين، فجمع جرجس أفندي كل الوثائق الخاصة بأملاكه في وجه البِركة وسلمها إلى البطرخانة، وفوضها في أمر الإنفاق من ريعها على أهل بيته، ومات في عام ١٨١١م ودفن بمصر القديمة، لتبقى أملاكه في حوزة البطرخانة إلى الأبد.

ومنذ بناء الكنيسة المرقسية في وجه البِركة بدأ تاريخ طويل وحافل بأمجاد القبط في هذه المنطقة. نخص بالذِّكر منها نشاط الأنبا كيرلس الرابع ـ داود ـ الذي رشحه رجال الإكليروس لكرسي البطريركية بعد موت الأنبا بطرس السابع سنة ١٨٥٢م، فتم انتخابه، فأقام مدرسة للقبط، ووضع برنامجًا للإصلاح، وأتى بأمهر المدرسين، وجعل التعليم بالمجان فلا يتكلف التلاميذ أي شيء، وكان يقيم لنفسه مكتبًا فيها، ويقوم بنفسه بالتفتيش على الفصول ومراقبة المدرسين. ثم أنشأ مدرسة أخرى، وكنيسة أخرى بحارة السقايين، وفرض تعليم الموسيقى والغناء والتراتيل على المدرستين، وتعليم اللغات، العربية والقبطية والتركية والإيطالية والإنجليزية والفرنسية. البديع حقًّا أن التعليم لم يكن مقصورًا على أبناء القبط فحسب، بل كانت فصول الدراسة مفتوحة لأبناء جميع الطوائف بغير استثناء، ودون أدنى مقابل مادي. وقد حصدت الدولة ثمار هذا التعليم، فحينما أنشئت مصلحة السكك الحديدية في عهد الخديو إسماعيل أسندت إدارتها إلى أحد الأقباط، فذهب إلى مدرسة الأنبا كيرلس، واختار أفضل تلاميذها وعيَّنهم في إدارة

المصلحة. وكذلك الأمر حينما أُنشئت مصلحة البريد. ولقد تعين من خريجيها عدد كبير جدًّا في ديوان المالية، مما جعل الخديو إسماعيل يعترف بفضل هذه المدرسة القبطية في نشر العلم، فإذا هو يترحم على الأنبا كيرلس الذي مات، ويدعو خلَفه الأنبا ديمتريوس لمقابلته. فلما التقاه رحب به ومنح المدرسة ألفًا وخمسمائة فدان من أجود الأطيان تنفق من ريعها على التلاميذ، فضلًا عن إعانة سنوية قدرها مائتا جنيه.

والواقع أن جهود الأنبا كيرلس الرابع ـ يقول نفس المصدر ـ كانت كبيرة ومتعددة الروافد، فقد أصلح إدارة البطركخانة، وأنشأ ديوانًا وعيَّن له المستخدمين الأكفاء، وقسم الإدارة إلى قسمين: قسم يختص بالأوقاف والمكاتبات الرسمية، وقسم يختص بالأعمال الدينية. كما أنشأ سجلًّا لحصر جميع الأوقاف، وأنشأ مطبعة، ويوم وردت أدواتها من أوروبا استُقبلت باحتفال رسمي وشعبي كبير. وفي عام ست وخمسين وثمانمائة وألف بعثه سعيد باشا في مهمة سياسية إلى الحبشة أمضى فيها عامين، ويوم عودته ازدحمت شوارع الأزبكية بموكب استقباله الحافل.

ومن خريجي مدرسة الأقباط نبغ شعراء كثيرون، ذلك أن المدرسة كانت تعلمهم الخطابة والكتابة ونظم الشعر العربي. من أولئك الشعراء تادرس وهبي، الذي كتب يشيد بدور الأزهر الشريف وعلمائه:

حتى تلألأت المدارس بهجة   بوجـوده وغـدت لـه تتشـكر

ولكم بأزهرها شموس لطائف   أنوارهـا لأُلـي المعـارف تبهـر

زواج إسماعيل باشا
وردم بِركة الأزبكية

تشبهًا بنابليون أصبح ولاة الحكم العثماني بعد رحيل الفرنسيين يفضلون السكنى في حي الأزبكية. فلقد نزل الوالي محمد خسرو باشا في قصر محمد بك الألفي. ولم يكن في هذا فقط مُقلدًا لنابليون، بل قلده أيضًا في العمل العسكري، في المعركة التي دارت بينه وبين الأرنؤود بزعامة طاهر باشا في وجه البِركة، حيث قسم عساكره على هيئة مربعات كطريقة نابليون، فتحقق له النصر، إلا إن الأرنؤود استولوا على ما في القلعة من سلاح، وهجموا عليه في الليل، وراحوا يقصفونه بالقنابل والمدافع حتى تهدم القصر واحترق، وفر خسرو باشا بحريمه وأمواله إلى الإسكندرية.

كذلك أقام محمد علي باشا في أول عهده في قصر بالأزبكية، واستولى على بعض القصور المتهدمة فأعاد بناءها وأسكن فيها عائلته، كما أنشأ فيها بعض الإدارات والمصالح.

وقد شهدت الأزبكية حادثًا مروعًا في سنة سبع وثمانمائة وألف، عقب انتصار المصريين على الإنجليز في معركة رشيد، حيث جاء

المنتصرون يحملون أعدادًا هائلة من رؤوس قتلاهم، فعلقوها في أعمدة حول بركة الأزبكية، وبقيت أيامًا طويلة يتوافد الناس لرؤيتها من كل مكان في البلاد.

لكن أهم حادث شهدته الأزبكية في بداية عهد محمد علي، هو حادث زواج إسماعيل باشا عام ١٨١٤م، حيث آثر محمد علي باشا أن يزوج مع ابنه كاتبه محمد بك الدفتردار، فكان الفرح مهولًا، شاركت فيه القاهرة برمتها.

يقول الجبرتي: فكان كل من سولت له نفسه، وحدثه شيطانه بإحداث شيء، فعله. ويجمع من أهل الحرفة مالًا كثيرًا ينفقه على العربة وما يلزمها من أخشاب وحبال، وحمير أو خيل أو رجال يسحبونها، وما يكتريه أو يستعيره لزينتها من المزركشات والمقصبات وأدوات الصنعة التي يتميز بها عن غيرها، فتصير العربة في الشكل كأنها حانوت، والبائع جالس فيها كالحلواني، وأمامه الأواني فيها أنواع الحلوى والسكري، وحوله أواني الملبس وأقماع السكر معلقة. والشربتلي، والعطار، والحريري، والعقاد البلدي والرومي، والزيات، والحداد، والنجار، والخياط، والقزاز، والحباك، والنشار وهو ينشر الخشب بمنشاره المعلق، والطحان، والفران ومعه الفرن وهو يخبز، والفطاطري، والجزار وحوله لحم الغنم، ومثله جزار الجاموس، والكبابجي والنيفاوي، وقلّاء السمك، وفيهم حتى المراكبي في سفينة كبيرة كاملة العدة والقلوع تمشي على الأرض على عجل، وحول كل عربة أهل حرفتها بالملابس الجميلة الفاخرة والطبول والزمور. هذا الموكب يطوف شوارع القاهرة ليعود إلى مقره في

الأزبكية، وهكذا طوال أسبوعين كاملين، حيث أقيمت الزينات، ورفعت المصابيح على الأعمدة، وعملوا بالمصابيح مناظر متعددة، فترى من البُعد صورة موكب أو سبعَين متقابلين أو شجرة أو محملًا على جَمل، أو كتابة مثل ما شاء الله ونحو ذلك. وعمت الأزبكية فرحة صاخبة، فشارك في الاحتفال كل أرباب الموالد، راجت المخدرات، ونشطت الدعارة، وعاث جنود محمد علي في وجه البِركة لهوًا وعربدة.

ويصف إدوارد وليم لين احتفالات المولد النبوي التي كانت تقام بالأزبكية بجوار بيت السيد خليل البكري، وصف شاهد عِيان، فيقول: حين يبدأ شهر ربيع الأول، تأخذ البلاد في الاستعداد للاحتفال بمولد النبي، ويقام الاحتفال عادة في الجزء الجنوبي من الفضاء الواسع المعروف بـ«بِركة الأزبكية». وينصب الدراويش صواوينهم التي يقيمون فيها الأذكار كل ليلة. وفي أثناء النهار يتجمع الناس في مكان الاحتفال، يستمتعون بالاستماع للشعراء الذين يروون سيرة أبي زيد الهلالي، ويتفرجون على الحواة والبهلوانات والمهرجين. وتشاهد في الشوارع المجاورة الأراجيح بأنواعها المختلفة، وعدد لا حصر له من الدكك التي تباع عليها الحلوى والأطعمة المتنوعة. وكان الراقصون على الحبال من الغجر يعرضون ألعابهم في المولد. وفي الليل تتلألأ أضواء المصابيح في هذه الشوارع، وتفتح الدكاكين التي تزخر بالأطعمة والحلوى أبوابها طوال الليل، وكذلك المقاهي التي يتسلى الناس فيها بالاستماع للشعراء والمحدثين. وبعد منتصف الليل تمر مواكب الدراويش.

وفي سنة ١٨٣٥م ـ يقول محمد كيلاني ـ أمر محمد علي بردمِ بركة الأزبكية استجابة لمشورة الأطباء، وغرس مكانها حديقة واسعة. فلما بدأ عصر الخديو إسماعيل تغيرت خريطة وجه البِركة تمامًا، حيث أزيلت الحدائق الواسعة لتتحول أماكنها إلى ميادين وشوارع، أو تقام القصور الفخمة على الطراز الفرنسي الحديث. وشيئًا فشيئًا أقيمت هذه العمائر بطرازها الفرنسي التي يتكون منها ما كان يعرف بـ«وسط المدينة»، من باب الحديد إلى شارع فؤاد فشارع ٢٦ يوليو فشارع قصر النيل فشارع محمد علي، وأقيمت دار الأوبرا. أما الحديقة التي أقيمت فوق رديم البِركة فقد احتفظ بها إسماعيل لنزهته الخاصة، حيث أحاطها بسور من الحديد مرتفع له أربعة أبواب، وأقام بها تلًّا عليه كشك تحيط به الجداول والنافورات. ومن الميادين التي مُهدت في عهده: ميدان الأوبرا، وميدان قنطرة الدكة، وميدان الخازندار. وشق شارعًا طويلًا يمتد من ميدان باب الحديد وينتهي بميدان الخازندار هو شارع كلوت بك. وفي عصر الخديو توفيق أبيح للجمهور دخول الحديقة نظير مبلغ معين، حتى أزيلت أسوار الحديقة بعد ثورة يوليو عام ١٩٥٤م، وفتح في وسطها شارع على امتداد شارع ٢٦ يوليو ـ فؤاد الأول سابقًا.

وقد جاء عصر سعيد باشا ليفتح البلاد للأجانب المستفيدين بالامتيازات الأجنبية، فاستوطنوا في وجه البِركة، وفتحوا العمارات واللوكاندات والمطاعم والمقاهي وبيوت الدعارة وأندية القمار والمخابز ومحلات البقالة، واشتغلوا بالمحاماة في المحكمة المختلطة التي كان مقرها وسط ميدان العتبة، وبالسمسرة في سوق

الأوراق المالية، وكان شارع كلوت بك هو المرتع الرئيسي لكل هذه النشاطات السافلة.

الطريف أن بعض الأدباء الوطنيين ممن يكرهون أسرة محمد علي اتفقوا أن يطلقوا اسم إبراهيم باشا على الميدان الذي يتوسطه تمثاله راكبًا حصانه، فأطلقوا على الميدان اسم «جهة الحصان».

وفي روايته الشهيرة «حديث عيسى بن هشام»، ينتقد المويلحي وضع التمثال في هذا المكان بقوله: وقد تمثل أمامي في هذه البقعة وهي موسومة بسوء السمعة، بطل مصر. وكيف جاز لهم أن يضعوا عنوان البأس والجد في موضع الهزل واللدد، ويقيموا لإبراهيم صنمًا على صورته في وسط سوق الفسق وسرته، مشيرًا بيمناه إلى مواطن اللهو والفجور، وأماكن الفحش والعهور، ويا بؤس قوم جعلوا اليد التي كانت تشير للكُماة والفرسان، تشير اليوم في وسط هذا الميدان بمغازلة البغايا ومعاقرة الدنان. فسبحان محول الأحوال ومبدل الأزمان.

ومن مشاهير أدباء وجه البِركة الصعاليك في العصر الحديث حسن الآلاتي، الذي كتب يقول: ما رأيت الخلق، وخصوصًا في جهة الحصان، منعكفين على استعمال الصغار في أدبارهم، وشاع وذاع هذا الفسق، وكثر ذلك في البلد، حتى إذا مر الرجل الصالح من جهة الحصان أو نواحيه، يجتمع عليه المخنث والاثنان والعشرة، ويقولون له ولع سيجارتنا، مثلًا، أو أعطنا كبريتًا. فإن أبى ذلك أو أعطاهم ما طلبوه فلا يسلم من أذاهم، بل ربما يدَّعون عليه أنه فعل ببعضهم، وتأتي شهود منهم ويشهدون على الرجل الصالح التقي الديني أنه

فعل بالمخنث كذا وكذا مرة. ولهم قوادون يترذلون على المارين في طريقهم، أي في الشارع من جهة الحصان، ويتعرضون للمارة، فإن كان الرجل ـ أعني من المارة ـ من الذين يستحون ويخافون على أعراضهم يمد يده في جيبه ويخرج الكيس ليعطي الخبيث منهم قرشًا أو قرشين أو أكثر، يريد أن يدفعهم عن نفسه بذلك القدر، فيمد الخبيث يده هو والذين معه ويخطف الكيس، وإن دافع الرجل عن نفسه ضربوه ونهبوه، وربما حصل ضرب ببعض الأسلحة. والعجب أنهم يأخذون الناس من الطريق ويدَّعون عليهم عند الحكام أنهم فعلوا بهم ولم يعطوهم الأجرة. وتسمع الخائن منهم يقول: أعطني طرقتي لأنك أفسدت عليَّ سفرتي. إلى غير ذلك مما يطول شرحه.

وللشاعر الكبير حافظ إبراهيم قصيدة عصماء في التعريض بوجه البِركة، يخاطب فيها الأزبكية قائلًا:

كم وارث غض الشباب رميته   بغـرام راقصة وحب هلوك

ألبسـته الثوبين في حاليهما   تيـه الغنـى وذلـة المفلـوك

وقال:

يقولون في النشء خير لنا   وللنـشء شـر مـن الأجنبي

أفـي الأزبكيـة مثـوى البنين   وبين المسـاجد مثوى الأب

ذلك أن الأزبكية، أو وجه البِركة، باتت مصيدة لاصطياد الموسرين والمغفلين، ليس فحسب أعيان المدينة، بل جميع أثرياء الفلاحين وعُمد القرى، للإيقاع بهم في حبائل النصب والاحتيال، عن طريق الراقصات والمومسات والمغنيات، بل والمخنثين، ناهيك عن وكلاء

المحامين الذين انتشروا بكثرة هائلة نظرًا لوجود المحكمة المختلطة. المذهل أن جميع الراقصات والغانيات كن يتمتعن بالحماية لأن كل واحدة منهن تعمل في محل يملكه أجنبي، ويباح لها أن تبتز وأن تسلب الأثرياء ثرواتهم حتى النخاع، ولا تستطيع الحكومة المصرية وقفها عند حدها لأنها... حماية.

ولعله من المدهش أنه من بؤرة الفساد هذه خرجت الفنون الحديثة على القاهرة، خاصة فن التمثيل، فقد كانت مطاعمها ومقاهيها تتسابق في جذب الرواد. ففيها قامت الفرق المسرحية وعرفت القاهرة فن المسرح، وفيها قام فن الغناء بجميع مستوياته، وفيها بدأت أم كلثوم حياتها الغنائية في مقهى سانتي عام ١٩٢٢م، وفي نفس المقهى غنى محمد عبد الوهاب والشيخ سلامة حجازي ويوسف المنيلاوي وعبده الحامولي. وفي هذه المقهى ـ وكانت بجانب الباب الشرقي لحديقة الأزبكية ـ شاهد سكان القاهرة أول شريط سينمائي لأول مرة عام ١٩٠٦م، فلما انسحر القوم بهذا الفن حذت كل المقاهي حذو سانتي، فأحضرت آلات العرض والأفلام، ثم قامت دور العرض السينمائي، وانطلقت شرارة هذا الفن ليصبح من أهم الصناعات في مصر.

ثم دالت دولة الأزبكية في عهد الثورة، فلم يبقَ منها سوى دار الأوبرا والمسرح القومي وسور الأزبكية. وبعد الثورة جاء العصر الهمجي الانفتاحي، فأحرق دار الأوبرا، وأزال سور الأزبكية، وخلخل بنيان المسرح القومي فلم ينفعه ترميم ولا إصلاح، ذلك أن الترميم والإصلاح أصبحا مطلوبين للضمائر قبل الأبنية.